国家古籍整理出版专项资助项目

中国古典文学读本丛书典藏

辛弃疾词选

朱德才 选注

人民文学出版社

图书在版编目（CIP）数据

辛弃疾词选/朱德才选注. —北京：人民文学出版社，2016（2024.1重印）
（中国古典文学读本丛书典藏）
ISBN 978-7-02-011714-7

Ⅰ.①辛… Ⅱ.①朱… Ⅲ.①宋词—选集 Ⅳ.①I222.844

中国版本图书馆 CIP 数据核字（2016）第 121775 号

责任编辑　徐文凯
装帧设计　陶　雷
责任印制　王重艺

出版发行　人民文学出版社
社　　址　北京市朝内大街 166 号
邮政编码　100705

印　　刷　北京明恒达印务有限公司
经　　销　全国新华书店等

字　　数　251 千字
开　　本　880 毫米×1230 毫米　1/32
印　　张　10　插页 3
印　　数　14001—16000
版　　次　1988 年 7 月北京第 1 版
印　　次　2024 年 1 月第 5 次印刷

书　　号　978-7-02-011714-7
定　　价　36.00 元

如有印装质量问题，请与本社图书销售中心调换。电话：010-65233595

目 录

前言 1

编年部分

水调歌头(千里渥洼种) 1
念奴娇(我来吊古) 3
满江红(直节堂堂) 6
新荷叶(人已归来) 8
声声慢(征埃成阵) 10
木兰花慢(老来情味减) 12
水龙吟(楚天千里清秋) 14
太常引(一轮秋影转金波) 16
菩萨蛮(青山欲共高人语) 17
酒泉子(流水无情) 18
菩萨蛮(郁孤台下清江水) 20
摸鱼儿(望飞来、半空鸥鹭) 22
满江红(汉水东流) 24
水调歌头(我饮不须劝) 27
鹧鸪天(聚散匆匆不偶然) 29
霜天晓角(吴头楚尾) 30
念奴娇(野棠花落) 32
水调歌头(落日塞尘起) 34
满江红(过眼溪山) 37

南乡子(欹枕艣声边) 39

南歌子(万万千千恨) 40

破阵子(掷地刘郎玉斗) 41

摸鱼儿(更能消、几番风雨) 42

贺新郎(柳暗凌波路) 44

阮郎归(山前灯火欲黄昏) 46

满庭芳(倾国无媒) 47

木兰花慢(汉中开汉业) 50

沁园春(三径初成) 52

水调歌头(带湖吾甚爱) 54

水调歌头(白日射金阙) 55

踏莎行(进退存亡) 57

水调歌头(君莫赋幽愤) 59

满江红(瘴雨蛮烟) 61

洞仙歌(婆娑欲舞) 63

水龙吟(渡江天马南来) 64

满江红(蜀道登天) 68

鹧鸪天(千丈阴崖百丈溪) 70

千年调(卮酒向人时) 71

清平乐(绕床饥鼠) 73

鹧鸪天(不向长安路上行) 74

丑奴儿(少年不识愁滋味) 76

清平乐(柳边飞鞚) 77

丑奴儿近(千峰云起) 78

念奴娇(近来何处) 79

水龙吟(补陀大士虚空) 81

山鬼谣（问何年、此山来此） 83

生查子（溪边照影行） 85

蝶恋花（九畹芳菲兰佩好） 86

鹧鸪天（春入平原荠菜花） 87

鹧鸪天（枕簟溪堂冷欲秋） 88

鹧鸪天（着意寻春懒便回） 90

清平乐（连云松竹） 91

清平乐（断崖修竹） 92

满江红（湖海平生） 93

八声甘州（故将军饮罢夜归来） 95

临江仙（钟鼎山林都是梦） 97

满江红（快上西楼） 98

鹧鸪天（唱彻阳关泪未干） 100

定风波（少日春怀似酒浓） 101

临江仙（老去惜花心已懒） 102

清平乐（茅檐低小） 103

蝶恋花（谁向椒盘簪彩胜） 104

水调歌头（寒食不小住） 105

沁园春（老子平生） 108

贺新郎（把酒长亭说） 110

贺新郎（老大那堪说） 113

贺新郎（细把君诗说） 117

破阵子（醉里挑灯看剑） 119

鹊桥仙（松冈避暑） 121

水调歌头（日月如磨蚁） 122

定风波（听我尊前醉后歌） 124

踏莎行(夜月楼台) 125

念奴娇(倘来轩冕) 126

念奴娇(论心论相) 128

江神子(暗香横路雪垂垂) 131

清平乐(少年痛饮) 132

清平乐(清泉奔快) 133

生查子(青山招不来) 135

西江月(明月别枝惊鹊) 136

浣溪沙(细听春山杜宇啼) 137

水调歌头(说与西湖客) 139

小重山(绿涨连云翠拂空) 141

添字浣溪沙(记得瓢泉快活时) 142

水调歌头(长恨复长恨) 143

鹧鸪天(抛却山中诗酒窠) 145

定风波(少日犹堪话别离) 146

定风波(莫望中州叹黍离) 148

鹧鸪天(桃李漫山过眼空) 149

行香子(好雨当春) 150

最高楼(吾衰矣) 152

瑞鹤仙(雁霜寒透幕) 154

水龙吟(举头西北浮云) 155

沁园春(一水西来) 157

祝英台近(水纵横) 159

水龙吟(听兮清珮琼瑶些) 161

沁园春(叠嶂西驰) 163

南歌子(散发披襟处) 166

水调歌头(我亦卜居者) 167

沁园春(杯汝来前) 169

玉楼春(何人半夜推山去) 171

满庭芳(西崦斜阳) 172

永遇乐(投老空山) 174

临江仙(偶向停云堂上坐) 176

贺新郎(甚矣吾衰矣) 177

六州歌头(晨来问疾) 179

沁园春(我见君来) 182

鹧鸪天(掩鼻人间臭腐场) 184

水调歌头(我志在寥阔) 185

鹧鸪天(石壁虚云积渐高) 187

贺新郎(路入门前柳) 188

浣溪沙(花向今朝粉面匀) 191

浣溪沙(父老争言雨水匀) 192

归朝欢(我笑共工缘底怒) 193

鹊桥仙(少年风月) 195

生查子(高人千丈崖) 196

夜游宫(几个相知可喜) 197

雨中花慢(旧雨常来) 198

鹧鸪天(壮岁旌旗拥万夫) 201

卜算子(夜雨醉瓜庐) 203

卜算子(千古李将军) 204

卜算子(万里笾浮云) 205

粉蝶儿(昨日春如) 207

喜迁莺(暑风凉月) 208

千年调(左手把青霓)　210

临江仙(莫笑吾家苍壁小)　212

贺新郎(绿树听鹈䴗)　213

永遇乐(烈日秋霜)　216

西江月(万事云烟忽过)　218

瑞鹧鸪(期思溪上日千回)　219

鹧鸪天(山上飞泉万斛珠)　220

浣溪沙(北陇田高踏水频)　221

汉宫春(秦望山头)　222

汉宫春(亭上秋风)　225

瑞鹧鸪(胶胶扰扰几时休)　228

永遇乐(千古江山)　229

南乡子(何处望神州)　232

生查子(悠悠万世功)　233

玉楼春(江头一带斜阳树)　235

瑞鹧鸪(江头日日打头风)　236

未编年部分

鹧鸪天(扑面征尘去路遥)　238

满江红(点火樱桃)　239

祝英台近(宝钗分)　240

祝英台近(绿杨堤)　242

鹧鸪天(困不成眠奈夜何)　243

青玉案(东风夜放花千树)　244

贺新郎(凤尾龙香拨)　246

满江红(家住江南)　249

满江红(敲碎离愁)　250

满江红（倦客新丰） 252
满江红（几个轻鸥） 254
木兰花慢（可怜今夕月） 256
水龙吟（老来曾识渊明） 258
汉宫春（春已归来） 260
一剪梅（忆对中秋丹桂丛） 262
鹧鸪天（陌上柔桑破嫩芽） 263
鹧鸪天（鸡鸭成群晚未收） 264
鹧鸪天（晚岁躬耕不怨贫） 265
鹧鸪天（老病那堪岁月侵） 267
鹧鸪天（欲上高楼去避愁） 268
玉楼春（三三两两谁家女） 269
鹊桥仙（溪边白鹭） 270
鹊桥仙（轿儿排了） 271
西江月（醉里且贪欢笑） 272
南歌子（世事从头减） 273
唐河传（春水） 274
武陵春（走去走来三百里） 275
水调歌头（客子久不到） 276
霜天晓角（雪堂迁客） 278

附录

词评辑要 280
行年事略 286

前 言

一

"靖康之乱"(1127),宋王朝仓皇南渡。自此,南宋、北金既不断开战,又时时议和。辛弃疾诞生的次年(1141),"绍兴和议"成;当他二十五岁时,"隆兴和议"成;而在他卒后一年(1208),"开禧和议"成。与此相联系,南宋朝廷内部主战、主和两种力量,也就屡呈升降起伏、互为消长之势。——辛弃疾正是生活在这样一个动荡不安的时代漩涡中。

综观辛弃疾一生,可分四个时期:

一、青少年时期,止于二十三岁南渡前,即宋高宗绍兴三十二年(1162)。这是他一生最为意气风发的时期。

据辛弃疾日后自称,其祖父辛赞虽仕于金而"非其志",每引儿辈"登高望远,指划山河,思投衅而起,以纾君父不共戴天之愤"。因此,稼轩曾受命"两随计吏抵燕山谛观形势"[1],以期报国。

绍兴三十一年(1161),金主完颜亮大举南侵。稼轩聚众两千,树起抗金旗帜。未几,率部归耿京起义军,为掌书记,并力劝耿京归宋节制,以图大业。次年,他奉表南渡,不料张安国杀耿降金。他在返北途中得此消息,立即率五十馀骑奇袭金营,生擒叛将献俘行在。为此,"壮声英概,儒士为之兴起,圣天子一见三叹息"[2]。随后,改官江阴签判。

---

[1] 辛弃疾《美芹十论》。
[2] 洪迈《文敏公集·稼轩记》。

二、青壮年时期,二十三岁到四十二岁,即绍兴三十二年到孝宗淳熙八年(1162—1181),是稼轩一生中的游宦时期。

这一时期的辛弃疾,雄心勃勃,壮志凌云。"隆兴和议"不久,他先后上了《美芹十论》和《九议》等一系列奏疏,审时度势,力陈复国方略。可惜在"谈战色变"的年月里,他的意见并未被执政者采纳。

在此期间,他由签判而知州,由提点刑狱而安抚使,虽然宦迹无常,但政绩卓著。出知滁州仅半载,当地"荒陋之气,一洗而空"①。湖南帅任,创置"飞虎军","军成,雄镇一方,为江上诸军之冠"②。江西隆兴府举办荒政,严明果断,雷厉风行,榜于市者仅八字:"闭籴者配,强籴者斩。"更分米济助邻境信州,曰:"均为赤子,皆王民也。"③虽然他在江西任上"平定"以赖文政为首的茶商军一事④,不无疵咎,但事后他也曾上书朝廷说:"民者国之根本,而贪浊之吏迫使为盗。今年剿除,明年扫荡,譬之木焉,日刻月削,不损则折。臣不胜忧国之心,实有私忧过计者。欲望陛下深思致盗之由,讲求弭盗之术,无恃其有平盗之兵也。"⑤由此可见,他不失为一个有清醒政治头脑的官,一个忧国忧民的官。

三、中晚年时期,四十三岁到六十三岁,即淳熙九年到宁宗嘉泰二年(1182—1202)。这一时期除五十三岁至五十五岁一度出仕闽中外,两遭弹劾,有十八个春秋在江西家中度过,是稼轩一生中的被迫归隐时期。

在长期归隐生活中,他一方面寄情田园,流连山水,追慕渊明,写下

---

① 崔敦礼《宫教集·代严子文滁州奠枕楼记》。
②③ 《宋史》本传。
④ 茶商军系贩私茶的一支武装,约数百人。虽屡败官军,但并无明确政治口号,与一般农民起义不同。
⑤ 辛弃疾《论盗贼劄子》。

了大量田园词、山水词、闲适词、和陶词，超尘脱世，表现出平静恬淡的心境；一方面却每每不能自已，于闲适平淡中，吞吐其勃郁不平之气。他的爱国激情不衰，在某些唱和赠答词中表现得尤为明显。如寿韩南涧，以"整顿乾坤"相期(《水调歌头》)；送友人郑舜举赴召，则勉其勿忘"长安正在天西北"(《满江红》)。

"鹅湖之会"最使词人难以忘情。那年词人四十九岁(1188)，契友陈亮自东阳来会。两人漫步于鹅湖，共酌于瓢泉，议时论政，谈笑风生。所作《贺新郎》二阕，既叹以"神州毕竟，几番离合"，更勉以"男儿到死心如铁，看试手，补天裂"。

四、晚年时期，六十四岁到六十八岁卒，即嘉泰三年到开禧三年(1203—1207)，以起帅浙东到知镇江府，最后罢居铅山、赍志以殁，共四年。

其时，外戚韩侂胄当权，继"庆元党禁"之后，图谋北伐以保个人权势，起用大批主战人士，辛稼轩也在起用之列。稼轩虽不满韩的为人，且已六十四岁高龄，但仍"不以久闲为念，不以家事为怀，单车就道"①。在浙东任上，他疏奏危害农事六弊；行在召对，他又再申《十论》《九议》之旨，言金国必乱必亡；在镇江府，他积极备战，遣谍侦察，更拟募建江上劲旅。但事未成就，又遭弹劾，三度罢仕。

稼轩自六十六岁秋，罢居铅山后，虽屡见封召，乃至授以兵部侍郎、枢密院都承旨等要职，但总以年老多病力辞未就。卒年六十八岁。

稼轩卒后，韩侂胄死于政变。次年，"开禧和议"成，竟有人追劾稼轩迎合韩侂胄开边之罪。忠而见谤，自古而然。其实，正如稼轩垂危时所言："侂胄岂能用稼轩以立功名者乎？稼轩岂能依侂胄以求富贵

---

① 黄榦《勉斋集·与辛稼轩侍郎书》。

者乎?"①

二

稼轩善诗文②,但以词名世。其《稼轩词》凡六百二十馀首③,无论数量之富、质量之优,皆雄冠两宋。稼轩者,人中之杰④,"词中之龙也"⑤。

"铁板铜琶,继东坡、高唱大江东去;美芹悲黍,冀南宋、莫随鸿雁南飞。"⑥稼轩继东坡豪放词风而有所发展的,正是他那激扬蹈厉而又始终不渝的爱国激情。此时代使然,"以气节自负,以功业自许"的胸怀使然⑦。

辛弃疾的爱国词章,念念不忘家国之忧。他白日纵目,是"剩水残山无态度"(《贺新郎》),"献愁供恨,玉簪螺髻"(《水龙吟》),"西北望长安,可怜无数山"(《菩萨蛮》)。他夜不成寐,所闻所感是"狂歌悲风起,听铮铮、阵马檐间铁。南共北,正分裂"(《贺新郎》),以致"布被秋宵梦觉,眼前万里江山"(《清平乐》),说明词人虽失意潦倒,胸中犹自装着家国一统河山。

光复故土,"还我河山",是那个时代的最强音。稼轩以词勉友或自励,总鸣响着却敌复国的呼声。其寿赵德庄词:"要挽银河仙浪,西

---

① 语见谢枋得《叠山先生文集·祭辛稼轩先生墓记》。
② 邓广铭先生辑校《辛稼轩诗文钞存》,古典文学出版社1957年版。
③ 邓广铭先生《稼轩词编年笺注》,上海古籍出版社1978年新1版。
④ 陆游《送辛稼轩殿撰造朝诗》比之管仲、萧何;刘宰《贺辛待制知镇江启》比之张良;姜夔《永遇乐·次稼轩北固楼词韵》比之诸葛亮。
⑤ 陈廷焯《白雨斋词话》。
⑥ 郭老(沫若)为济南"辛弃疾纪念堂"题辞。
⑦ 范开《稼轩词序》。

北洗胡沙。"(《水调歌头》)其呈史正志词:"袖里珍奇光五色,他年要补天西北。"(《满江红》)其勉友人汉水赴任:"马革裹尸当自誓,蛾眉伐性休重说。"(《满江红》)其勉内兄为国出仕:"万里功名莫放休,君王三百州。"(《破阵子》)当他登上南剑双溪楼,情不自禁昂首高呼:"举头西北浮云,倚天万里须长剑。"(《水龙吟》)在镇江守任,六十六岁高龄的老词人犹自老骥伏枥,志在千里:"凭谁问,廉颇老矣,尚能饭否!?"(《永遇乐》)

清谈误国,是西晋覆亡的惨痛教训之一。不想"今士大夫微有西晋风,作王衍阿堵语"①。稼轩针锋相对地借古喻今,痛斥当今"夷甫之流"的误国罪行。其《水龙吟》寿韩南涧词的上片云:"渡江天马南来,几人真是经纶手?长安父老,新亭风景,可怜依旧。夷甫诸人,神州沉陆,几曾回首?"馀如"长剑倚天谁问,夷甫诸人堪笑,西北有神州"(《水调歌头》)、"起望衣冠神州路,白日销残战骨,叹夷甫诸人清绝"(《贺新郎》),皆有的放矢,由此而发。

每当主和势力得势,必有大批爱国志士投闲置散,稼轩于此有切身体会。南渡之初,登建康赏心亭,他就发为孤愤之情:"江南游子,把吴钩看了,栏杆拍遍,无人会,登临意。"(《水龙吟》)进而指责执政者不惜人才:"汗血盐车无人顾,千里空收骏骨。"(《贺新郎》)"不念英雄江左老,用之可以尊中国。"(《满江红》)他被迫罢居时,"有客慨然谈功名,因追念少年时事"而作《鹧鸪天》一词,词的上片回顾其南渡前叱咤风云的战斗生涯,下片笔锋陡转:"追往事,叹今吾,春风不染白髭须。却将万字平戎策,换得东家种树书。"抚今追昔,沉痛无限,感慨极深。总之,此种英雄请缨无门、报国无路的"不平之鸣,随处辄发"②。

---

① 宋孝宗赵昚语。见《建炎以来朝野杂记》乙集卷三。
② 周济《介存斋论词杂著》。

以农村生活、田园风光入词,在宋代由苏轼的《浣溪沙》组词五首发其先声,辛弃疾则承流接响,而较苏更为深广,举凡四季田园风光、春秋农事更替、田野劳作、家舍副业、男婚女嫁、民风乡俗,乃至与农家的友好交往,无不形诸笔端。由于这一切来自现实,所以洋溢着新鲜的生活气息,散发着沁人的泥土芳香。农村的夏夜清幽静谧而充满生气:

  明月别枝惊鹊,清风半夜鸣蝉。稻花香里说丰年,听取蛙声一片。

——《西江月·夜行黄沙道中》

农家生活辛勤而又欢悦:

  茅檐低小,溪上青青草。醉里吴音相媚好,白发谁家翁媪?大儿锄豆溪东,中儿正织鸡笼。最喜小儿无赖,溪头卧剥莲蓬。

——《清平乐·村居》

老农好客,真诚热情,古风犹存:

  呼玉友,荐溪毛,殷勤野老苦相邀。杖藜忽避行人去,认是翁来却过桥。

——《鹧鸪天》

词中还有浣纱少妇和偷枣顽童的形象:

  一川明月疏星,浣纱人影娉婷。笑背行人归去,门前稚子啼声。

——《清平乐·博山道中即事》

  西风梨枣山园,儿童偷把长竿。莫遣旁人惊去,老夫静处闲看。

——《清平乐·检校山园书所见》

尤为难能可贵的是他把民生疾苦与丰收在望的欢悦写入词中：

> 父老争言雨水匀,眉头不似去年颦。殷勤谢却甑中尘。
>
> ——《浣溪沙》

再读他的《鹧鸪天·代人赋》一阕：

> 陌上柔桑破嫩芽,东邻蚕种已生些。平冈细草鸣黄犊,斜日寒林点暮鸦。　　山远近,路横斜,青旗沽酒有人家。城中桃李愁风雨,春在溪头荠菜花。

前七句以轻快流丽的笔触,描绘出一幅生意盎然的初春图,结句忽以城中桃李和溪头荠菜花作比,寓意深刻。桃李虽娇艳香丽,然不禁风雨,瞬间即逝;荠菜花天然纯朴,无限生机,不畏风雨而占尽春光。它展示出词人不同凡俗的审美观和社会观:城市官场名利歌舞,喧嚣尘上,怎及农村田野山明水秀,情淡意远。

"一生不负溪山债"(《鹧鸪天》),"万壑千岩归健笔"(《念奴娇》)。无论游宦江湖,抑或归隐田园,词人踪迹所至,有大量山水词传世。或讴歌自然,或寄情自娱,辛词笔下的山水千姿百态,动静皆美。如写青山,时而奔腾而至,一似"联翩万马来无数"(《菩萨蛮》),时而"雄深雅健,如对文章太史公"(《沁园春》),时而更情融意通:"青山意气峥嵘,似为我归来妩媚生。"(《沁园春》)他写岩边溪水,清澈可爱:"溪边照影行,天在清溪底。天上有行云,人在行云里。"(《生查子》)他写钱塘怒潮,则有铺天盖地之势,摄人神魄:"望飞来、半空鸥鹭,须臾动地鼙鼓。截江组练驱山去,鏖战未收貔虎。"(《摸鱼儿》)试读其《满江红·题冷泉亭》：

> 直节堂堂,看夹道冠缨拱立。渐翠谷、群仙东下,佩环声急。谁信天峰飞堕地,傍湖千丈开青壁。是当年、玉斧削方壶,无人识。

>山木润,琅玕湿。秋露下,琼珠滴。向危亭横跨,玉渊澄碧。醉舞且摇鸾凤影,浩歌莫遣鱼龙泣。恨此中、风物本吾家,今为客。

夹道古杉,翠谷泉声,千丈青壁,葱茏山木,琅玕绿竹,琼珠碧潭,依次迭出,结以浩歌醉舞,衬以鸾凤影摇、鱼龙声泣,情境兼胜,宛若一篇清新优美的游记散文。

他的《水龙吟·题雨岩》下片又别具一格:

>又说春雷鼻息,是卧龙、弯环如许。不然应是:洞庭张乐,湘灵来去。我意长松,倒生阴壑,细吟风雨。竟茫茫未晓,只应白发,是开山祖。

写岩间飞泉音响,奇想妙喻,联翩而下,令人有目不暇接,美不胜听之感。

辛弃疾退隐期间写的"闲适词",自有其真闲适的一面,如其所言,"并竹寻泉,和云种树,唤做真闲客"(《念奴娇》)。这位"闲客"有时也以庄老思想自我解脱,写下若干顺时任天、无为淡泊、知足常乐的闲适词章。但他更有于"闲适"中见不闲适的一面。试读其下列二词:

>枕簟溪堂冷欲秋,断云依水晚来收。红莲相倚浑如醉,白鸟无言定自愁。　书咄咄,且休休,一丘一壑也风流。不知筋力衰多少,但觉新来懒上楼。

>>——《鹧鸪天·鹅湖归,病起作》

>少年不识愁滋味,爱上层楼;爱上层楼,为赋新词强说愁。　而今识尽愁滋味,欲说还休;欲说还休,却道"天凉好个秋"!

>>——《丑奴儿·书博山道中壁》

前篇用典隶事,有"烈士暮年"之慨。后篇用对比法、吞咽式,有"欲说还休"之悲。这两首词表面上情思闲适恬淡,玩味既深,则知作者以淡笔写浓愁,内中自有一种悲壮勃郁的境界。

稼轩集中情词不多。但或雅或俗,也能自见特色。前者如名篇《祝英台近》(宝钗分),深婉细曲,被人誉为"昵狎温柔,魂销意尽,词人伎俩,真不可测"①。后者如《南歌子》:

> 万万千千恨,前前后后山。傍人道我轿儿宽。不道被他遮得,望伊难。　今夜江头树,船儿系哪边?知他热后甚时眠?万万不成眠后,有谁扇?

全用口语,纯是民歌风情。下片心理描画,层层设想,层层推进,写绝了送行女子的一片痴情。

人称稼轩情词"秾丽绵密者,亦不在小晏、秦郎之下"②;或谓其"中调、短令亦间工妩媚语"③;是说仍不免皮相。且读其《青玉案·元夕》:

> 东风夜放花千树,更吹落、星如雨。宝马雕车香满路。凤箫声动,玉壶光转,一夜鱼龙舞。　蛾儿雪柳黄金缕,笑语盈盈暗香去。众里寻他千百度,蓦然回首,那人却在,灯火阑珊处。

看其一结,岂止儿女情事,分明"自怜幽独,伤心人别有怀抱"④。又如其《念奴娇·书东流村壁》,是故地重游、念昔怀旧的一首情词,但"旧恨春江流不断,新恨云山千叠"两句,即兴寄托,大有家国身世之慨。陈廷焯许以"矫首高歌,淋漓悲壮"⑤。

稼轩某些令词直如文中小品,或天趣独到,或出语辛辣,俱不无可观。如:

---

① 沈谦《填词杂说》。
② 刘克庄《后村大全集·辛稼轩集序》。
③ 邹祗谟《远志斋词衷》。
④ 梁启超《艺蘅馆词选》。
⑤ 陈廷焯《白雨斋词话》。

散发披襟处,浮瓜沉李杯。涓涓流水细侵阶。凿个池儿,唤个月儿来。　　画栋频摇动,红蕖尽倒开。斗匀红粉照香腮。有个人人,把做镜儿猜。

　　　　　　　　　　——《南歌子·新开池,戏作》

　　卮酒向人时,和气先倾倒。最要然然可可,万事称好。滑稽坐上,更对鸱夷笑。寒与热,总随人,甘国老。　　少年使酒,出口人嫌拗。此个和合道理,近日方晓:学人言语,未会十分巧。看他们,得人怜,秦吉了。

　　　　　　——《千年调·蔗庵小阁名曰卮言,作此词以嘲之》

　　前篇写新开池塘之美,全用人事物象烘托,清丽有致,极富生活情趣。后篇比喻通俗贴切,语言平易而犀利,把世俗小人那种俯仰随人、八面玲珑的丑态揭露无遗,入木三分,堪称绝妙讽刺小品。

　　以上纵不能包举稼轩词的全部风貌,当也去之弗远,馀不再述。

三

　　豪放悲壮,是辛词艺术的主导风格。豪纵奔放,源于词人炽烈的爱国激情,和以天下为己任的广阔胸次;沉郁悲壮,则可归结为二:一,悲剧时代的反映。广大人民要求驱金复国,南宋朝廷却游移于和战之间,且常是主和力量得势,这就使广大爱国志士处于报国无路的境地。二,个人身世遭遇和思想性格的表现。稼轩以北来之身遭人猜忌,更两次罢居十八年,壮志难酬;又秉性执着,"呼而来,麾而去,无所逃天地之间"①,胸中常蟠结一股勃郁愤懑之气,触处辄发。因此,稼轩勉友之作昂扬奋发,主"雄放"一路,于己抒情,则沉郁顿挫,趋"悲壮"一路。

---

① 陈亮《龙川文集·辛稼轩画象赞》。

世以苏、辛并称,共归"豪放"。与传统婉约词风相对而言,不谓无稽。但细加玩味,则苏轼所处之世与南宋不同,而其善于以佛老自遣也有异于辛。因此,苏、辛两家词自有其不同风貌。周济称稼轩"敛雄心,抗高调,变温婉,成悲凉"①,可谓慧眼独具。苏辛两家相比而言:苏词主自然雄放、清旷超逸之美,辛词则主悲壮苍凉、沉郁顿挫之美。东坡类诗中李白,稼轩类诗中杜甫。苏词似"万斛泉源,不择地而出"②,似长江大河,一泻千里;辛词则如飞瀑入涧,千回百折,时而水石相激,姿态飞动,时而幽谷潜行,沉着呜咽。试读其《水龙吟·过南剑双溪楼》:

> 举头西北浮云,倚天万里须长剑。人言此地,夜深长见,斗牛光焰。我觉山高,潭空水冷,月明星淡。待燃犀下看,凭栏却怕,风雷怒,鱼龙惨。　　峡束苍江对起,过危楼,欲飞还敛。……

以此词与苏轼《江城子·密州出猎》相较,两家风格之异同很鲜明。苏词结拍待箭射"天狼",辛词起处欲剑劈"浮云",志同语近。但苏词从"千骑卷平岗"之阔大场景,到猎罢归饮的直抒胸怀"鬓微霜,又何妨",一路豪迈奔放,大有雄风千里之势。辛词则虽以豪情壮语发端,以下则极尽沉郁顿挫之能事。人言此地剑光斗牛,他俯仰天地,却有高山压顶、潭空水冷之感。才欲燃犀下看,却又怕鱼龙飞舞,风雷激荡。一语一转,一步一顿挫,将既图觅剑报国、却又忧谗畏讥的复杂心情曲为传出。"峡束苍江"、"欲飞还敛",正可作此词评语。

又如其《水龙吟·登建康赏心亭》的下片:

> 休说鲈鱼堪脍,尽西风,季鹰归未?求田问舍,怕应羞见,刘郎

---

① 周济《宋四家词选序论》。
② 苏轼《文说》。

> 才气。可惜流年,忧愁风雨,树犹如此!倩何人、唤取红巾翠袖,揾英雄泪!

词写其壮志空怀之悲,并不用一直笔,而是叠用三事,或反用,或正取,或作半面语缩住,总以"休说"、"羞见"、"可惜"——一波数折、一唱三叹手法出之。结处唤取红巾揾泪,抒英雄慷慨呜咽之情,也别具深婉之旨。

同是登临怀古名篇,辛的《永遇乐·京口北固亭怀古》,又不同于苏的《念奴娇·赤壁怀古》:

> 千古江山,英雄无觅,孙仲谋处。舞榭歌台,风流总被,雨打风吹去。斜阳草树,寻常巷陌,人道寄奴曾住。想当年,金戈铁马,气吞万里如虎。　元嘉草草,封狼居胥,赢得仓皇北顾。四十三年,望中犹记,烽火扬州路。可堪回首,佛狸祠下,一片神鸦社鼓。凭谁问,廉颇老矣,尚能饭否?

苏词"人生如梦,一尊还酹江月",于雄放处更见超旷之风。辛词则通首故实,借古喻今。虽理想难酬,却坚持执着,孜孜以求。所以词风豪而不放,尤重婉曲盘旋,抑扬抗坠。词情显得热烈而凝重,激切而深沉。

辛词以"悲壮"为主导风格,但表现形式与手法又是丰富多样的,不拘一格,不限一式。除上述用典隶事、婉曲盘旋、沉郁顿挫外,又善用比兴手法,如其《蝶恋花·月下醉书雨岩石浪》:

> 九畹芳菲兰佩好,空谷无人,自怨蛾眉巧。宝瑟泠泠千古调,朱丝弦断知音少。　冉冉年华吾自老,水满汀洲,何处寻芳草?唤起湘累歌未了,石龙舞罢松风晓。

此词袭用《离骚》美人、香草的比兴手法,以植芳佩兰,喻其志行高洁;以深居幽谷、自怨美貌,喻遭群小忌猜;以瑟音清越和绝少知音,喻曲高和寡,所言不合时宜;唯有唤起屈原同歌,一吐抑郁忠愤之气。

类似之作尚有脍炙人口的《摸鱼儿》。此词貌似惜春宫怨,实则借春色不禁风雨和"斜阳正在烟柳断肠处",写出词人对国势衰颓和家国命运的深切忧虑。此外,又有广为传诵的"立春"词二首。《蝶恋花》结句云:"今岁花期消息定,只愁风雨无凭准。"陈廷焯谓"盖言荣辱不定,迁谪无常,言外有多少哀怨,多少疑惧"①。其说尚浅,当是忧国忧时之心。《汉宫春》也以乐景写哀,结句云:"生怕见、花开花落,朝来塞雁先还。"惊时序变换之速,人将老去;雁返北而人滞南,无限乡国哀思。

"寓庄于谐",善用诙谐幽默之趣表现抑郁不平之气,是辛词艺术风格又一独到之处。如其《沁园春·将止酒,戒酒杯使勿近》,题序就略见诙谐。词人不只将"酒杯"拟人化,而且竟与之对话,用"对话体"经纬全词。词以"'杯'汝来前"一声呼喝开篇,继之,词人正言厉色地历数"酒"之鲜恩寡义,宣布"酒"之种种"罪行",其后——

> 与汝成言:"勿留亟退,吾力犹能肆汝杯!""杯"再拜道:"麾之即去,招亦须来。"

读后令人忍俊不禁。其实,作品通过戒酒而又不能这一特殊矛盾,深深反映了词人政治失意后的含怨茹痛之心理。"醉翁之意不在酒",狂饮,无非是借酒自浇胸中块垒。在另一首《西江月·遣兴》中,此种意向表现得尤为明显:

> 醉里且贪欢笑,要愁那得功夫。近来始觉古人书,信着全无是处。　昨夜松边醉倒,问松"我醉何如?"只疑松动要来扶,以手推松曰"去!"

全词围绕一个"醉"字着笔,借"醉"写愁抒愤。"近来"两句貌似醉后

---

① 陈廷焯《白雨斋词话》。

狂言,实是针砭时弊的激愤语:古道不行,读书何用?不如醉里寻欢。下片追忆昨夜"欢笑"一幕,醉后狂态,妙笔解颐,但由中也可窥见词人那种独立不阿之倔强个性。

此外,寓浓于淡,寓悲壮于闲适,也是词人惯用手法之一。已见上文第二节,此不再论。

理想在现实中难以达到,主观上又锲而不舍,因此唯有托诸奇思丽想、神飞魂飏,这便是辛词绚丽瑰美的浪漫色彩之由来。

稼轩不仅善用《离骚》比兴手法,而且也继承了屈原那种"路漫漫其修远兮,吾将上下而求索"的精神。如其《木兰花慢》一阕便是仿《天问》体写就。《天问》博大精深,却少文学气息。此词以"送月"自立新意;紧扣月体之运行,想象十分丰美,把对天宇的探索和神话传说熔为一炉,自出新境。王国维更称:"词人想象,直悟月轮绕地之理,与科学家密合,可谓神悟。"①其《千年调》更是直承《离骚》神韵:

左手把青霓,右手挟明月。吾使丰隆前导,叫开阊阖。周游上下,径入寥天一。览玄圃,万斛泉,千丈石。　钧天广乐,燕我瑶之席。帝饮予觞甚乐,赐汝苍璧。嶙峋突兀,正在一丘壑。余马怀,仆夫悲,下恍惚。

此词大则取《离骚》"上下求索"之意,小则以超尘越世排遣人间郁闷。因是游仙词,神奇虚幻,最富浪漫情趣。结处化用《离骚》"仆夫悲余马怀兮,蜷局顾而不行"诗意,终不肯飘然仙去,表现出对人间故国无限眷恋之情,此正是稼轩神似屈子处。他如《山鬼谣》用《九歌》体咏怪石,也别开生面。词人赞其有上古遗风,欣赏它有出神入化之力,竟在风雨中翻飞起舞。因此,不独举杯邀饮,"神交心许",更"待万里携君,

---

① 《人间词话》。

鞭笞鸾凤,诵我《远游》赋"。既写活了石,也写活了人。

李白和苏轼是杰出的浪漫诗人,他们的人品和诗风深为稼轩所服膺。稼轩有《水调歌头》词,词前有序,云"赵昌父七月望日用东坡韵叙太白、东坡事见寄,过相褒借,且有秋水之约"。友人赵昌父的原词不见,但从辛词序可以窥见昌父曾以太白、东坡称颂稼轩。稼轩即"用韵为谢":

> 我志在寥阔,畴昔梦登天。摩挲素月,人世俛仰已千年。有客骖鸾并凤,云遇青山、赤壁,相约上高寒。酌酒援北斗,我亦虱其间。 少歌曰:"神甚放,形则眠。鸿鹄一再高举,天地睹方圆。"欲重歌兮梦觉,推枕惘然独念:人事底亏全?有美人可语,秋水隔婵娟。

梦游神驰,酷似李白《梦游天姥吟》,但梦中偕游的却是两位"诗仙"——李白与苏轼。他们援北斗而饮,敞怀而歌,形眠神驰,鸿鹄凌霄。结处更仿苏轼"中秋词"之怀弟,抒发他对友人的殷切思念。全词奇放飘逸,最是东坡遗风。

稼轩虽慕东坡词风,却并非一味因袭,而是自有特色。此点上文已略有论述,这里再就浪漫神韵上的不同,作一补证。同是对月抒怀,同样充满瑰丽神奇的想象,稼轩的《太常引·建康中秋夜为吕叔潜赋》,就有异于苏轼的《水调歌头·中秋》词:

> 一轮秋影转金波,飞镜又重磨。把酒问姮娥:被白发、欺人奈何? 乘风好去,长空万里,直下看山河。斫去桂婆娑,人道是、清光更多。

苏词"起舞弄清影,何似在人间",飘飘欲仙;才触离情,却又以月有圆缺自遣,超逸之至。同是问月,辛词兴起的是白发之叹,壮志难酬之愤。以下虽也"乘风好去",却志在"直下看山河",更待"斫去桂婆娑",让人间大地"清光更多"。词境既远较苏词豪壮,而其寄托亦深,诚如周济所言:"所指甚多,不止秦桧一人。"①词虽为友人而赋,然也自吐悲愤,自抒豪情,即所谓借他人酒杯,浇自己胸中之块垒。

稼轩词艺术风格之丰富多彩,也表现为博采众长,诸体皆备。以效法前贤词风词体而言,就其自己标举的就有"效花间体"、"效白乐天体"、"效朱希真体"、"效李易安体"等。就体裁说,有檃括体、天问体、招魂体、会盟体、戏宾体、独木桥体、药名体等。总之,兴之所至,不拘体式,但纵情挥洒而已。

此外,以文为词,议论为词,大量驱使经史语入词,更多熔铸故实入词……也都是稼轩词的独到艺术表现,成为"稼轩体"的有机组成部分。人或美其"龙腾虎掷,任古书中理语、瘦语,一经运用,便得风流"②,"横竖烂熳,乃如禅宗棒喝,头头皆是"③;或讥其为"词论",为"掉书袋";各家褒贬不一。其中是非功过,当结合具体作品来评价,方不致有以偏代全之失。

四

本书选词一百六十八首,占《稼轩词》四分之一强。选材尽量广泛,力求展现辛词总体风貌。

作品以编年为主。编年主要依据邓广铭先生《稼轩词编年笺注》(上海古籍出版社1978年新1版),少量篇章有调整。

注释力求详尽、精确、稳妥。一般是一意或一韵一注;先撮述语意,后释字词。凡有重要异释,则附于后。

每篇注释后作简评。简评以评析结构章法和艺术特色为主,间涉

---

① 周济《宋四家词选》。
② 刘熙载《艺概》。
③ 刘辰翁《须溪集·辛稼轩词序》。

思想内容上的探索。

本书附"词评辑要"及"行年事略"。后者主要参阅邓广铭先生《辛稼轩年谱》(古典文学出版社)写成。

本书不当之处,欢迎读者批评指正。

朱德才
1986年4月16日于山东大学

编年部分

水调歌头

寿赵漕介庵[1]

千里渥洼种,名动帝王家[2]。金銮当日奏草,落笔万龙蛇[3]。带得无边春下,等待江山都老,教看鬓方鸦[4]。莫管钱流地,且拟醉黄花[5]。　　唤双成,歌弄玉,舞绿华[6]。一觞为饮千岁,江海吸流霞[7]。闻道清都帝所,要挽银河仙浪,西北洗胡沙[8]。回首日边去,云里认飞车[9]。

〔1〕作于宋孝宗乾道四年(1168)秋,距稼轩于高宗绍兴三十二年(1162)南归已七年。是年在建康(今江苏南京市)通判任上。寿:作动词,祝寿。漕:漕司,即转运使。宋代设各路转运使,主管催征赋税、出入钱粮及水上运输等事宜。赵介庵:赵德庄,名彦端,号介庵,为赵宋宗室。时任江南东路转运副使,驻节建康。是稼轩的友人,互有诗词唱和。

〔2〕"千里"两句:言赵德庄有超群之才,名扬帝王之家。千里渥洼种:喻友人如天马神驹。《史记·武帝纪》载:时有骏马生于渥洼水(在今甘肃安西县境内)中,人献于朝廷。武帝以为天马,并作《天马》之歌。后世遂以"渥洼"称天马、神驹。帝王家:赵系宋室宗亲,故有此称。

〔3〕"金銮"两句:言赵金殿起草奏章,书法遒劲奔放,如龙蛇飞舞。金銮:金銮殿。本唐宫殿名,后来用指皇帝的正殿。龙蛇:喻笔势飞动。

苏轼《西江月》:"十年不见老仙翁,壁上龙蛇飞动。"

〔4〕"带得"三句:言赵从天上带来无边春色,江山易老而人却不老。按,"带得"句既承篇首天降神马之说,更指赵德庄由显谟阁学士出任江南东路转运副使,从朝廷到地方任职。无边春:喻其政绩卓著。教看:试看。鬓方鸦:鬓发依然油黑光亮,如乌鸦的羽毛。方:似。

〔5〕"莫管"两句:欣逢诞辰,劝友人暂却漕务,把酒对菊,一醉方休。钱流地:据《新唐书·刘晏传》,刘晏善理财政,"能权万货轻重,使天下无甚贵贱而物常平,自言如见钱流地上"。此借刘颂赵。黄花:菊花。语意双关,既实指菊花以点明节令(赵的生日正在重阳节前一两天),也兼指黄花酒。唐许浑《寄题华严韦秀才院》:"秋摘黄华(花)酿酒浓。"

〔6〕双成、弄玉、绿华:都是神话传说中能歌善舞、才貌双绝的仙女。分别见《汉武内传》、《列仙传》和《真诰·运象篇》。按,唐宋以来,士大夫素有蓄妓之风。此指赵府中的歌舞女子。

〔7〕"一觞"两句:举杯祝寿,开怀畅饮。觞(shāng 商):酒杯。流霞:神话中的仙酒。《论衡·道虚篇》载,有项曼都者弃家求仙,回家言及每当口饥欲食时,仙人"辄饮我流霞一杯。每饮一杯,数月不饥"。后也借以泛指美酒。

〔8〕"闻道"三句:谓近闻朝廷有北伐中原、驱金复国之意。清都帝所:传说中天帝所居之处。这里借指南宋朝廷。"要挽"两句:化用杜甫《洗兵马》诗意:"安得壮士挽天河,净洗甲兵长不用。"杜诗作于两京相继收复之际,意谓胡乱即平,将净洗兵甲,天下太平。辛词则谓要以银河仙浪洗涤西北胡沙。

〔9〕"回首"两句:祝赵早返朝廷、大展雄才。日边:古人以日喻君主,"日边"即指君主身边。秦观《千秋岁》词"日边清梦断",谓重返朝廷的美梦已经破灭。辛词意正相反。云里飞车:古代神话传说中的飞行工

具。《帝王世纪》:"奇肱氏能为飞车,从风远行。"此借喻友人奋志凌飞,青云直上。

寿词难免溢美过誉,虽稼轩莫外。但此词又自有脱俗之处:期勉友人风云际会,大展雄图,勉友亦自勉:"要挽银河仙浪,西北洗胡沙。"一篇主旨所在,正是时代最强音。通篇巧为比拟,迭用神话故实,奇思丽想,文笔飞动,极富浪漫色彩。基调乐观昂扬,风格豪放明快。词人勉友之作,大率如是。

念奴娇

登建康赏心亭,呈史留守致道[1]。

我来吊古,上危楼赢得、闲愁千斛[2]。虎踞龙蟠何处是?只有兴亡满目[3]。柳外斜阳,水边归鸟,陇上吹乔木。片帆西去,一声谁喷霜竹[4]? 却忆安石风流,东山岁晚,泪落哀筝曲[5]。儿辈功名都付与,长日惟消棋局[6]。宝镜难寻,碧云将暮,谁劝杯中绿[7]?江头风怒,朝来波浪翻屋[8]。

[1] 作于乾道五年(1169),时稼轩在建康通判任上。按,题序标明呈史致道的有三首,此其一。赏心亭:北宋丁谓创建,位于建康下水门城上,下临秦淮河,为当时游览胜地。史致道:史正志,字致道,扬州人。绍兴二十一年进士,除枢密院编修。曾上《恢复要览》五篇,主抗金复国。

乾道三年至六年,知建康府,兼建康行宫留守、沿江水军制置使等职(据《扬州府志·人物门》及《景定建康志·建炎以来年表》)。留守:官名,即行宫留守。古时国君迁都或巡幸,以重臣代守其土(或行宫)称留守。宋室南渡初,高宗曾一度驻跸建康,后迁都临安,故有行宫留守之职。

〔2〕"我来"两句:登临吊古,只落得万千愁绪。吊古:凭吊古代旧迹。危楼:高楼,指赏心亭。斛(hú胡):度量容器。古时以十斗为一斛。闲愁千斛,极言愁绪之多。

〔3〕虎踞龙蟠:诸葛亮曾对孙权说:"秣陵(金陵)地形,钟山龙蟠,石城虎踞,真帝王之都也。"(《金陵图经》)后人遂以此形容建康城地势之险要,气势之峥嵘。兴亡:指六朝兴亡古迹。按,三国时吴国孙权,东晋司马睿以及南朝的宋、齐、梁、陈,曾先后于金陵建都。北宋王安石《桂枝香·金陵怀古》词云:"六朝旧事随流水。"

〔4〕"柳外"五句:描绘登临所见黄昏景色。陇:田埂,此泛指田野。乔木:高大的树木。喷霜竹:谓吹笛。黄庭坚《念奴娇》词的结句云:"孙郎微笑,坐来声喷霜竹。"喷:吹奏。霜竹:秋天之竹。借以指笛。

〔5〕"却忆"三句:言谢安一代风流,晚年仍不免忧谗畏讥,致有泪落哀筝之悲。安石:谢安,字安石,东晋著名政治家。风流:指谢安丰采照人,英才盖世。东山岁晚:谓谢安晚年。谢安出仕前曾隐居东山(今浙江上虞县西南。又,金陵亦有东山,也是谢安游憩之地),故以"东山"代指谢安。后世也遂以"东山"称隐居。泪落哀筝曲:孝武帝末年,谢安位高遭忌。据《晋书·桓伊传》载,孝武帝曾召善乐者桓伊饮宴,适谢安侍坐。桓伊抚筝而歌,歌曰:"为君既不易,为臣良独难,忠信事不显,乃有见疑患。……"谢安闻歌触动心事,不觉潸然泪下,语桓伊云:"使君于此不凡。"孝武闻语亦面有愧色。但谢安后来终被罢相。

〔6〕"儿辈"两句:言谢安将建功立业的机会都交付给儿辈,自己唯以下棋度日。据《晋书·谢安传》:太元八年(383),前秦苻坚大军南下。

谢安派其弟谢石、其侄谢玄迎战于淝水。由于谢安指挥得当,晋军以少胜多,大败秦军。捷报传至相府,谢安正与客下棋,阅后脸无喜色,下棋如故。客问之,他从容答道:"小儿辈遂已破贼。"

〔7〕"宝镜"三句:谓耿耿心曲难为人知,而时不我待,唯借酒浇愁。宝镜难寻:据唐李濬《松窗杂录》,有渔人于秦淮河得一古铜镜,能照人肺腑。后不慎坠水中,遍寻不得。此喻知我者难觅。碧云将暮:言天色将晚,喻岁月消逝,人生易老。杯中绿:杯中酒。

〔8〕"江头"两句:遥望江头风急浪高,直有摧房倾屋之势。此喻词人内心极不平静。或谓喻南宋国势之危急。

金陵为"六代豪华"之地,历来登临者多有咏叹,但不少仅仅流于发思古之幽情。此词不然,它是借古讽今而深含国忧之作。开篇两句总摄题旨,唤出"闲愁"二字。曰"闲愁",实"国愁"。以下分写。"虎踞"七句从山川形胜立意。"虎踞"两句是"词眼",点出古今兴亡之感。"柳外"以下,专写自然景色,意谓"六代豪华"之陈迹至今已荡然无存,而眼前一派清淡闲适气象,正与"虎踞龙盘"之势形成鲜明对比。此暗喻朝廷迁都临安,无心北伐,有负金陵形胜,愧对古人。下片"却忆"五句则从金陵历史人物落笔,以谢安拟致道,更涵括大批爱国志士的不幸处境。"宝镜"以下自抒怀抱,感叹壮志难酬,唯蹉跎岁月而已。持酒对江,激愤之情,直如汹涌的江涛,久久难平。此词系稼轩早期作品,但已初具其沉郁悲壮的基本风格。

满江红

题冷泉亭[1]

直节堂堂,看夹道冠缨拱立[2]。渐翠谷、群仙东下,珮环声急[3]。谁信天峰飞堕地,傍湖千丈开青壁[4]。是当年、玉斧削方壶,无人识[5]。　　山木润,琅玕湿[6]。秋露下,琼珠滴[7]。向危亭横跨,玉渊澄碧[8]。醉舞且摇鸾凤影,浩歌莫遣鱼龙泣[9]。恨此中、风物本吾家,今为客[10]。

[1] 作于乾道六年至七年(1170—1171)间,时稼轩已由建康通判调京师临安,任司农寺主簿。在此期间,他曾向丞相虞允文上《九议》,备陈复国方略。冷泉亭:亭在西湖灵隐寺西南飞来峰下的深水潭中。据《临安志》,此亭为唐刺史元䕫所建,白居易任刺史时,曾作《冷泉亭记》,并刻石于亭上。宋时,移至飞来峰对岸。

[2] "直节"两句:古杉昂然挺立,似官员夹道拱立。直节:劲直挺拔貌。指杉树。苏辙因其堂前有八株高大杉树,取堂名为"直节堂"。冠缨:代指衣冠齐楚的士大夫。缨,帽带。拱立:拱手而立。

[3] "渐翠谷"两句:翠谷泉声优美,如仙珮环玎琮有声,渐:领字,此有渐渐深入之意。珮环:玉制的饰物。

[4] "谁信"两句:千丈青壁,傍湖而列,谁信此峰竟由天外飞来。天峰飞堕:据《临安志》引《舆地志》载,传说东晋时,有天竺(今印度)僧慧理见此山曰:"此是中天竺国灵鹫山之小岭,不知何年飞来。"因称其

峰为"飞来峰"。

〔5〕"是当年"两句:谓飞来峰系神仙玉斧削就,今人难以识其来历。方壶:神话传说中的仙山。《列子·汤问》说渤海之东有五座仙山,所居皆仙圣。"方壶"即其中的一座。

〔6〕"琅玕"两句:言泉水滋润山间草木。琅玕(láng gān 郎甘):原指青色美玉,此借指绿竹。

〔7〕"秋露"两句:谓泉水冷如秋露,洁似玉珠。

〔8〕"向危亭"两句:横渡潭水,来到冷泉亭上。危亭:高亭,指冷泉亭。玉渊澄碧:潭水碧绿清澈。渊:深水潭,指冷泉。

〔9〕"醉舞"两句:面对冷泉,词人醉中高歌起舞。鸾凤:传说中的两种神鸟,常喻骚雅清高之士。浩歌:放声高歌。鱼龙泣:谓水中鱼龙为之动情。

〔10〕"恨此"两句:因眼前风物而动思乡之情。风物本吾家:指冷泉景色与家乡风光极为相似。"吾家"即指稼轩老家济南。济南素有"泉城"之誉,尤以趵突泉闻名海内。此外,南有千佛山,北有大明湖,足与冷泉一带的湖光山色比美。或谓此针对飞来峰而言,批驳由天竺国飞来的谬说。亦可通。

咏景抒情。起首至"玉渊澄碧"为一段,咏景。结拍四句自成一段,抒情。主旨则在"恨此中、风物本吾家,今为客"两句。因景生情,思"吾家"即思吾故国,北客的思乡之情和志士的爱国之情融而为一。此词的咏景也颇具特色。其一,并不按题所示,直赋冷泉亭的本身,而是撒开笔触,着意渲染周围环境。并沿着作者的游踪,夹道古杉,翠谷泉声,千丈青壁,葱茏山木,琅玕绿竹,琼珠碧潭……依次写来,给人以曲径通幽、胜境沓来之感。最后点出"危亭",也是旋到旋收,不着一颂词,而"危亭"之美自在其中。其二,或拟人,或比喻,更用神话传说以驰骋想象,词境清幽而神奇,富有浪漫色彩。

新荷叶

和赵德庄韵[1]

人已归来,杜鹃欲劝谁归[2]?绿树如云,等闲付与莺飞[3]。兔葵燕麦,问刘郎、几度沾衣[4]。翠屏幽梦,觉来水绕山围[5]。　　有酒重携,小园随意芳菲[6]。往日繁华,而今物是人非[7]。春风半面,记当年、初识崔徽[8]。南云雁少,锦书无个因依[9]。

〔1〕时稼轩在临安司农寺任上。赵德庄:见前《水调歌头》(千里渥洼种)注〔1〕。和韵:和他人诗词,仍用原韵,叫和韵。按,赵德庄先有两首《新荷叶》(见《介庵词》),稼轩依韵和作两首。此其一。

〔2〕"人已"两句:言友人已自归来,杜鹃为谁声声劝归。杜鹃:鸟名。因其啼声凄切,易动人归思,所以亦称"思归"鸟、"催归"鸟。

〔3〕"绿树"两句:言友人归时,已是暮春季节,大好春光等闲消逝。陈亮《水龙吟》词:"恨芳菲世界,游人未赏,都付与,莺和燕。"等闲:轻易地、白白地。

〔4〕"兔葵"两句:用唐诗人刘禹锡事。据《本事诗》载,刘禹锡因参与永贞革新被贬朗州。十年后还京,重游玄都观欣赏桃花,作《赠看花诸君子》诗,云:"玄都观里桃千树,尽是刘郎去后栽。"执政者以为讥刺朝政,又放外任。十四年后再返京城,玄都观已一片荒芜,感而赋诗云:"种

桃道士归何处,前度刘郎今又来。"诗前有长序,序云:"重游玄都,荡然无复一树,唯兔葵燕麦动摇于春风耳。"兔葵燕麦:野草和野麦。刘郎:刘禹锡,此借指赵德庄。两句意谓,友人虽返临安,但人事已有很大变化。

〔5〕"翠屏"两句:愿友人摆脱人间烦恼,优游于山水之间。翠屏:卧室内绿色的屏风。

〔6〕"有酒"两句:谓携酒重游故园。随意芳菲:言芳草遍地。芳菲:指花草。随意:任意。庾信《荡子赋》:"游尘满床不用拂,细草横阶随意生。"

〔7〕"往日"两句:谓故园风光依旧,但人事已非。

〔8〕"春风"两句:回忆当年初识伊人情景。春风半面:春风中袖遮半面,写少女羞涩之态。崔徽:唐歌伎,曾与裴敬中相恋。分别后,崔托人画像寄敬中,以示忠诚之意。未几抱恨而卒(见元稹《崔徽歌》并序)。此当借指赵当年所恋之人。

〔9〕"南云"两句:叹雁少不能传书。古有鸿雁传书的说法。因依:托付。

此稼轩早期婉约词。赵德庄原唱旨在伤春怀人,辛的和词即据此生发。上片怨其归来太迟,春色已尽,人事有变。其间用刘禹锡重返京师观桃花事,恐不无政局动荡之慨。"幽梦"两句承上启下。下片故园携酒重游,意在排遣春愁。然对景生情,顿起"物是人非"之感。"春风半面",伊人娇羞之态记忆犹新,不想而今天涯遥望,锦书难托。通篇清切婉丽,正是五代以来小令本色。但细细把玩,又觉此词非纯乎"艳情"。赵氏两首原唱云:"曾几何时,故山疑梦还非。鸣琴再抚,将清恨、都入金徽。""遥想当时,故交往往人非。天涯再见,说情话、景仰清徽。"稼轩另一首和韵词云:"知音弦断,笑渊明、空抚馀徽。"联系本词的"兔葵燕麦"之悲,"物是人非"之叹,细加品味,当知有人事寄托。含而不露,寄意言外,而唱和双方,自有灵犀暗通之趣。

声声慢

　　滁州旅次登奠枕楼作,和李清宇韵[1]。

征埃成阵,行客相逢,都道幻出层楼[2]。指点檐牙高处,浪涌云浮[3]。今年太平万里,罢长淮、千骑临秋[4]。凭栏望:有东南佳气,西北神州[5]。　　千古怀嵩人去,还笑我、身在楚尾吴头[6]。看取弓刀陌上,车马如流[7]。从今赏心乐事,剩安排、酒令诗筹[8]。华胥梦,愿年年、人似旧游[9]。

　　[1]作于乾道八年(1172),时稼轩在知滁州(今安徽滁县)任上。按,稼轩自乾道八年春出知滁州,至淳熙元年(1174)春改任他官,其间凡二年。滁州为当时前线重镇,屡遭兵燹,民生凋敝。稼轩到任后,"宽政薄赋,招流散,教民兵,议屯田"(《宋史本传》)。未几,"荒陋之气,一洗而空"(崔敦礼《宫教集·滁州枕楼记》)。由此可见稼轩杰出的行政才能。旅次:客中。稼轩北客南来,故有此语。奠枕楼:建于乾道八年秋。友人周信道(孚)来滁相会,作《奠枕楼记》略记其始末。盖取天下太平,安居高卧,登楼览胜,与民同乐之意。李清宇:延安人,稼轩在滁州新结识的朋友。生平不详。

　　[2]"征埃"三句:言行人惊讶奠枕楼的突然耸起。征埃成阵:大路上车来人往,扬起尘土阵阵。幻出层楼:神奇般地出现一座高楼。

　　[3]"指点"两句:颂奠枕楼耸入云天,气势非凡。檐(yán 严)牙:

屋檐边飞起的牙角。浪涌云浮:层云似浪,涌浮于层楼高处。

〔4〕"今年"两句:谓今秋长淮一带一派太平景象。按,淮河为当时南宋北金的交界线。罢:罢兵事。千骑(jì计)临秋:千骑,指金兵。金人常乘秋天粮足马肥之际南下侵宋。

〔5〕"凭栏"三句:言登楼凭栏,远眺四方。东南佳气:东南方向的帝王气象,此指南宋都城临安。西北神州:指沦陷的中原地区。

〔6〕"千古"两句:言古人有灵,当笑我何以不归。怀嵩人去:怀嵩之人已然归去。《舆地纪胜·滁州景物》云:"怀嵩楼即今北楼,唐李德裕贬滁州,作此楼,取怀归嵩洛之意。"后来,他果然如愿以偿,归隐故乡嵩山(在今登封县)。按,稼轩亦是由北南来,并兴建奠枕楼,所以联想到李德裕。楚尾吴头:滁州地处古代吴、楚两国交界处,故以此相称。稼轩《霜天晓角·旅兴》:"吴头楚尾,一棹人千里。"

〔7〕"看取"两句:道旁巡卒不断,路上车水马龙,一派安定繁荣景象。弓刀:代指兵卒。按,稼轩在滁州曾"教民兵,议屯田"。陌:路。此化用黄庭坚诗句:"弓刀陌上望行色。"

〔8〕"从今"两句:从今境平民安,大可诗酒尽乐了。赏心乐事:心情愉悦,诸事如意。谢灵运《拟魏太子邺中集诗序》:"天下良辰、美景、赏心、乐事,四者难并。"剩:此作"尽"讲。酒令:喝酒行令,为酒席上的一种游戏。由令官出令,违者、输者则罚酒。诗筹:标有诗韵的筹子。即席者或分筹,或抽筹,都必须按筹韵赋诗。

〔9〕"华胥"两句:愿年年安定,人人欢乐。华胥梦:据《列子·黄帝篇》,黄帝昼寝,梦游华胥之国。那里国无君长,民无贪欲,一切安然自得。后人即以"华胥"代梦。稼轩则借以喻滁州物阜民康。

词写登奠枕楼所感,但不同于一般登临赏玩之作。词人视野高远,胸次磊落。全词楼起楼结,中间因楼起兴,抒情赋志,跌宕起伏,深沉有致。首五句正面赋楼。楼高入云,气势飞动,却从"行客"眼中看出,口中道出,以见非个人所独喜独惊。"今年"两句,补出建楼之由。以下登楼而望,天下河山,尽收眼底。东南有佳气,是喜;西北望神州,则忧。忧喜之情,集于一身。下片承"西北神州"而动北归之思,更以怀嵩楼映衬奠枕楼。"看取"以下,宕开归思,看取现实,祝愿未来。上文是由喜而忧,此处是由忧而喜。不以思归为念,勤政养民,一心造福滁州,时刻不忘故国,此等胸怀,令人钦敬。

木兰花慢

滁州送范倅[1]

老来情味减,对别酒,怯流年[2]。况屈指中秋,十分好月,不照人圆[3]。无情水都不管,共西风只管送归船[4]。秋晚莼鲈江上,夜深儿女灯前[5]。　　征衫便好去朝天。玉殿正思贤[6]。想夜半承明,留教视草;却遣筹边[7]。长安故人问我,道愁肠殢酒只依然[8]。目断秋霄落雁,醉来时响空弦[9]。

〔1〕写于滁州任上。范倅(cuì 翠):指范昂。倅:副职。范昂任滁州通判,助稼轩政事。是年秋,任满,奉诏返京。稼轩作此词送行。

〔2〕"老来"三句:稼轩三十三岁而自称"老来",一则古人常常叹老嗟卑。二则,针对年少立业而言,现在已过"而立"之年,而复国大业未就,所以称"老"。

〔3〕好月不照人圆:谓月圆人离。

〔4〕"无情水"两句:怨江水西风无情,送友人之舟迅速远去。从侧面写出,送别情意更进一层。

〔5〕"秋晚"两句:设想友人水行生涯和抵家后的天伦之乐。莼鲈(chún lú 纯卢):莼羹和鲈鱼脍,都是江南特产。《世说新语·识鉴》谓西晋张翰在洛阳为官,见秋风起,因思故乡吴中菰菜羹、鲈鱼脍,遂弃官南归。并说:"人生贵得适意耳,何能羁宦数千里以要名爵。"作者借言范昂返乡。夜深儿女灯前:黄庭坚《寄叔父夷仲》诗:"弓刀陌上望行色,儿女灯前语夜深。"

〔6〕"征衫"两句:言朝廷急需人才,希友人尽快朝见天子。征衫:旅途所着衣衫。好去:好生前去,是居者安慰行者之辞,此含勖勉意。玉殿:代指皇帝。

〔7〕"想夜半"三句:悬想友人为朝廷重用情景。承明:汉制宫中设承明庐,以为文学侍臣值班和起草文稿之处。视草:起草诏书。却遣筹边:又派去筹划边境事务。

〔8〕"长安"两句:如友人问我情况如何,只说我依然以酒浇愁。长安:此借指南宋国都临安。殢(tì 替)酒:沉溺于酒。秦观《梦扬州》词:"殢酒困花,十载因谁淹留。"

〔9〕"目断"两句:遥望秋空雁坠,醉里犹闻空弦回响。《战国策·楚策》谓更羸与魏王立京台下仰见飞鸟,更羸说:我能"引弓虚发而射鸟"。时有雁自东方来,他果然虚发而下之。魏王问其故。答曰:此箭伤未愈之孤雁,闻弓响而欲高飞,以致伤口迸裂,应声而下。稼轩借以自喻忧谗畏讥之心理。或谓稼轩醉里引弓,念念不忘杀敌复国之志。

送别词最忌平淡空泛,此词写来却情真意切,内容充实,既依依惜别,又倍加勖勉,更藉以抒发胸中一段抑郁不平之气。上片惜别,从对酒感时写入,以下撇开现实,纯从想象着笔,层层推进,写出别情无限。人未成行,却先想出中秋之夜,月圆人散之苦。继之,又怨江水江风不解人意,合力送舟,妙在无理有情。"秋晚夜深"一联承"归船"而来,把不同的时空,不同的两组形象衔接一起,既文思跳宕,又一气流贯,表现力特强。此种诗法恐得力于黄庭坚(名句如《寄黄几复》"桃李春风一杯酒,江湖夜雨十年灯")。下片前半虽勖勉有加,但写来平淡。后半托为问答,语淡愁浓,结拍两句赋自身离友后的孤独之感及忧谗畏讥之心理,尤觉勃郁深沉。而使事用典,融化无痕,也颇见语言功夫。

水龙吟

登建康赏心亭[1]

楚天千里清秋,水随天去秋无际[2]。遥岑远目,献愁供恨,玉簪螺髻[3]。落日楼头,断鸿声里,江南游子[4]。把吴钩看了,栏杆拍遍,无人会,登临意[5]。　　休说鲈鱼堪脍,尽西风,季鹰归未[6]?求田问舍,怕应羞见,刘郎才气[7]。可惜流年,忧愁风雨,树犹如此[8]!倩何人、唤取红巾翠袖,揾英雄泪[9]?

〔1〕词作于孝宗淳熙元年(1174)秋。是年春,稼轩由滁州知府改调江东安抚司参议官,再返建康。赏心亭:见前《念奴娇》(我来吊古)注〔1〕。

〔2〕"楚天"两句：言水天相接，一派秋色。楚天：战国时楚国占有我国南方大片土地，故古人泛称南方的天空为楚天。

〔3〕"遥岑"三句：群山虽然风流多姿，但徒引人愁恨而已。按，"献愁"二句是倒装句。遥岑(cén岑)远目：纵目远山。玉簪螺髻(jì计)：言群山秀丽如美人头上的碧色玉簪和螺形发髻。

〔4〕"落日"三句：落日残照，断鸿声远，词人伫立楼头。江南游子：词人家在北地济南，宦游江南，故以此自称。

〔5〕"把吴钩"四句：写壮志难酬又无人理解的感慨。吴钩：古代吴国所铸的一种弯形宝刀。这里泛指刀剑。无人会，登临意：无人领会其登临之意。

〔6〕"休说"三句：反用张翰弃官南归事。事见上篇《木兰花慢》注〔5〕。季鹰：张翰字季鹰。脍(kuài快)：细切的鱼、肉片。

〔7〕"求田"三句：《三国志·陈登传》载：许汜见陈登，陈登久不与语，使许卧下床，而自卧大床。许汜诉于刘备。刘备说："君有国士之名，今天下大乱，帝王失所，望君忧国忘家，有救世之意；而君求田问舍，言无可采，是元龙(陈登的字)所讳也，何缘当与君语！如小人，欲卧百尺楼上，卧君于地，何但上下床之间耶！"求田问舍：买田置房。刘郎：指刘备。才气：指胸怀气魄。

〔8〕"可惜"三句：叹事业未就，年华虚度。树犹如此：晋朝桓温北伐，途经金城，见当年手植柳树已有十围之粗，感慨地说："木犹如此，人何以堪。"(《世说新语·言语》)辛词仅用上句，而下句语意自在其中。

〔9〕倩(qìng庆)：请。红巾翠袖：以少女服饰代指歌舞女子。揾(wèn问)：擦，揩拭。

这是稼轩早期词中最负盛名的一篇，艺术上也渐趋成熟境地：豪而不放，壮中见悲，力主沉郁顿挫。上片以山水起势，雄浑不失清丽。"献愁供恨"用倒卷之笔,迫近题旨。以下七个短句,一气呵成。落日断鸿,把看吴钩,拍遍栏杆,在阔大苍凉的背景上,凸现出一个孤寂的爱国者的形象。下片抒怀,写其壮志难酬之悲。不用直笔,连用三个故实,或反用,或正取,或半句缩住,以一波三折,一唱三叹手腕出之。结处叹无人唤取红巾"揾英雄泪",遥应上片"无人会,登临意",抒慷慨呜咽之情,也别具深婉之致。所以《海绡说词》谓其"纵横豪宕,而笔笔能留"。《谭评词辨》也说:"裂竹之声,何尝不潜气内转。"

太常引

建康中秋夜为吕叔潜赋[1]

一轮秋影转金波,飞镜又重磨[2]。把酒问姮娥:被白发欺人奈何[3]! 乘风好去,长空万里,直下看山河[4]。斫去桂婆娑,人道是、清光更多[5]。

〔1〕作于淳熙元年(1174)中秋,时稼轩再度出仕建康。吕叔潜:名大虬,是当时一位文人。馀不详。

〔2〕"一轮"两句:言明月皎洁,似飞镜重磨。秋影:秋月。金波:金色的月光。《汉书·礼乐志·郊祀歌·天门》:"月穆穆以金波。"谓月光清明柔和,如金色流波。飞镜:飞天铜镜,喻月。

〔3〕姮(héng恒)娥:指神话传说中的月里嫦娥,此代指月。白发欺人:白发日增,似有意欺人。薛能《春日使府寓怀》:"青春背我堂堂去,白发欺人故故(屡屡)生。"

〔4〕好去:见前《木兰花慢》(老去情味减)注〔6〕。

〔5〕"斫去"两句:化用杜甫诗句:"斫却月中桂,清光应更多。"(《一百五日夜对月》)斫(zhuó 卓):砍。桂婆娑:指桂枝。神话传说谓月宫有桂树,更有吴刚伐桂之说。婆娑(suō 梭):枝叶飘舞貌。

词为友人而赋,然而也自吐悲愤,自抒豪情,即所谓借他人之酒杯,浇我胸中之块垒。全词紧扣中秋明月着笔,充满奇思丽想,极富浪漫色彩,而以奋发乐观为其基调。一起咏月,飞镜系天,秋影流波,照得人间一片澄澈。把酒问月,"白发欺人"之叹,隐寄壮志未酬鬓先斑之恨。下片霍然振起,乘风凌空,俯瞰山河。此寓鹏飞万里之志,勉友亦自勉。结拍奔月斫桂,虽语辞脱胎于杜诗,但自有其特定的时代内涵。正如周济所云:"所指甚多,不止秦桧一人而已。"(《宋四家词选》)铲奸除邪,重整乾坤,其义甚明。

菩萨蛮

金陵赏心亭为叶丞相赋〔1〕

青山欲共高人语,联翩万马来无数〔2〕。烟雨却低回,望来终不来〔3〕。　　人言头上发,总向愁中白。拍手笑沙鸥,一身都是愁〔4〕。

〔1〕作于淳熙二年(1175)春,时稼轩在建康安抚使参议官任上。叶丞相:指叶衡。叶衡字梦锡,婺州金华人。著名抗金人物,与稼轩关系

甚密。淳熙元年,叶任建康安抚使,稼轩再官建康,即出于他的引荐。同年赴京,先后任参知政事、右丞相兼枢密使。淳熙二年春,稼轩先后为叶赋词三首,此其一。

〔2〕"青山"两句:言青山联翩而来,似欲与高人相语。高人:高雅之人,指叶衡。联翩(piān篇):轻快飞动,接连不断。

〔3〕"烟雨"两句:烟雨遮山,若隐若现。低回:徘徊。望来终不来:指青山似在烟雨中徘徊,欲来不至。

〔4〕"人言"四句:言白发与愁无关,否则沙鸥通体皆白,岂非浑身是愁。白居易《白鹭》诗:"人生四十全未衰,我为愁多白发垂。何故水边双白鹭,无愁头上也垂丝。"杨万里《有叹》诗:"君道愁多头易白,鹭鸶从小鬓成丝。"

词借青山托意,借沙鸥传情;仰慕友人,亦自抒情怀。上片用拟人手法写山。青山含情,欲共人语,一似万马奔腾,联翩而前,神采飞动,气势非凡。烟雨朦胧,望来不来,恰如低首徘徊,欲前却止。或壮或秀,或气宇轩昂,或妩媚绰约,总出以动态之美。下片借水上沙鸥起兴,寓庄于谐,颇具生活情致。虽议论入词,却妙趣横生,于诙谐幽默中,体现其开朗乐观、奋发进取的精神。

酒泉子[1]

流水无情,潮到空城头尽白[2]。离歌一曲怨残阳,断人肠[3]。　　东风官柳舞雕墙。三十六宫花溅泪[4],春声何处说兴亡,燕双双[5]。

〔1〕词写于淳熙元年至淳熙二年(1174—1175)春,时稼轩二次官建康。

〔2〕"流水"两句:流水无情送客,人因离愁头白。潮到空城:唐刘禹锡《金陵五题·石头城》:"山围故国周遭在,潮打空城寂寞回。"空城:石头城,即指建康。

〔3〕"离歌"两句:人听别离之歌,顿生断肠之痛。岑参《酒泉太守席上醉后歌》:"胡笳一曲断人肠,座上相看泪如雨。"叶梦得《满庭芳》:"一曲离歌,烟村人去。"怨残阳:怨斜阳无情西下,不为人留住时间,催人告别。

〔4〕"东风"两句:写离宫院内的花柳春色。按,从文意讲,此两句相连,若按韵断句,"三十六宫"句当属下。雕墙:雕花的宫墙。三十六宫花溅泪:谓离宫别院中,群花因感时而溅泪。此化用前人诗句。骆宾王《帝京篇》:"汉家离宫三十六。"杜甫《春望》:"感时花溅泪,恨别鸟惊心。"

〔5〕"春声"两句:双燕声声,如诉历代兴亡。这两句也是化用前人诗意。刘禹锡《金陵五题·乌衣巷》:"旧时王谢堂前燕,飞入寻常百姓家。"北宋周邦彦《西河·金陵》词云:"燕子不知何世。入寻常、巷陌人家,相对如说兴亡,斜阳里。"

"流水无情"、"离歌一曲",当是送别友人之作。然细玩词意,借景抒情,尤重抒发古今兴亡之感。盖金陵曾为六代国都,又当南北分裂之世,稼轩遂有吊古伤今之思。起言江潮汹涌,"空城"二字,则豪华衰歇,古城寂寞之状可见,"头白"、"断肠"云云,实皆由此而来。下片起二句专赋离宫春色,命意益显。乍看东风舞柳,宫墙依旧,细辨则人事俱非,国事危艰,花为之溅泪,鸟为之惊心。结两句点出"兴亡",却又托意双燕,曲折传情。此词从咏景看,形象鲜明,就托意抒怀言,较多融化前人诗句入词,又有言简意赅、含蓄深婉的艺术特色。

菩萨蛮

书江西造口壁[1]

郁孤台下清江水,中间多少行人泪[2]。西北望长安,可怜无数山[3]。　　青山遮不住,毕竟东流去[4]。江晚正愁余,山深闻鹧鸪[5]。

〔1〕词作于淳熙二、三年(1175—1176)间,时稼轩在江西任上。按,淳熙二年春末夏初,出于叶衡推荐,稼轩由建康再调京师临安,任仓部郎官,并于是年七月出为江西提点刑狱使,节制诸军。未几,因平"茶寇"有功,加秘阁修撰。造口:即皂口,在今江西省万安县西南。皂口有皂口溪,溪水流入赣江。时稼轩驻节赣州,常经皂口。据罗大经《鹤林玉露》:"南渡之初(指建炎三年,即公元1129年),虏人追隆祐太后御舟至造口,不及而返,幼安自此起兴。"此说与史载隆祐的逃亡路线不尽相符,而金兵在追击隆祐的过程中,大肆骚扰赣西一带,却是事实。文学创作自可有一定的灵活性。

〔2〕"郁孤"二句:言滚滚清江水,饱含当年流亡者的血泪。郁孤台:在今赣州西北,因其郁然孤峙而得名。《赣州府志》载,唐李勉为赣州刺史时,曾登台北望长安,表示忠于朝廷,因改名为"望阙台"。清江:江西袁江与赣江合流处,旧称清江,这里指赣江。赣江出南而北经赣州市,过郁孤台下,至皂口(造口),流入鄱阳湖。行人:指当年金人骚扰下

奔走流亡的人。

〔3〕"西北"两句:遥望西北故都,无奈群山遮目。此即用李勉望阙之意。长安:借指北宋故都汴京。可怜:可惜。

〔4〕"青山"两句:羡江流勇决,不受群山遮拦,叹人不如水,难以北去。或谓以江水奔逝喻国势陵夷,难以收拾。

〔5〕"江晚"两句:正愁江晚,又闻深山鹧鸪声声,愁上添愁。愁余:使我愁苦。闻鹧鸪:传说鹧鸪飞必向南,而不北往,且鸣声凄切,易触动羁旅之愁。北宋张咏《闻鹧鸪》诗:"画中曾见曲中闻,不是伤情即断魂。北客南来心未稳,数声相对在前村。"

梁启超《艺蘅馆词选》评曰:"《菩萨蛮》如此大声鞺鞳(指若金鼓之声),未曾有也。"意谓以小令而作激越悲壮之音,空前未有。周济《宋四家词选》则云此词"借水怨山",意谓纯用比兴,寓勃郁豪壮于山水之中。梁、周两家之说颇为精当。此词起两句写水,由水而泪,从而翻出四十年前一段国耻民辱的伤心史实。次二句写山,暗用唐李勉"望阙"情意,拳拳之心,深深自见。下片山水合写。前两句羡江流勇决,奔腾而东,而叹水去人不去,似扬还抑。后两句写晚伫江边而闻深山鹧鸪,寓国愁于乡愁,意境益发孤凄勃郁。总之,此词既"忠愤之气,拂拂指端"(卓人月《词统》),又"借水怨山",力求深婉之旨,表现出一种含蓄蕴藉式的悲壮之美,不仅为稼轩令词中的上乘,在宋词发展史上也有开拓创新意义。

摸鱼儿

观潮上叶丞相[1]

望飞来、半空鸥鹭,须臾动地鼙鼓[2]。截江组练驱山去,鏖战未收貔虎[3]。朝又暮。悄惯得、吴儿不怕蛟龙怒,风波平步[4]。看红旆惊飞,跳鱼直上,蹴踏浪花舞[5]。 凭谁问,万里长鲸吞吐,人间儿戏千弩[6]。滔天力倦知何事,白马素车东去[7]。堪恨处:人道是、属镂怨愤终千古,功名自误[8]。谩教得陶朱,五湖西子,一舸弄烟雨[9]。

〔1〕作于淳熙三年(1176)。是年秋,稼轩由江西提点刑狱改官京西路转运判官,赴任途中,他过临安述职,正值钱塘观潮,作此词上叶衡。观潮:看潮水。临安秋天的钱塘江潮向为天下奇观。苏轼《催试官考较戏作》:"八月十八潮,壮观天下无。"叶丞相:叶衡,见前《菩萨蛮》(青山欲共高人语)注〔1〕。按,叶衡于淳熙元年十一月入相,次年九月,即被劾罢相。这里沿用前职,以示对叶的敬重。同时,古之惯例如此。

〔2〕"望飞来"两句:写江潮远来疾至的宏伟气势。上句重在形态,下句重在声响。飞来半空鸥鹭:形容江潮白浪由远处铺地盖天而来。须臾(yú鱼):片刻之间。动地鼙(pí皮)鼓:形容江潮疾至,如战鼓齐擂,声撼大地。潘阆《酒泉子》:"来疑沧海尽成空,万面鼓声中。"鼙鼓:古代军中进击时所用的战鼓。

〔3〕"截江"两句:写江潮大至时的奇景壮观。截江:横截江面。组

练:"组甲披练"的简称,分别指军士所服的两种衣甲。《左传·襄公三年》:"使邓寥率组甲三百,被练三千以侵吴。"苏轼曾用以形容钱塘怒潮:"鹍鹏水击三千里,组练长驱十万夫。"(《催试官考较戏作》)此以一队队身穿白色衣甲的精壮军士,喻层层巨潮相逐而至。驱山:驱赶着白色的浪山波峰。鏖(áo 遨)战:激战、酣战。貔(pí 皮)虎:喻勇猛之士。貔:似熊的一种猛兽。句意谓江潮汹涌翻滚,如勇士激战未休。

〔4〕"朝又暮"三句:吴儿不怕风险浪恶,弄潮犹如平地闲步。朝又暮:指朝朝暮暮与水为戏。悄惯得:多么纵容自得。悄,也作"诮",直也,浑也。吴儿:江浙一带弄潮的青少年。

〔5〕"看红旆"三句:吴儿挥旗踏浪,如鱼跃水面。据南宋末年周密《武林旧事》记载:"吴儿善泅者数百,皆披发文身,手持十幅大彩旗,争先鼓勇,溯迎而上,出入于鲸波万仞中,腾身百变,而旗尾略不沾湿。"潘阆咏钱塘词也说:"弄潮儿向涛头立,手把红旗旗不湿。"(见上)红旆(pèi 配):红旗。蹙(cù 促):踢,踩。

〔6〕"凭谁问"三句:谓怒潮汹涌,岂是人力所能遏制。长鲸吞吐:喻潮水浩大,如由长鲸口中喷发而出,威力无比。儿戏千弩:千弩射潮,如同儿戏。据《宋史·河渠志》载,吴越王钱镠筑江堤,为阻潮水冲击,命数百士卒用强弓射潮。在词人看来,荒谬绝伦,如同儿戏。弩(nǔ努):弩弓,一种利用机械力量射箭的弓。

〔7〕"滔天"两句:言连天的怒潮力倦难支,缓缓东归。白马素车:白色的马车,喻江潮。枚乘《七发》形容曲江波涛说:"其少进也,浩浩㴌㴌(yí yí 仪仪,一片洁白貌)如素车白马帷盖之张。"传说伍子胥死后,"时有见子胥乘素车白马在潮头之中,因立庙以祠焉"(《太平广记》)。

〔8〕"堪恨处"三句:谓伍子胥忠而见谗,遗恨千古。属镂怨愤:《史记·吴太伯世家》载:春秋吴越交战时,吴王夫差不纳相国元老伍子胥的忠告,接受越王勾践的假降,更赐属镂剑命伍子胥自刎,死后又弃尸江

中。未几,越果灭吴。又,传说伍子胥冤魂不散,年年驱水作潮。后人因尊为"潮神",设庙祭之。按,词人显然为伍子胥鸣不平,否定"功名自误"之说。

〔9〕"谩教得"三句:谓范蠡汲取伍子胥的教训,助越灭吴后,即隐身自退。谩教得:空教得。陶朱:即陶朱公。范蠡为越国大夫,曾施美人计献西施于吴王夫差。助越灭吴后,他自意"大名之下,难以久居,且勾践(越王)为人,可与同患,难与处安乐。"于是装其珠宝,浮海而去,最后定居于陶(今山东定陶县),经商致富,自称陶朱公(《史记·越王勾践世家》)。西子:即西施。范蠡曾以其献吴。成功之后,传说范携西施泛舟五湖。五湖:江苏省太湖的别名。舸(gě葛上声):大船。弄烟雨:欣赏云水迷濛的湖上景色。

词上片写观潮,重在描绘。前四句写江潮,自远而近,由初起而大至。连用鸥鹭、鼙鼓、组练、鏖战等语,比喻新巧,想象奇妙,绘声绘色,穷姿极态,蔚为壮观。后六句赋吴儿弄潮,则于惊涛骇浪之中,龙腾鱼跃,挥旗作舞,如履平地,既惊心动魄,又美不胜收。以江潮排空之气势,衬托出吴儿弄潮之壮威,令人叹为观止。下片写潮去有感,重在抒情议论。词人紧扣江潮,选用故实。起谓潮生潮落,乃造化之功,非人力所能左右,暗寓宦海沉浮之感。钱镠射潮是陪衬,白马素车暗暗逗出子胥冤魂。属镂怨愤,是为叶衡罢相鸣不平。范蠡泛舟,则是对叶衡罢归金华的劝慰。

满江红[1]

汉水东流,都洗尽、髭胡膏血[2]。人尽说、君家飞将,旧时英烈[3]:破敌金城雷过耳,谈兵玉帐冰生颊[4]。想王郎、结发赋从戎,传遗业[5]。　　腰间剑,聊弹铗。尊中酒,堪为别[6]。况故人新拥,汉坛旌节[7]。马革裹尸当自誓,蛾眉伐性休重说[8]。但从今、记取楚台风,庾楼月[9]。

〔1〕作于淳熙四年(1177)。是年春,稼轩由京西路转运判官改官江陵知府(今湖北省江陵县)兼湖北安抚使。据词意,当为送李姓友人去汉中而作。李姓友人生平事迹不详。

〔2〕"汉水"两句:请以汉水尽洗胡人膏血。意谓勉友立功。汉水:长江支流,源出陕西,流经湖北,穿武汉市而入长江。髭(zī 姿)胡:代指入侵的金兵。髭,唇上的胡子。膏血:指尸污血腥。

〔3〕"人尽说"两句:言友人为李广之后,理当无愧于先人英烈。飞将:指西汉名将李广。他善于用兵,作战英勇,屡败匈奴,被匈奴誉为"飞将军"(《史记·李将军列传》)。王昌龄《出塞》:"但使卢城飞将在,不教胡马度阴山。"

〔4〕"破敌"两句:赞美李广用兵神速,通晓兵机。金城:言城之坚,如金铸成。俗谓"固若金汤"。此指敌城。一说,指汉代郡名,李广曾在这一带与匈奴作战。此说也可通,但似与下句"玉帐"对仗不工。雷过耳:即如雷贯耳,极言声名大震。玉帐:主帅军帐的美称。冰生颊:言其谈兵论战明快爽利,辞锋逼人,如齿颊间喷射冰霜。苏轼《浣溪沙》词:"论兵齿颊带风霜。"

〔5〕"想王郎"两句:言友人少年从军,继承先祖英雄业绩。王郎:指三国时建安七子之一的王粲。他少年时曾避乱荆州(在南宋为江陵府故地),后随曹操西征汉中,作《从军诗》五首。此以王粲喻李姓友人。结发:即束发。古代男子二十岁束发,表示成年。《汉书·李广传》谓李广"结发与匈奴大小七十馀战"。从戎:从军。

〔6〕"腰间剑"四句:弹剑作歌,叹报国无门,唯以杯酒,为友饯行。弹铗:敲击剑柄。《战国策·齐策》载,齐人冯谖为孟尝君门下客,初不见重用,曾三次弹铗作歌,以示不满欲去。此加上一个"聊"字,意谓己剑不能杀敌,聊且弹歌而已。尊:酒杯。

〔7〕"况故人"两句:谓友人新任重要军职。拥:持,举。汉坛旌(jīng京)节:暗用刘邦筑坛拜韩信为大将事。旌节:旌旗,节仗,代表将帅的身份和权力。

〔8〕"马革"两句:激励友人驰骋沙场,休恋儿女情事。马革裹尸:用马皮裹卷尸体。东汉名将马援自请出击匈奴时说:"男儿要当死于边野,以马革裹尸还葬耳,何能卧床上在儿女子手中耶!"(见《后汉书·马援列传》)后世遂以此语相勉战死沙场。蛾眉伐性:贪恋女色,必将自残生命。枚乘《七发》:"皓齿蛾眉,命曰伐性之斧。"蛾眉,女子修长而美丽的眉毛,代指美女。

〔9〕"记取"两句:望友人记住友谊,莫忘知己。楚台:即兰台。故址在今湖北江陵。宋玉《风赋》说,他曾和楚襄王同游兰台,披襟迎风。庾(yǔ羽)楼:一称南楼,在今湖北武昌市。东晋庾亮为荆州刺史时,曾偕部属登斯楼赏月(《世说新语·容止》)。王安石《千秋岁引》:"楚台风,庾楼月,宛如昨。"

此赠别勉友之作。洗尽髭胡膏血,笔起慷慨。颂历史飞将,旨在呼喊现实中的"飞将",并勖勉李姓友人,故上片以"传遗业"作结。换头直赋饯别,而弹剑作歌,隐然有报国无门之悲愤。"况故人"数句,转笔奋起。"马革裹尸当自誓",铁血之辞,掷地有声,勉友亦自勉。结以今日友谊,永志勿忘。上片侧面落笔,一路酣畅,而以歇拍归穴。下片正面取意,直而不平,略见顿挫。全篇格调高昂雄放,读之令人鼓舞。

水调歌头^[1]

淳熙丁酉,自江陵移帅隆兴,到官之三月被召,司马监、赵卿、王漕饯别^[2]。司马赋《水调歌头》,席间次韵^[3]。时王公明枢密薨,坐客终夕为兴门户之叹,故前章及之^[4]。

我饮不须劝,正怕酒尊空^[5]。别离亦复何恨,此别恨匆匆^[6]。头上貂蝉贵客,苑外麒麟高冢,人世竟谁雄^[7]。一笑出门去,千里落花风^[8]。 孙刘辈,能使我,不为公^[9]。余发种种如是,此事付渠侬^[10]。但觉平生湖海,除了醉吟风月,此外百无功^[11]。毫发皆帝力,更乞鉴湖东^[12]。

〔1〕词作于淳熙五年(1178)春,时稼轩三十九岁,在江西隆兴安抚使任上。据词序,稼轩去年冬由江陵知府改调隆兴(今江西南昌市)知府兼江西安抚使。仅三月,又诏命入京。友人饯别,席间有作《水调歌头》者,稼轩次韵作此词。

〔2〕司马监:司马倬,字汉章,任江南东路提点刑狱(带监察性质),故称"监"或"大监"。赵卿:未详何人。王漕:王希吕,字仲衡,时任江西转运副使(主管漕运),故称"漕"或"漕司"。

〔3〕次韵:即步韵,按原唱韵脚和诗或词。

〔4〕王公明:即王炎,曾任枢密使。薨(hōng 烘):古时称诸侯之死

曰薨。唐以后二品以上官员之死,也可称"薨"。门户之叹:叹同僚之间,各立门户,相互攻讦。王炎生前与同僚多有不协,受人排挤,故众人有门户之叹。前章:指本词的上片。

〔5〕"我饮"两句:写词人在饯宴上纵情豪饮。

〔6〕"别离"两句:恨相聚太短,匆匆而别。即词序所称,在隆兴任上仅三月(旧制一般以三年为一任)。

〔7〕"头上"三句:言官高爵显者也难免归于黄土,谁能称雄一世?按,是对词序"门户之争"的一种否定。貂(diāo雕)蝉:即貂蝉冠。据《宋史·舆服志》,装饰极为华丽,唯三公大臣于国祀或大朝会时方冠戴。麒麟高冢(zhǒng肿):立着石麒麟的高大坟墓。杜甫《曲江》诗:"江上小堂巢翡翠,苑边高冢卧麒麟。"麒麟,传说中的一种仁兽。高冢,指贵人之墓。竟谁雄:究竟谁能称雄。

〔8〕"一笑"两句:一笑赴任,正值暮春季节。李白《南陵别儿童入京》:"仰天大笑出门去,我辈岂是蓬蒿人。"

〔9〕"孙刘辈"三句:言此去宁可不作三公,决不媚事权贵。孙、刘:三国时魏国的中书监刘放和中书令孙资。《三国志·辛毗传》称孙、刘当政,唯辛不从。他说:"吾之立身,自有本末,就与刘、孙不平,不过令吾不作三公而已,何危害之有焉。"辛词据此。公:即指三公。东汉时太尉、司徒、司空合称三公。后世以此为高官的代称。

〔10〕"余发"两句:我已衰老,此事且凭他们。种种:头发短少稀疏貌。《左传·昭公三年》载,卢蒲嫳请求归隐,对齐侯说:"余发如此种种,余奚能为?"陆游《长歌行》:"金印煌煌未入手,白发种种来无情。"此事:指相互排挤倾轧的门户之争。渠侬:他们,指当代的"孙刘辈"。

〔11〕"但觉"三句:自谓平生漂泊,于醉吟风月外,竟百事无成。苏轼《秀州报本禅院乡僧文长老方丈》诗:"我除搜句百无功。"辛词据此。

〔12〕"毫发"两句：一切来自帝力，我唯乞归山水。毫发皆帝力：《汉书·张耳陈馀传》载：张耳之子张敖嗣立，高祖刘邦过赵，对赵王不敬，赵相贯高欲杀高祖。张敖说不可，谓赵所以能复国，"秋毫皆帝力也"。鉴湖：一名镜湖。在今浙江绍兴县南。唐诗人贺知章晚年归隐于此。苏轼《次韵子由使契丹至涿州见寄四首》："那知老病浑无用，欲向君王乞镜湖。"

由词序可知，此词实为二事而发：一，频繁的调任。二，朝廷内部的门户之争。归结一点，则宦迹无定，人事掣肘，使词人壮志难酬。上片就饯宴切入，点出"别恨匆匆"。随即一转，贵人黄土，人生如梦，大可一笑出门，坦然处之，何恨之有？下片借古讽今，既抨击了庸俗世态，又写出自身耿介不阿的思想品格。"但觉"以下，醉吟风月、百事无功云云，实牢骚不平语。既然只手难挽狂澜，不如归隐林泉，以免遭人猜忌倾轧。全词貌似旷达，实则语含讥讽，而悲愤无限。

鹧鸪天

离豫章，别司马汉章大监〔1〕

聚散匆匆不偶然，二年历遍楚山川〔2〕。但将痛饮酬风月，莫放离歌入管弦〔3〕。　　萦绿带，点青钱，东湖春水碧连天〔4〕。明朝放我东归去，后夜相思月满船〔5〕。

〔1〕调离豫章时作。豫章：今江西南昌市。司马汉章：见上篇

注〔2〕。

〔2〕"聚散"两句:言聚散无常,两年内宦踪不定。聚散匆匆:欧阳修《浪淘沙》:"聚散匆匆,此恨无穷。"二年历遍楚山川:稼轩自淳熙三年秋至五年春(1176—1178),不足二年,调动频繁,而宦迹所至江西、湖北一带,古时均属楚地,故有此语。

〔3〕"但将"两句:但求对景痛饮,休唱离别悲歌。酬:报答。风月:指美好景色。莫放:莫唱,莫奏。管弦:泛指乐器。

〔4〕"萦绿带"三句:描绘豫章秀丽景色。萦(yíng迎)绿带:绿水环绕似带。点青钱:密密荷叶如青钱点缀水面。东湖:名胜之地,在今江西南昌东南。春水碧连天:碧水蓝天一色。韦庄《菩萨蛮》词:"春水碧于天,画船听雨眠。"

〔5〕"明朝"两句:言明日东归临安,当于舟船对月思友。

词写对现实的不满和对豫章友人的眷恋之情。起二句叙事简洁,"二年历遍楚山川",概括力极强。"不偶然"三字,含而不露,道出难言之隐。三四句但醉风月,莫放离歌,似旷实郁,最是稼轩词风本色。下片起三句承上"风月"而来,美景如画,依依眷恋。结拍想象别后殷切思友,情景交融,韵味深长,深得令词含蓄蕴藉之旨。

霜天晓角

旅兴[1]

吴头楚尾,一棹人千里[2]。休说旧愁新恨,长亭树,今如此〔3〕！　宦游吾倦矣,玉人留我醉〔4〕:明日落花寒食,得且住,为佳耳〔5〕。

〔1〕离隆兴赴临安途中作。旅兴:旅途中即兴而作。
〔2〕"吴头"两句:言急流放舟,瞬息千里。吴头楚尾:江西一带位于古时吴国上游、楚国下游,故有此称。櫂(zhào赵):长桨,此作动词用,谓长桨一举。
〔3〕"休说"三句:叹时光迅逝,年华虚度。长亭:路亭,供行人歇脚,也常是人们饯行之处。树今如此:即"木犹如此,人何以堪"。见前《水龙吟》(楚天千里清秋)注〔8〕。
〔4〕"宦游"两句:谓己倦于宦游生涯,愿得美人留醉。玉人:美人。
〔5〕"明日"三句:希望能在寒食小住,以解旅途奔波之劳。晋人法帖语:"天气殊未佳,汝定成行否?寒食近,且住为佳尔。"古时以清明节前一天或前二天为寒食节。相传春秋时晋文公曾烧山以逼介子推出仕辅政,介子推抱树而死。为悼念他,规定冷食三天,不举烟火,故称"寒食"。又谓寒食节必伴以风雨,唐人韩偓《寒食雨》诗:"正是落花寒食雨,夜深无伴倚空楼。"

词写不胜宦游之苦。上片以舟行千里点题起兴,翻出"旧愁新恨"。"休说",从反面提唱,意似否定,实将词意推进一层。以下用桓温北伐叹柳事,作半面语缩住,寓"人何以堪"于言外,叹年华流逝,壮志难酬。下片直抒胸臆,正面揭出"宦游吾倦"题旨。"玉人留醉",想象陪衬之笔。结拍因时逢寒食,信手拈来晋人帖语,且以散文句法入词,别具一格。想象愈美,愁恨愈深,亦欲抑先扬、婉曲层进之法。

念奴娇

书东流村壁[1]

野棠花落,又匆匆过了,清明时节[2]。刬地东风欺客梦,一夜云屏寒怯[3]。曲岸持觞,垂杨系马,此地曾轻别[4]。楼空人去,旧游飞燕能说[5]。　　闻道绮陌东头,行人曾见,帘底纤纤月[6]。旧恨春江流不断,新恨云山千叠[7]。料得明朝,尊前重见,镜里花难折[8]。也应惊问:近来多少华发[9]?

〔1〕应召赴京途中作。东流:旧县名,在今安徽省南部,解放后与至德县合为东至县。东流县地处长江水边,稼轩由江西发舟,顺流而下,至此泊驻。抚今追昔,感慨系之,作此词。按,词中情事可能发生在乾道元年至三年(1165—1167)间,时稼轩江阴签判任满,曾漫游吴楚一带。

〔2〕"野棠"三句:言花开花落,匆匆又过清明时节。野棠:野生海棠,色白,二月开花。

〔3〕"刬地"两句:东风惊醒客梦,云屏送来春寒。刬(chǎn 产)地:宋元词曲习用语,无端,平白无故地。欺梦:犹言惊梦。云屏:画有云山之类的屏风,也称云母屏风。寒怯:怯寒,怕冷。

〔4〕"曲岸"三句:言当年曾和伊人在此分别,系马饯行情景历历在目。曲岸:弯曲的江岸。持觞(shāng 商):举起酒杯。

〔5〕"楼空"两句:人去楼空,唯有楼头飞燕能说旧日情事。此化用

苏轼《永遇乐·夜宿燕子楼》词意:"燕子楼空,佳人何在?空锁楼中燕。"

〔6〕"闻道"三句:闻听人言,在东市街头曾见伊人形踪。绮陌:繁华的街市。帘底:帘儿底下。李清照《永遇乐》:"不如向帘儿底下,听人笑语。"纤纤月:纤细之月,喻美人之足,即指美人。刘过《沁园春》咏美人足:"似一钩新月,浅碧笼云。"按,或谓喻美人之眉,或谓喻美人姿容,虽各有所据,但就上文"帘底"一语看,当喻美人足为是。

〔7〕"旧恨"两句:谓旧恨未断,新恨相继。语从秦、苏诗词脱化而来。秦观《江城子》词:"便做春江都是泪,流不尽,许多愁。"苏轼《书王定国所藏烟江叠嶂图》:"江上愁心千叠山,浮空积翠如云烟。"

〔8〕"料得"三句:即便明日尊前重逢,怕也欢梦难继。镜里花难折:如镜中之花,可望不可折。意谓伊人当已有所归宿,遂以镜中之花相喻。

〔9〕"也应"两句:言如再相逢,伊人也当有惊于词人白发频生。

念昔怀人,缠绵婉曲之致,绝不在柳、秦之下。起处惊叹流光飞速、客梦春寒,都是题前铺垫之笔。词由客梦带出回忆,从曲岸垂杨到楼去人空,到燕说旧事,情景交融,写尽万千惆怅。下片由闻道"行人曾见"到"料得明朝尊前重见",由镜花难折而惊问白发,层层推进,但纯属想象虚写,旨在为"旧恨"两句出力。旧恨如春江不断,新恨似云山千叠,语工意深,亦即兴寄托之笔。"旧恨",恨国土沦丧;"新恨",恨壮志难酬,白发早生。唯其如此,词在缠绵悱恻的儿女情致中,隐隐带出一股勃郁悲壮之气。故陈廷焯称此词:"'旧恨'二语,矫首高歌,淋漓悲壮。"(《白雨斋词话》)

水调歌头

舟次扬州,和杨济翁、周显先韵[1]

落日塞尘起,胡骑猎清秋[2]。汉家组练十万,列舰耸层楼[3]。谁道投鞭飞渡[4],忆昔鸣髇血污[5],风雨佛狸愁[6]。季子正年少,匹马黑貂裘[7]。　　今老矣,搔白首,过扬州[8]。倦游欲去江上,手种桔千头[9]。二客东南名胜,万卷诗书事业,尝试与君谋[10]。莫射南山虎,直觅富民侯[11]。

〔1〕词作于淳熙五年(1178)。是年夏秋之交,稼轩在临安大理寺少卿任上不足半年,又调任为湖北转运副使。这是词人赴湖北任所途中泊驻扬州时作。按,扬州为当时长江北岸军事重镇。绍兴三十一年(1161),金主完颜亮大举南侵,一度占领扬州,后被南宋虞允文率部在采石矶一战击溃,完颜亮也为部属所杀。稼轩过此,抚今追昔,感慨尤深。次:停留。杨济翁:即杨炎正,诗人杨万里的族弟,年五十二始登进士第。在扬州与稼轩会晤时,曾同舟过镇江,登多景楼,作《水调歌头》一阕,抒发请缨无门之慨。稼轩作此词以和。周显先:其人不详。

〔2〕"落日"两句:言金人于清秋之际大举来犯。按,此即指绍兴三十一年金兵南侵事。猎:打猎,实指发动战争。古时北方游牧部族常趁秋天粮足马肥之际,借行猎为名南向骚扰。

〔3〕"汉家"两句:谓南宋雄兵十万,列舰江面,严阵以待。按,此即

指虞允文采石矶抗金事。组练:指军队。见前《摸鱼儿》(望飞来半空鸥鹭)注〔3〕。舂层楼:形容战舰的高大雄壮。

〔4〕"谁道"句:描叙当年金主完颜亮的南侵惨败及其死于非命。投鞭飞渡:用投鞭断流事。前秦苻坚举兵南侵东晋,号称九十万大军,他曾自夸说:"以吾之众旅,投鞭于江,足断其流。"(《晋书·苻坚载记》)结果淝水一战,大败而归。此喻完颜亮南侵时的嚣张气焰,并暗示其最终败绩。

〔5〕鸣镝(xiāo 消)血污:被响箭射死。鸣镝:即鸣镝,响箭。据《史记·匈奴传》,匈奴太子欲弑父夺位,作鸣镝。当其随父出猎时,率先射出鸣镝,部下随之,其父终于死于箭下。此喻完颜亮兵败后,被部属杀死。

〔6〕风雨佛(bì 必)狸愁:风雨凄愁,佛狸死于非命。佛狸:后魏太武帝拓跋焘的小字。他曾南侵刘宋王朝,受挫北撤后,死于宦官之手。稼轩用此事,意同上句。

〔7〕"季子"两句:以苏秦自喻,言其当年英雄年少,黑裘匹马,驰骋疆场。参阅后《鹧鸪天》(壮岁旌旗拥万夫)注〔1〕至〔4〕。季子:苏秦字季子,战国时代著名纵横家,佩六国相印。当其未得志时,赵国李兑曾资助他黑貂裘,使其西去游说秦王。事见《战国策·赵策》。

〔8〕"今老"三句:谓今过扬州,人已中年,不堪回首当年。搔白首:暗用杜甫《梦李白》诗意:"出门搔白首,若负平生志。"

〔9〕"倦游"两句:欲退隐江上,种桔消愁。桔千头:三国时丹阳太守李衡曾命人到武陵龙阳洲种桔千株。临终时对其儿说:我家有"千头木奴",足够你岁岁使用(《襄阳耆旧传》)。

〔10〕"二客"三句:称颂友人学富志高,愿为之谋划。二客:指杨济翁和周显先。名胜:名流。万卷诗书事业:化用杜甫诗意:"读书破万卷,下笔如有神。……致君尧舜上,再使风俗淳。"(《奉赠韦左丞丈》)

35

〔11〕"莫射"两句:劝友当太平侯相,不作战时李广。此牢骚语,讽嘲朝廷轻视战备,不思北伐。射南山虎:指汉将李广。李广闲居蓝田南山时,曾射猎猛虎(《史记·李将军列传》)。富民侯:《汉书·食货志》:"武帝末年,悔征伐之事,乃封丞相为富民侯。"

词以今昔对比、反衬手法抒发愤懑之情。上片展开十七年前一幅历史图卷:写金兵南猎,突出其不可一世的嚣张气焰;写宋军北拒,则再现其舟师列江的赫赫军威。"谁道"二字断喝、蔑视,声情宛然。"血污"、"风雨"两句,敌酋败退身亡之状可睹。歇拍自我画像,英姿飒爽。这一切写来生动简括,气势非凡。下片转向现实抒情。自"隆兴和议"(1164)以来,主和舆论甚嚣尘上,致使爱国志士年华虚度,请缨无门。词中白首之叹,归隐之思,盖源于此。结拍作反语,讥刺现实,入木三分。

附:杨济翁原唱(见《西樵语业》)

水调歌头

登多景楼

寒眼乱空阔,客意不胜秋。强呼斗酒发兴,特上最高楼。舒卷江山图画,应答龙鱼悲啸,不暇顾诗愁。风露巧欺客,分冷入衣裘。 忽醒然,成感慨,望神州。可怜报国无路,空白一分头。都把平生意气,只做如今憔悴,岁晚若为谋。此意仗江月,分付与沙鸥。

满江红

江行,简杨济翁、周显先[1]

过眼溪山,怪都似、旧时曾识。还记得、梦中行遍,江南江北[2]。佳处径须携杖去,能消几緉平生屐[3]。笑尘劳、三十九年非,长为客[4]。 吴楚地,东南坼[5]。英雄事,曹刘敌[6]。被西风吹尽,了无尘迹[7]。楼观甫成人已去,旌旗未卷头先白[8]。叹人生、哀乐转相寻,今犹昔[9]。

〔1〕由临安赴湖北途中作。简:书信。此作动词用。杨济翁、周显先:见《水调歌头·舟次扬州》注〔1〕。

〔2〕"过眼"四句:言眼前山水,都是梦中见过,旧时相识。按,稼轩南归初期,曾有一段漫游吴楚的生活经历,通判建康后,也大体宦游于吴楚一带,故有此感。

〔3〕"佳处"两句:言人生无多,理应挂杖着屐,遍游天下名胜。能消几緉(liàng 亮)平生屐(jī 机):我这一生还能用几双木屐呢?緉,一双。屐,木底有齿的鞋,六朝人喜着屐游山。语出《世说新语·雅量》,阮孚好屐,曾叹曰:"未知一生当着几量屐。"

〔4〕"笑尘劳"两句:自笑半生辛劳,长年为客。尘劳:风尘劳辛,指其宦游生涯。三十九年非:回顾三十九年,一切皆非。《淮南子·原道训》:"蘧伯玉年五十而有四十九年非。"时稼轩年近四十,套用此语自叹。

〔5〕"吴楚"两句：言东南一带地域开阔。此化用杜甫《登岳阳楼》诗意："吴楚东南坼，乾坤日夜浮。"杜诗极言洞庭湖宽广，似将中国大地分裂为二。坼(chè彻)：裂开。

〔6〕"英雄"两句：谓图英雄霸业者，唯曹操和刘备相与匹敌。曹操尝与刘备论时事，曰："今天下英雄，唯使君与操耳。"(《三国志·蜀志·先主传》)此明颂曹、刘，暗扬孙权。盖当时堪与曹、刘争雄天下者唯孙权，而他正霸居吴楚一带。稼轩《南乡子》："天下英雄谁敌手？曹刘。生子当如孙仲谋。"与此暗合。敌：匹敌。

〔7〕"被西风"两句：言历史遗迹被无情西风一扫而尽。

〔8〕"楼观"两句：感慨宦迹不定，事业未就而鬓发先白。楼观才成：楼阁刚刚建成。苏轼《送郑户曹》诗："楼成君已去，人事固多乖。"此喻调动频繁，难展才略。旌旗未卷：指战事未休，喻复国大业未了。

〔9〕"叹人间"两句：谓哀乐相循，古今同理。言外之意，大可不必计较。转相寻：循环往复，辗转相继。

舟行江上，即景生情之作。上片写"过眼溪山"，说"旧时曾识"，说"梦中行遍"，虚笔写景，隐含时光迅速、往事如梦之意。结论是对前我的彻底否定，是对山水林泉的强烈追求。下片因地怀古，颂扬当年英雄，却同归今日虚无。"楼观"一联，忧时忧身之愤，最后仍结穴于哀乐相循的不可知论。然而，从"笑尘劳、三十九年非，长为客"的自嘲中，从对古英雄的追慕中，从"旌旗未卷头先白"的悲叹中，正可窥见爱国志士的矛盾心理和由此产生的深深苦闷。

南乡子

舟行记梦[1]

欹枕舻声边,贪听咿哑聒醉眠[2]。梦里笙歌花底去;依然,翠袖盈盈在眼前[3]。　　别后两眉尖,欲说还休梦已阑[4]。只记埋怨前夜月,相看,不管人愁独自圆[5]。

〔1〕词可能作于淳熙五年(1178)秋,时稼轩由临安赴湖北任职,舟行江上,感梦而作。

〔2〕"欹枕"两句:橹声咿哑,倚枕醉眠。欹(qī七)枕:倚枕。舻(lǔ鲁):同橹,摇船用具。咿哑:象声词,摇橹声。聒(guō郭):嘈杂之声。

〔3〕"梦里"三句:写梦境:笙歌花底,玉人历历在目。翠袖:着绿色衣衫的人,代指玉人。

〔4〕"别后"两句:言玉人欲诉别后相思,不想梦断人去。两眉尖:紧皱双眉,愁苦貌。梦阑:梦尽。

〔5〕"只记"三句:记叙玉人梦中之语:怨月无情,别时独圆。前夜月:指别时之月。不管人愁独自圆:人愁离别,月却独自向圆。意同苏轼《水调歌头》中秋词:"何事长向别时圆。"

题曰"舟行记梦",所梦者谁?本事莫考,也无须考。要之,情之所钟,力戒一个"浮"字。本词就梦前、梦中、梦后三层依次娓娓写来,绝无轻佻浮艳之弊。词人舟行孤寂,摇橹声中,由醉入梦。梦中但觉笙歌花丛,翠袖盈盈,宛然在目。换头转赋别后相思。不写我思玉人,却写玉人思我,亦"对面写来"手法。"欲说还休"处突然打住,以下不写梦后哀思,依然倒叙梦中情境,妙笔脱俗。"只记",以少胜多,化千言万语为一句怨月之辞。"不管人愁独自圆",无理有致,情痴意浓。况且,这相看人间之月,是玉人闺中独看之月,抑或词人舟头所见之月?情境恍惚,韵味无穷。

南歌子[1]

万万千千恨,前前后后山。傍人道我轿儿宽,不道被他遮得,望伊难[2]。　　今夜江头树,船儿系哪边?知他热后甚时眠?万万不成眠后[3],有谁扇?

[1] 赴湖北任职途中作。
[2] 不道:不想,不料。伊:他。
[3] "知他"两句中的"后"字,均作语气助词,犹"啊"。唐五代诗人王周《问春》诗:"把酒问春因底意,为谁来后为谁归。"

与上篇同为离别相思之作。上篇从男方立意,并以"舟行记梦"出之。此则从女方落笔,且纯用口语,是所谓"俗词"。一起借眼前群山,喻心中之恨,用叠字对偶法。三、四句怨远山遮目,隐寓今后会面之难。下片全系心理描画,设想虚拟之辞。一想对方今宵船泊何处,二想对方热不成眠,三想无人为之打扇。"三想"依次层进,愈想愈深细,关心备至,体贴入微,亦是情意痴绝之辞。稼轩虽以阳刚壮词见称,但阴柔情词也不无可观。

破阵子

为范南伯寿。时南伯为张南轩辟宰卢溪,南伯迟迟未行,因作此词勉之[1]。

掷地刘郎玉斗,挂帆西子扁舟[2]。千古风流今在此,万里功名莫放休。君王三百州[3]。　　燕雀岂知鸿鹄,貂蝉元出兜鍪[4]。却笑卢溪如斗大,肯把牛刀试手不[5]。寿君双玉瓯[6]。

[1] 作于淳熙五年(1178),时稼轩已在湖北转运副使任上。范南伯:范如山,字南伯,是稼轩的内兄。张南轩:张栻,字南轩,抗金名将张浚之子,时任荆湖北路转运副使。辟宰卢溪:征聘(范南伯)为(辰州)卢溪(今湖南泸溪县)县令。辟,征召。宰,县令。

[2] "掷地"两句:用范姓事规勉南伯。掷地刘郎玉斗:据《史记·项羽本纪》,鸿门宴上,项羽不听范增劝谏,放走刘邦。范增怒将刘邦送给自己的一双玉斗(玉制酒杯)掷于地,使剑击破,愤愤而去。刘郎,指刘邦。挂帆西子扁舟:用范蠡破吴后,载西施放舟五湖事,见前《摸鱼儿》(望飞来半空鸥鹭)注[9]。扁(piān篇)舟:小船。

[3] "千古"三句:谓英雄理当立功万里,为君国效命。休:语助词,犹今之"呵"、"啊"。三百州:泛指宋室国土,但主要指北方故土。

[4] "燕雀"两句:谓人当有鸿鹄之志,公侯将相原出于普通士卒。秦末起义领袖陈涉少时与人佣耕,对同伴说:"燕雀安知鸿鹄之志哉!"

(《史记·陈涉世家》)鸿鹄(hú胡):两种凌云远举的大鸟。貂蝉:即貂蝉冠,代指大官,见前《水调歌头》(我饮不须劝)注〔7〕。元:通"原"。兜鍪(dōu móu 哇谋):士兵戴的头盔,代指士卒。

〔5〕"却笑"两句:劝南伯勿嫌地小职微,正可大才初试。如斗大:形容卢溪地小如斗。《南史·宗悫传》记宗语:"我年六十,得一州如斗大。"牛刀:喻大材。孔子曾说:"割鸡焉用牛刀。"(《论语·阳货篇》)喻大材小用。不(fǒu否):通"否"。

〔6〕"寿君"句:赠南伯玉杯为寿。玉瓯(ōu欧):玉制酒杯,与上文"玉斗"同义。

如题所示:"南伯迟迟未行,因作此词勉之。"激勉妻兄戮力国事,遂有别于一般寿词。起韵以两范姓事相勉,稼轩好用此法,总稍觉牵强。"千古"以下转至正面题意,"君王三百州"句力重千钧。换头六言对起:人不可无大志,但万里功业须从小处做起。用事取譬,有的放矢,议论精辟。"却笑"两句劝南伯就职成行,间寓勖勉,读来倍觉亲切。结句点出祝寿题面,"玉瓯"遥应篇首"玉斗",不无谐趣:我非"刘郎",君当不为范增。

摸鱼儿

淳熙己亥,自湖北漕移湖南,同官王正之置酒小山亭,为赋[1]。

更能消、几番风雨,匆匆春又归去[2]。惜春长怕花开早,何况落红无数[3]。春且住,见说道、天涯芳草无归路[4]。怨春不语。算只有殷勤,画檐蛛网,尽日惹飞絮〔5〕。　　长门事,准拟佳期又误。蛾眉曾有人妒。千金纵买相如赋,脉脉此情谁诉〔6〕？君莫舞,君不见、玉环飞燕皆尘土〔7〕！闲愁最苦。休去倚危栏,斜阳正在,烟柳断肠处〔8〕。

〔1〕作于淳熙六年(1179)三月,时稼轩正奉命由湖北转运副使改调湖南转运副使。同僚设宴饯行,作此词。淳熙己亥:即宋孝宗淳熙六年。漕:漕司,宋时称主管漕运的转运使。同官:同僚。王正之:王正己,字正之,稼轩的友人和同僚。小山亭:在湖北转运使官署内。

〔2〕"更能消"两句:叹残春难承风雨,喻国势风雨飘摇,岌岌可危。消:经得住。

〔3〕"惜春"两句:写"落红无数"的伤春之感,而以"怕花早开"的惜春心理作衬托。

〔4〕"春且住"两句:听说芳草已迷春的归路,劝春暂留。见说道:听说是。

〔5〕"怨春"四句:怨春无言自去,唯有画檐蛛网留得少些春色。此喻关心国事者,人少势孤。或谓蛛网惹絮喻小人误国。算:算将起来。画檐:雕花或有画饰的屋檐。尽日:整日。惹飞絮:沾惹柳絮,以柳絮象征春色。

〔6〕"长门"五句:谓遭人嫉妒,势难再度邀宠。喻小人弄权,复国大业难成。据《昭明文选·长门赋序》,陈皇后失宠于汉武帝,幽居长门宫,闻司马相如善文,以千金请作《长门赋》。武帝读后感悟,陈皇后由是再度承宠。按,《长门赋》实非司马相如所作,史传也不载陈皇后复得亲幸事。稼轩不过借以抒怀。蛾眉:形容女子眉如飞蛾触须,代指美人。此承上指陈皇后,实喻爱国志士。

〔7〕"君莫舞"两句:申斥善妒者休得意忘形,须知玉环、飞燕亦难

免归于尘土。玉环:唐玄宗宠妃杨贵妃的小字,后死于马嵬兵变。飞燕:汉成帝宠爱的皇后,姓赵。失宠后废为庶人,自杀身死。

〔8〕"闲愁"四句:言莫登高楼,残春落日徒自令人添愁。

貌似伤春宫怨,实承《离骚》美人香草比兴手法,将身世之感和忧国之情一并写入其中。一本题作"暮春",词即以暮春景色起兴。起句破空而至,喷薄而出,总摄题旨,明写风雨伤春,实伤国势飘摇。以下惜春、留春、怨春,层层推进,步步深入;春色难驻,美人迟暮。蛛网惹絮,匪夷所思,"殷勤"二字尤传惜春留春之神。在词人而言,耿耿国忧,诚知其不可而力挽之。下片由景而情,直抒本意。起借长门故事而反面提笔,千金买赋,此情无诉,亦如上文是怨极语。怨极而怨,词锋直指妒蛾眉者。结处烟柳斜阳作景语收,凄婉之至,自我劝慰,依然还他怨而不怒本色。陈廷焯云:"词意殊怨,然姿态飞动,极沉郁顿挫之致。"(《白雨斋词话》)细味之,此词外柔内刚,有刚柔相济之美。

贺新郎〔1〕

柳暗凌波路〔2〕。送春归、猛风暴雨,一番新绿。千里潇湘葡萄涨,人解扁舟欲去。又樯燕、留人相语〔3〕。艇子飞来生尘步,唾花寒、唱我新番句〔4〕。波似箭,催鸣橹〔5〕。 黄陵祠下山无数。听湘娥、泠泠曲罢,为谁情苦〔6〕。行到东吴春已暮,正江阔潮平稳渡。望金雀、觚棱翔舞〔7〕。前度刘郎今重到,问玄都、千树花存否〔8〕?愁为倩,么弦诉〔9〕。

〔1〕作于淳熙七年(1180)暮春,稼轩已在湖南安抚使任上。按,去年秋,稼轩又由湖南转运副使改知潭州(今湖南长沙市)兼湖南安抚使。

〔2〕凌波路:指江边堤路,语出曹植《洛神赋》:"凌波微步,罗袜生尘。"

〔3〕潇湘:潇水、湘水,在湖南零陵合流后,也称潇湘。葡萄:形容水色碧绿。樯燕句化用杜甫《发潭州》诗意:"岸花飞送客,樯燕语留人。"樯:船上桅杆。

〔4〕"艇子"两句:歌女飞舟来到,唱我新词为之送行。生尘步:形容女子娇美轻盈的步态,见注〔2〕所引《洛神赋》语。番:通"翻",依旧谱,写新词。欧阳修《玉楼春》词:"离歌且莫翻新阕,一曲能教肠寸结。"唾花寒:不详,疑即作者新词中语。

〔5〕"波似箭"两句:谓江流疾速,催舟早发。

〔6〕"黄陵"三句:设想友人此去舟泊黄陵,倾听湘妃奏瑟。黄陵祠:即二妃祠。传说帝舜南巡,娥皇、女英二妃从征,溺于湘江。民尊为湘水之神,立祠于江边黄陵山上(《水经注·湘水》)。山在湖南湘潭县北四十五里处。湘娥曲罢:屈原《远游》:"使湘灵鼓瑟兮。"

〔7〕"行到"三句:谓船近临安,远远可以望见京都殿阁。金雀觚(gū)棱:饰有金凤的殿角飞檐。班固《西都赋》:"设璧门之凤阙,上觚棱而栖金爵。"《文选》注云:"觚棱,阙角也。角上栖金爵(雀),金爵,凤也。"

〔8〕"前度"两句:用刘禹锡桃花诗意,见前《新荷叶》(人已归来)注〔4〕。指友人重返京都,兼有问讯京都故人之意。

〔9〕"愁为"两句:满腹离愁,唯凭弦丝倾诉。倩(qìng庆):请。幺弦:琵琶的第四根弦,因最细,称幺弦。

当是送友人舟赴临安之作。起笔描绘江堤景色,点明时在暮春初夏,以"柳"字暗寓送别。继之由"千里潇湘"引出"扁舟欲去"。燕语人歌是侧面烘托,倍致劝留之意。但波催征棹,人终离去。下片词人伫立江堤而神驰千里,设想友人一路身行情景。湘灵鼓瑟,是说友人多情,不忍遽离潇湘。水阔潮平,是说吴江有意,欢迎友人归去。金雀翔舞,访花玄都,则友人已抵京都并重游旧地。结韵再一笔折回,申述对友人的殷切眷恋之情。全词紧扣送别题意,构思新颖,用笔不落俗套。

阮郎归

耒阳道中为张处父推官赋[1]

山前灯火欲黄昏,山头来去云。鹧鸪声里数家村,潇湘逢故人[2]。　挥羽扇,整纶巾。少年鞍马尘[3]。如今憔悴赋《招魂》,儒冠多误身[4]。

〔1〕作于淳熙六、七年(1179—1180)间,稼轩在湖南任上,当是巡视州郡适逢故人有感而作。耒(lěi 磊)阳:即今湖南耒阳县,宋代属衡州,隶属荆湖南路。张处父推官:其人不详。推官:州郡所属的助理官员,常主军事。按,从词意推断,张处父少年时期曾有过一段军事生活,或彼时即任推官之职,现在正归隐田园。

〔2〕潇湘逢故人:袭用梁柳浑《江南曲》语:"洞庭有归客,潇湘逢故人。"潇湘:见上篇注〔3〕。耒阳正在湘水之滨。故人:即指张处父。

〔3〕"挥羽扇"三句:忆及张氏少年戎马生涯。羽扇纶(guān 关)巾:手执羽毛扇,头戴青丝带做成的帽子,这是魏晋时代儒将的服饰。苏

轼《念奴娇》词:"羽扇纶巾,谈笑间、樯橹灰飞烟灭。"鞍马尘:指驰骋战马。

〔4〕"如今"两句:言友人而今仕途失意,唯赋《招魂》一类诗赋而已。《招魂》:楚辞篇名,或谓宋玉悼屈原之作,或谓屈原悼楚王之作。此谓缅怀往昔,自我招魂。儒冠多误身:谓书生迂腐,不谙人情世故,以致终身无成,害了自己。此袭用杜甫《赠韦左丞丈》诗句:"纨袴不饿死,儒冠多误身。"儒冠,书生的帽子,代指书生。

上片三句绘景,是巧遇故知的自然背景。借谧静清幽的水边山村,暗示出张处父的退居生涯,从而引出下文的感叹。下片回顾友人少年戎马生涯,羽扇纶巾,潇洒闲雅,鞍马驰骋英姿勃勃,正和"如今憔悴赋《招魂》",形成鲜明对比。结句是友人自责自怨、自叹自嘲语,实亦谴责朝廷不惜人才。两人眼下身份不一,但少年戎马军事,老来壮志难酬,则大略相同。是以虽为友人而赋,仍有自抒心曲之意。此词上结点出题目,下结翻出主旨,都袭用前贤诗句,吻合无间,一如己出,足见词人驾驭语言的功力极深。

满庭芳

和洪丞相景伯韵〔1〕

倾国无媒,入宫见妒,古来颦损蛾眉〔2〕。看公如月,光彩众星稀〔3〕。袖手高山流水,听群蛙、鼓吹荒池〔4〕。文章手,直须补衮,藻火灿宗彝〔5〕。　　痴儿公事了,吴蚕缠绕,自吐馀丝〔6〕。幸一枝粗稳,三径新治〔7〕。且约湖边风月,功名事、欲使谁知〔8〕。都休问,英雄千古,荒草没残碑〔9〕。

〔1〕作于淳熙八年(1181)春,稼轩时在江西安抚使任上。按,去年冬,稼轩又由湖南安抚使调知隆兴府(今江西南昌市),兼江西安抚使。洪丞相景伯:洪适(kuò扩),字景伯,江西鄱阳人。与乃弟洪遵、洪迈文名满天下,人称"三洪"。他于乾道元年曾居相位,后被劾罢去。淳熙八年春,作《满庭芳》二首,稼轩三和其韵,此其一。

〔2〕"倾国"三句:言美人见妒,自古而然。喻贤才遭忌,写出洪适境遇。倾国无媒:谓美人与君主间缺少媒介之人。倾国,倾国之貌,代指绝代佳人。入宫见妒:《史记·外戚世家》:"传曰:'女无美恶,入室见妒;士无贤不肖,入朝见嫉。'"颦(pín贫)损:指蛾眉(美人)受到伤害。

〔3〕"看公"两句:言景伯才冠当朝,众不可及。《淮南子·说林》:"百星之明,不如一月之光。"

〔4〕"袖手"两句:说景伯隐居田园,过着怡情山水的闲适生活。袖手:缩手于袖,表示不预其事(此指政事)。高山流水:暗用伯牙、钟子期相知事。伯牙善琴,寓情高山流水,唯子期为知音。子期死,伯牙终身不复抚琴(见《吕氏春秋·本味》)。此谓以高山流水为知音。听群蛙鼓吹荒池:《南齐书·孔稚珪传》载,孔稚珪不乐世务,庭院中荒草丛生,有蛙鸣其中,稚珪笑对人言:"我以此当两部鼓吹。"鼓吹,乐曲。

〔5〕"文章手"三句:谓景伯文章高手,足以辅君治国。补衮(gǔn滚):衮,帝王服衮龙之衣。补衮,谓补救、规谏帝王的过失。《诗经·大雅·烝民》:"衮职有阙,唯仲山甫补之。"藻火灿宗彝(yí仪):绣画水藻、火焰、宗彝于衮服,使衮服益发光辉灿烂,喻有辅君治国之才。宗彝,宗庙祭祀用的礼器,此代指祀器上的兽饰。

〔6〕"痴儿"三句:言景伯摆脱政事后,犹吴蚕馀丝未尽,仍然关心

着国家大事,常常咏志抒怀。痴儿公事了:《晋书·傅咸传》谓友人与傅咸书云:"生子痴,了公事,官事未易了也。"黄庭坚《登快阁》诗:"痴儿了却公家事,快阁东西倚晚晴。"这里借言景伯归隐。痴儿,痴人,呆子。

〔7〕"幸一枝"两句:谓景伯幸得隐居之所,一切整治停当。一枝:《庄子·逍遥游》谓许由曰:"鹪鹩巢于深林,不过一枝。"即喻景伯隐居之所。粗稳:初步安稳。三径:本意为三条小路。《三辅决录》载,西汉末年,兖州刺史蒋诩辞官归隐,于院中辟三径,唯与高人雅士交往。后世即以"三径"指隐居者的家园。陶渊明《归去来辞》:"三径就荒,松菊犹存。"治,此处押平声韵,读"持"(chí)。

〔8〕"且约"两句:言且忘功名之事,相约吟赏风月。

〔9〕"都休问"三句:一切休问,君不见千古英雄,犹自埋没荒草,无闻于人世。残碑:记载英雄业绩的残败了的墓碑。

起首以蛾眉比兴,指出贤才遭妒,古来皆然,立足较高,概括性极强。以下迭赞洪适文章人品,光彩如月,妙手补衮,却于"袖手"处作一跌宕,谓如此人才只能怡情山水,听蛙荒池,岂非君国不幸。下片即承"袖手"句意,写洪相归隐家居,公事虽了,馀情不断,"春蚕到死丝方尽",称颂友人身心未衰,仍不时咏志抒怀。以下"风月"、"功名"对举,牢骚自明。结拍谓英雄荒草,自古而然,是劝慰语,亦激愤语;既寄情洪适,也是自我抒怀。

木兰花慢

席上送张仲固帅兴元[1]

汉中开汉业,问此地、是耶非[2]?想剑指三秦,君王得意,一战东归[3]。追亡事,今不见;但山川满目泪沾衣[4]。落日胡尘未断,西风塞马空肥[5]。　　一编书是帝王师。小试去征西[6]。更草草离宴,匆匆去路,愁满旌旗[7]。君思我、回首处,正江涵秋影雁初飞[8]。安得车轮四角,不堪带减腰围[9]。

〔1〕作于江西安抚使任上。友人调任,稼轩设宴饯行,作此词。张仲固:张坚,字仲固,原任江南西路转运判官,时调为兴元知府。帅:宋代凡主管一路的军政长官都可称"帅",这里作动词用。兴元:原名汉中郡,唐宋以来改称兴元府,府治在今陕西汉中市,是南宋西部的边防重镇。

〔2〕"汉中"两句:汉中可是汉家开创基业之地。按,秦亡后,项羽负约,分封诸侯,立刘邦为汉王。刘邦建都南郑,统领今汉中一带,并以汉中为基地,开创汉家帝业。耶:疑问词。

〔3〕"想剑指"三句:言刘邦一统三秦,春风得意,乘胜东归,与项羽争霸天下。三秦:项羽为阻遏刘邦东向争霸,三分关中,立秦降将章邯、司马欣、董翳为三王,称"三秦"。后刘邦灭三秦,一统关中。(以上五句参见《史记》的《高祖本纪》和《项羽本纪》)

〔4〕追亡事:指萧何追韩信事。《史记·淮阴侯列传》说,韩信有将帅之才,初归刘邦时未得重用,一怒而去。萧何连夜追回韩信,力荐之。刘邦乃拜信为将,成就灭楚兴汉大业。山川满目泪沾衣:用唐人李峤《汾阴行》原句。

〔5〕"落日"两句:落日下金兵飞马扬尘,西风中我军战马空肥。按,陆游于淳熙四年(1177)作《关山月》云:"和戎诏下十五年,将军不战空临边。朱门沉沉按歌舞,厩马肥死弓断弦。"

〔6〕"一编"两句:以张良相勉,愿友人西去大展奇才,为国立功。一编书是帝王师:凭一部兵书,即可成为帝王之师。《史记·留侯世家》载,张良少时过下邳圯桥,遇一老人。老人赠良一编(部)书,曰:"读此,则为王者师矣。"此书即为《太公兵法》。后张良辅汉,成为开国元勋之一。按,稼轩好以历史上同姓英雄激勉友人,此又一例。小试:略试才能。征西:指西去知兴元府。

〔7〕愁满旌旗:无知旌旗也充满离愁。旌旗,当指友人的随行仪仗。

〔8〕"君思我"两句:设想友人于征途中思己情景:唯见一江秋水,北雁南飞。江涵秋影雁初飞:用杜牧《九日齐山登高》原句。

〔9〕"安得"两句:写自己对友人的惜别和思念之情。车轮四角:幻想车轮生出四角,留住友人。唐人陆龟蒙《古意》:"君心莫淡薄,妾意正栖托。愿得双车轮,一夜生四角。"带减腰围:腰围渐细,衣带日宽,谓思友而渐渐消瘦。杜甫《伤秋》:"懒慢头时栉,艰难带减围。"

此虽是送别之作,旨却在抒发伤时忧国之慨。因友人西帅汉中,故即从汉中故实开笔。"汉中"五句明写刘邦据汉中以兴汉业,暗责宋室苟安江南,无心复国。"追亡事,今不见",颂古非今之意甚明。谓朝廷不重才,以致爱国志士面对破碎山河,泪湿征衣。"胡尘未断"、"塞马空肥",在形象的对比中透出内心的愤慨。下片即在此阔大悲壮的时代背景上抒发友情。先是祝贺、赞美、勖勉,继之惜别、眷恋、思念,既胸怀开阔,又一往情深。"君思"两句从友方着笔,"安得"两句从己方立意,或寓情于景,或想象夸张,两相映照,完美地表现出爱国者之间的深厚情谊。

沁园春

带湖新居将成[1]

三径初成,鹤怨猿惊,稼轩未来[2]。甚云山自许,平生意气;衣冠人笑,抵死尘埃[3]。意倦须还,身闲贵早,岂为莼羹鲈脍哉[4]。秋江上,看惊弦雁避,骇浪船回[5]。　　东冈更葺茅斋。好都把、轩窗临水开。要小舟行钓,先应种柳;疏篱护竹,莫碍观梅[6]。秋菊堪餐,春兰可佩,留待先生手自栽[7]。沉吟久,怕君恩未许,此意徘徊[8]。

[1] 作于淳熙八年(1181)秋,时稼轩仍在江西安抚使任上。带湖:位于信州(今江西上饶市)城北灵山下。湖水清澈,呈狭长形,因名带湖。稼轩于是年春,开始在此处经营家园。除花径竹扉、池塘茅亭外,更辟稻田一片,以备来日躬耕之需。又临田作屋,取名"稼轩",并作为自己的名号。稼轩作此词时,带湖新居即将告成。

[2] 三径:隐居者的园圃,见前《满庭芳》(倾国无媒)注[7]。鹤怨猿惊:化用孔稚珪《北山移文》句意:"蕙帐空兮夜鹤怨,山人去兮晓猿惊。"此借抒自己欲隐之情。

〔3〕"甚云山"四句：谓平生意气自负，山水相许，不想连年沉沦仕途，为人所笑。按，据词谱，此处以一去声字领起四个四言短句，作扇面对，即一、三句对仗，二、四句对仗。下片"要小舟"四句同此。甚：为什么。衣冠：代指为官者。抵死：总是。尘埃：指污浊的红尘，即官场。

〔4〕"意倦"三句：谓及早身退，岂是专为家乡美味。莼（chún 纯）羹鲈脍（kuài 快）：见前《木兰花慢》（老来情味减）注〔5〕。

〔5〕"秋江"三句：喻遭人排挤，不若急流勇退，全身远害。惊弦雁避：见前《木兰花慢》（老来情味减）注〔9〕。

〔6〕"东冈"六句：描绘预拟中的庭院建筑。葺（qì 气）茅斋：盖茅顶的书房。轩窗：门窗。

〔7〕"秋菊"三句：秋菊春兰，留待我亲手栽培。餐菊佩兰：兼喻志行高洁。屈原《离骚》："朝饮木兰之坠露兮，夕餐秋菊之落英。"

〔8〕"沉吟久"三句：欲思退隐，犹恐君恩不许。

新居将成，词人思绪万端：急流勇进，抑或急流勇退，颇费踌躇。起韵点题，托物猿鹤，透出欲归之思。次韵自抒高卧云山之志，三韵归隐"岂为莼羹鲈脍"，寄意言外。四韵雁避船回，巧喻忧谗畏讥，合当全身远害。下片层层铺叙带湖新居之清幽疏美，不独体现园主的美学情趣，更由餐菊佩兰反映出词人品格的高洁。以上或正或反，或明或暗，都在全力阐述归隐之由，想象归隐之乐。直到结韵，方以"沉吟久"稍作顿挫，转出欲隐不忍的复杂心理。对"君恩未许"一语的理解，不可拘泥字面，其中当含"壮志未许"的深意。

水调歌头

盟鸥[1]

带湖吾甚爱,千丈翠奁开[2]。先生杖屦无事,一日走千回[3]。凡我同盟鸥鹭,今日既盟之后,来往莫相猜[4]。白鹤在何处,尝试与偕来[5]。　　破青萍,排翠藻,立苍苔[6]。窥鱼笑汝痴计,不解举吾杯[7]。废沼荒丘畴昔,明月清风此夜,人世几欢哀[8]。东岸绿阴少,杨柳更须栽。

[1] 作于淳熙九年(1182)春,时带湖新居初成,词人罢官家居。按,淳熙八年冬,稼轩改除两浙西路提点刑狱,旋即被劾罢职。自淳熙八年冬到绍熙二年冬(1181—1191),稼轩在信州带湖,共赋闲十年。盟鸥:与鸥鸟结盟,表示摆脱官场,隐居水云之乡。

[2] 翠奁(lián 连):绿色的镜匣。

[3] 杖屦(jù 惧):手拄竹杖,脚踏麻鞋。

[4] "凡我"三句:与鸥鹭会盟,愿永结同心。作者于此戏拟古代会盟用辞,《左传·鲁僖公九年》:"齐盟于葵丘曰:'凡我同盟之人,既盟之后,言归于好。'"

[5] "白鹤"两句:请鸥鹭邀白鹤同来与欢。偕来:同来。

[6] "破青萍"三句:排开水中浮萍水草,立在满是青苔的湖岸。描摹鹭鹚窥鱼待啄的神态。

[7] "窥鱼"两句:笑鹭鹚但知窥鱼求食,不解举杯遣怀。

〔8〕"废沼"三句：以带湖的今昔不同，感叹人世的悲欢变化。按，带湖新居原系荒芜之地，由稼轩一手规划营建，故不仅珍视，且有今昔对比之慨。畴(chóu 愁)昔：往昔。

此词人罢官家居初期之作，词中备抒对新辟园林和隐居生活的珍爱欣喜之情。不仅"一日千回"带湖走，更待植柳东岸，以补其美中不足。题曰"盟鸥"，实针对官场污浊、人心奸诈而言。盖鸥鸟翔舞云水，了无尘心羁縻。邀白鹤偕来，亦取其志趣高洁，反映同一心境。"凡我"数句，戏用会盟体及散文句法入词，时人称为"新奇"（见《耆旧续闻》卷五），体现了稼轩不拘一格、任意挥洒的词风。下片仍写景物，但情与景会，自见精辟之旨。鹭鹚但知临池窥鱼，不晓举杯遣怀，意在突出自身闲适之乐，而笑其"痴计"，不无隐刺世人醉心功名之意。以下从新居的昔荒今秀，引出人世悲欢变迁之感。结合词人身世，与其说"欢"，不如说"哀"。结韵宕开哀思，向往讴歌隐退之乐。东岸植柳，意使今日带湖更美。

水调歌头

汤朝美司谏见和，用韵为谢〔1〕。

白日射金阙，虎豹九关开〔2〕。见君谏疏频上，谈笑挽天回〔3〕。千古忠肝义胆，万里蛮烟瘴雨，往事莫惊猜〔4〕。政恐不免耳，消息日边来〔5〕。　　笑吾庐，门掩草，径封苔〔6〕。未应两手无用，要把蟹螯杯〔7〕。说剑论诗馀事，醉舞狂歌欲倒,老子颇堪哀〔8〕。白发宁有种,一一醒时栽〔9〕。

〔1〕写于罢居带湖初期。汤朝美司谏:汤邦彦,字朝美,镇江人。据《京口耆旧传》卷八,谓其任左司谏(掌讽喻规谏)时,"论事风生,权幸侧目"。后因使金不力,有辱气节,编管新州(今广东新兴县),又量移信州,和稼轩结识。稼轩作《水调歌头·盟鸥》,朝美和之,稼轩再用原韵作此词,以示答谢。

〔2〕虎豹九关:语出《楚辞·招魂》:"魂兮归来,君无上天些。虎豹九关,啄害下人些。"辛词借喻宫门森严,见君不易。

〔3〕"见君"两句:谓汤朝美屡屡进谏,挽回君意。按,汤朝美贬前深受重用,"言听谏行"(《漫塘集·颐堂集序》),孝宗曾手书"以身许国,志若金石,协济大计,始终不移"以赐。"圣意所疑,辄以谘问。"(《京口耆旧传》)谏疏:进谏的奏章。

〔4〕"千古"三句:谓友人忠心耿耿,不想贬谪蛮荒,但又劝他休提往事。万里蛮烟瘴雨:指汤朝美贬新州事。新州,即今广东新兴县,在当时被认为是僻远蛮荒之地,且有瘴气之患。

〔5〕"政恐"两句:言汤朝美不久将被朝廷重新起用。政恐不免:做官在所难免。政,同"正"。此借用东晋谢安语。谢安未仕前,弟兄有富贵者,倾动乡里。刘夫人戏谓安曰:"大丈夫不当如此乎?"谢安不屑地说:"但恐不免耳。"(《世说新语·排调篇》)日边:指皇帝身边。

〔6〕"笑吾庐"三句:谓自家门径冷落,草掩苔封。

〔7〕"未应"两句:自谓英雄无用武之地。《世说新语·任诞篇》称毕茂世为人旷达,曾说:"一手持蟹螯,一手持酒杯,……便足了一生。"

〔8〕馀事:闲事。老子颇哀:暗用汉马援语。《后汉书·马援传》:"诸曹时白外事,援辄曰:'此丞掾之任,何足相烦;颇哀老子,使得邀游。'"哀,怜悯。

〔9〕"白发"两句：反用黄庭坚《次韵裴仲谋同年》诗意："白发齐生如有种，青山好去坐无钱。"黄诗说白发齐生，如种萌发。辛词则谓白发无种，非醉时自生，而是醒时一一栽种，意谓愁白了头。宁：难道，岂。

词上片写友人，下片写自身。写友人是同情、劝慰、称颂、激励；写自身则自嘲、自笑、自悲、自愤。对比鲜明，突出地表现出稼轩此类词的基本思想倾向。然则，汤朝美因使金辱国而贬，不得与稼轩罢归相提并论，所谓"千古忠肝义胆"云云，就史实而言，也系过誉之辞。上片结于友人即将奉诏再起，意在反衬自身赋闲处境。先用一"笑"字承转，自笑门庭冷落车马稀，自嘲双手不握刀剑印信，唯持蟹执杯。继之以"哀"，自哀以论兵谈诗为闲事，唯"醉舞狂歌"。最后收之以"愁"，自愁白发徒生，壮志不酬。借友人之事，抒自己之愤，说明稼轩身居田园，心怀君国。

踏莎行

赋稼轩，集经句〔1〕。

进退存亡〔2〕，行藏用舍〔3〕，小人请学樊须稼〔4〕。衡门之下可栖迟，日之夕矣牛羊下〔5〕。　　去卫灵公，遭桓司马，东西南北之人也〔6〕。长沮桀溺耦而耕，丘何为是栖栖者〔7〕。

〔1〕当是罢居带湖初期之作。稼轩：作者为其屋舍所取的名字。《宋史》本传说他"尝谓人生在勤，当以力田为先。……故以稼名轩。"时人洪迈有《稼轩记》略记其事。后来作者即以此为己号。这说明稼轩一

生颇重农耕之事。集经句:集儒家经典中语为词。

〔2〕进退存亡:《易·文言》:"知进退存亡而不失其正者,其惟圣人乎?"意谓惟有圣人才能正确处理仕进和隐退、留下和离去之间的关系,并不失掉应有的原则。

〔3〕行藏用舍:《论语·述而》记孔子对颜渊语:"用之则行,舍之则藏,惟我与尔有是夫。"意谓用我则行,舍我则隐,唯我与你方能如此。

〔4〕樊须请稼:《论语·子路》:"樊迟请学稼(学种庄稼),子曰:'吾不如老农。'……樊迟出。子曰:'小人哉,樊须也!'"

〔5〕"衡门"两句:谓安贫寡欲,便可怡然自乐。衡门栖迟:《诗经·陈风·衡门》:"衡门之下,可以栖迟。泌之洋洋,可以乐("瘵"的省借,"瘵"即"疗",治也)饥。"意谓横木为门,便可居住;泌丘有水,就能充饥。日夕牛羊下:《诗经·王风·君子于役》:"日之夕矣,羊牛下来。"意谓太阳落山,牛羊从山上下来。

〔6〕"去卫"三句:谓不学孔子到处奔波,四面碰壁。去卫灵公:离开卫国。《论语·卫灵公》:"卫灵公问陈(同"阵")于孔子。孔子对曰:'……军旅之事,未尝学也。'明日遂行。"按,卫灵公讲征伐,孔子讲仁义,两人不同道。遭桓司马:《孟子·万章》:"孔子不悦于鲁、卫,遭宋桓司马,将要而杀之,微服而过宋,是时孔子当阨。"此言孔子既失意于鲁国卫公,又碰上宋国的司马桓魋要杀他,只有改装逃亡。孔子彼时正处逆境。东西南北之人:《礼记·檀弓上》记孔子语:"今丘也,东西南北之人也。"意谓四方飘零流落之人。

〔7〕"长沮"两句:谓愿学隐士长沮(jū居)、桀溺(jié nì杰逆)躬耕田园,不师孔子奔走劳心。长沮桀溺耦(ǒu偶)而耕:《论语·微子》:"长沮、桀溺耦而耕,孔子过之,使子路问津(渡口)焉。"不想却遭到两人讥嘲、笑话孔子徒劳心计,迷不知返。耦耕,二人合耕,古时的一种耕田法。丘何为是栖栖者:《论语·宪问》:"微生亩谓孔子曰:'丘何为是栖

栖者与？无乃为佞乎？'……"说孔子忙碌如此，无非欲逞口辩之才。

词赋"稼轩"，旨在抒发归田学稼之志。但字里行间，牢骚不平之气，时时可见。词人非任意菲薄孔子，不过借以抒写不满现实之情而已。集句成诗，始于西晋傅咸。后人由经史语摘为对句，亦文字游戏。宋人喜集句诗，以集唐诗为主。宋词更有"檃括体"，檃括前人诗赋入词。苏轼初开经史语入词风气，稼轩不仅承而广之，更有通篇集经而成者如此词。此类词虽然写作难度极大，且亦可聊备一格，但毕竟不是严格意义上的创作。既束缚思想，容易削足适履，亦难免语言干枯，诗意索然。

水调歌头

再用韵答李子永提干[1]

君莫赋幽愤，一语试相开[2]：长安车马道上，平地起崔嵬[3]。我愧渊明久矣，犹借此翁湔洗，素壁写《归来》[4]。斜日透虚隙，一线万飞埃[5]。　　断吾生，左持蟹，右持杯[6]。买山自种云树，山下厮烟莱[7]。百炼都成绕指，万事直须称好，人世几舆台[8]。刘郎更堪笑，刚赋看花回[9]。

〔1〕作于淳熙九年（1182），时稼轩罢居上饶带湖。再用韵：再次用前韵。李子永：李泳，字子永，扬州人，有诗名。曾官溧水县令，淳熙六年至淳熙九年为坑冶司干官（故称"提干"），分局信州，遂得与稼轩交游。

〔2〕幽愤：嵇康被诬下狱后，曾作《幽愤诗》以抒心中愤懑。这里代

指李泳的抒情言志之作。开:开导。

〔3〕平地起崔嵬(wéi围):喻宦海风波骤起。崔嵬,土山。

〔4〕渊明:即东晋著名的田园诗人陶潜。因耻"为五斗米折腰",辞官归隐。稼轩对他甚为仰慕,词中屡有提及。湔(jiàn剑)洗:洗涤(自己胸中的污浊)。素壁写《归来》:将陶潜的《归去来兮辞》写在白色的墙壁上。按,陶潜作《归去来兮辞》,以示弃宦归隐之志。

〔5〕"斜日"两句:透过缝隙,一缕日光照处,有万千尘埃飞舞。此回顾官场污浊不堪情景。

〔6〕"断吾生"三句:饮酒持蟹,悠闲一生。用毕茂世语,见前《水调歌头》(白日射金阙)注〔7〕。断:了。

〔7〕"买山"两句:买山归隐,植树开荒。麈(zhǔ主):斫(zhuó卓)也,锄断,砍去。莱:野草。

〔8〕"百炼"三句:历经宦海沧桑,使人化刚为柔,万事称好。晋刘琨《重赠卢谌》诗:"何意百炼刚,化为绕指柔。"意为几经挫折,人从意志刚强变为随波逐流。百炼:指金刚,喻刚毅不屈。绕指:形容极为柔软。万事直须称好:《世说新语》注引《司马徽别传》说:司马徽素有鉴才之能,但怕当权者害人。当有人以当代人物请他鉴评时,他每每称"好"。其妻批评他有负人意。"徽曰:'如君所言亦复佳。'其婉约逊遁如此。"人世几舆台:指宦海沉浮莫测。舆台,本指地位低下的人。《左传·昭公七年》把人分为十等,舆为六等,台为十等。此处主要借指官场的贬谪和黜退。

〔9〕"刘郎"两句:笑刘禹锡赋《看花》诗,以致不幸,再次遭贬。《看花》诗:即指刘禹锡《赠看花诸君子》。事见前《新荷叶》(人已归来)注〔4〕。

与其说是疏导友人,不如说是自我排遣,自我抒怀。上片连用两喻,说明自己归隐之由:一,宦海险恶,风波迭起,犹如大道平地,骤起崔嵬,使人防不胜防。二,官场污浊,相互倾轧,宛如日光照处,万千微尘飞舞。所以,他赞美陶潜的心胸高洁,声称要步陶后尘,高吟《归去来辞》而归隐田园。下片前五句承归隐之志,写对酒持蟹、开荒植树的悠闲生活。以下迭用故实,曲折地反映出对现实的不满。通篇现身说法,但细细品吟,词人绝非浑身静穆,一味飘逸,心中自有无限愤懑不平。

满江红

送汤朝美司谏自便归金坛[1]

瘴雨蛮烟,十年梦、尊前休说[2]。春正好、故园桃李,待君花发[3]。儿女灯前和泪拜,鸡豚社里归时节[4]。看依然、舌在齿牙牢,心如铁[5]。　　活国手,封侯骨[6]。腾汗漫,排阊阖[7]。待十分做了,诗书勋业[8]。当日念君归去好,而今却恨中年别[9]。笑江头、明月更多情,今宵缺[10]。

〔1〕作于淳熙十年(1183)春,时稼轩正罢官家居。汤朝美:见前《水调歌头》(白日射金阙)注〔1〕。是年逢赦,汤得以返回家乡金坛(今江苏省丹阳县西南),稼轩作此词送行。自便:撤销编管,自行居住。

〔2〕瘴雨蛮烟:汤朝美曾被流放到新州(今广东新兴县)。新州系僻远蛮荒之地,且多瘴气。稼轩去年给汤朝美的《水调歌头》词中,有"万里蛮烟瘴雨"之句。十年:举成数而言,汤放新州不足十年。尊前:

酒筵前。

〔3〕"春正好"两句：友人返乡，正值桃李花开、春光明媚时节。此暗用韩愈《镇州初归》诗意："惟有小园桃李在，留花不发待郎归。"喻家人急盼友人归去。

〔4〕"儿女"两句：想象友人返乡后与家中儿女、村里父老欢聚情景。社里：社日里，春天祭祀社神（土地神）的节日叫春社。鸡豚（tún饨）：祭社用的鸡和猪。

〔5〕"看依然"两句：友人虽归故里，依然志如铁坚，救国有才。舌在齿牙牢：用张仪事。张仪是战国时期著名的纵横家，游说入秦，首创连横之说，任秦相。当其未仕秦前，曾遭楚相门人痛打。"其妻曰：'子毋读书游说，安得此辱乎？'仪曰：'视吾舌尚在不（否）？'妻笑曰：'舌在也。'仪曰：'足矣。'"（见《史记·张仪传》）意谓仍可游说天下。

〔6〕活国手：治国能手。王广之之子珍国为南谯太守时，曾以私人米财赈济穷人，高帝手敕云："卿爱人活国，甚副吾意。"（《南史·王广之传》）据《京口耆旧传》载，汤朝美也有以私积赈穷乏之事。封侯骨：有封侯的骨相。《汉书·翟方进传》说翟请蔡父为其相面，蔡父说他虽是小吏，却有封侯的骨相。

〔7〕"腾汗漫"两句：腾身太空，推开大门。喻仕途腾达。汗漫：茫无边际，此指太空。阊阖：天门。

〔8〕"待十分"两句：说友人必将圆满地为国家做出一番大事业。诗书：《诗经》、《尚书》，泛指儒家经典。读书的目的是为君为国，稼轩《满江红》词说："叹诗书万卷致君人，翻沉陆。"

〔9〕"当日"两句：言编管时，愿君早赦得归，一旦赦归，却又眷恋不舍。

〔10〕"笑江头"两句：谓今宵明月多情，不圆而缺。

送别词。既开朗乐观,激昂奋发,又情深意长,娓娓动人。起韵便觉洒脱,将十年"瘴雨蛮烟"一笔勾销,虽然人到中年,身经挫折,但才高志坚,壮心不已,期望友人在有生之年为复国大业再建功勋。志豪气壮,纯作英雄语,是勉友,也是自勉。"春正好"以下插叙儿女情事亦佳。桃李待君,何等撩人情思,儿女和泪,鸡豚春社,精细自然,清新淳朴。下片起六句稍有过誉,似有失察之嫌。结处写送别时的矛盾心理,更借明月抒怀,都较完美地表现了浓郁的惜别之情。

洞仙歌

开南溪初成赋[1]

婆娑欲舞,怪青山欢喜。分得清溪半篙水[2]。记平沙鸥鹭,落日渔樵,湘江上、风景依然如此[3]。　　东篱多种菊,待学渊明,酒兴诗情不相似[4]。十里涨春波,一棹归来,只做个、五湖范蠡。是则是、一般弄扁舟,争知道他家,有个西子[5]。

〔1〕约作于淳熙十年(1183)秋,时稼轩罢居带湖。南溪:洪迈《稼轩记》不载,当是稼轩园林中新开辟的一条溪水。

〔2〕"婆娑(suō 梭)"三句:溪水初来,青山欣喜欲舞。按,一本题作"所居徒山为仙人舞袖形"。又,据洪迈《稼轩记》,稼轩新居中有"婆娑堂"。婆娑:翩翩起舞貌。怪:难怪。分得清溪半篙水:新辟的南溪引来半篙秋水。篙,撑船用的竹竿。

〔3〕"记平沙"三句：以"记"字领起回忆，由南溪山水联想到湘江风景依旧。按，稼轩曾官湖南潭州（今湖南长沙市），故有此回忆。渔樵：渔父樵夫。

〔4〕"东篱"三句：谓愿学陶渊明种菊，但酒兴诗情又不全相似。按，陶渊明一生爱菊，归隐田园后，以诗酒黄菊自娱。其名篇《饮酒（之二）》云："采菊东篱下，悠然见南山。"

〔5〕"十里"六句：用范蠡助越灭吴，载西施泛舟五湖事。参见前《摸鱼儿》（望飞来半空鸥鹭）注〔11〕。棹（zhào 赵）：船桨，代指船。争：怎。西子：西施。

南溪初成，即景抒情。起韵点题，不言人爱溪，却写山喜水，寓情于物，透过一层。碧水映山，青山翩翩似舞；山环水抱，相映成趣。次韵忽地荡开，却忆湘江风光，用笔似幻，实则以湘江风光陪衬南溪景色，言南溪不亚湘江。"平沙鸥鹭，落日渔樵"，不亦为南溪所有？一石二鸟，用笔经济，启人想象。下片抒情，命笔尤奇：待学渊明采菊，却无其"酒兴诗情"；欲师范蠡泛舟，却又缺少一个西子作伴。透过诙谐幽默的语调，展现出词人内心深深的苦闷：不甘寂寞田园，却又无可奈何。

水龙吟

甲辰岁寿韩南涧尚书[1]

渡江天马南来,几人真是经纶手[2]？长安父老,新亭风景,可怜依旧^[3]。夷甫诸人,神州沉陆,几曾回首^[4]!算平戎万里,功名本是,真儒事,公知否^[5]。　况有文章山斗,对桐阴、满庭清昼^[6]。当年堕地,而今试看:风云奔走^[7]。绿野风烟,平泉草木,东山歌酒^[8]。待他年整顿,乾坤事了,为先生寿^[9]。

〔1〕作于淳熙十一年(1184),时稼轩正罢居带湖。甲辰岁:即淳熙十一年。寿:用作动词,祝寿。韩南涧尚书:韩元吉,字无咎,号南涧,河南许昌人,南渡后徙家信州。孝宗初年,曾任吏部尚书。主抗金,政事、文学俱有名。晚年退居信州,常与稼轩交游,互为唱和。

〔2〕渡江天马南来:西晋沦亡,晋元帝司马睿偕四王南渡,在建康建立东晋王朝。时童谣云:"五马浮渡江,一马化为龙。"(《晋书·元帝纪》)因晋帝姓司马,故有此称。这里借指宋室南渡。经纶:本意为整理乱丝,此借喻治国。

〔3〕"长安"三句:中原父老日盼王师,但南宋朝廷偏安如故。长安父老:《晋书·桓温传》说桓温率军北伐,路经长安附近,当地父老携酒相劳,感泣曰:"不图今日复见官军!"此指金人统治下的中原人民。新亭风景:《世说新语·言语篇》载,东晋初年,南渡的士大夫们常聚会新亭,触景生情,无限感慨。周颙说:"风景不殊,正自有山河之异!"众皆相对流泪,唯丞相王导说:"当共戮力王室,克复神州,何至作楚囚相对。"新亭,三国时吴国所建,在今江苏南京市南。

〔4〕"夷甫"三句:指责当权者空谈误国。夷甫:西晋王衍,字夷甫,官居宰相,崇尚清谈,不理国政,导致西晋覆灭。王衍兵败临死前说:"向若不祖尚浮虚,戮力以匡天下,犹可不至今日。"(《晋书·王衍传》)神州沉陆:中原沦陷。桓温北伐,踏上北方土地后,曾感慨地说:"遂使神州陆

沉,百年丘墟,王夷甫诸人不得不任其责!"(见《晋书·桓温传》)几曾:何曾。

〔5〕"算平戎"四句:抗金复国的大业,正有待于我辈来完成。算:算将起来,承上文,有议论的意思。平戎万里:指驱逐金人,恢复故土。真儒:此指真正的爱国志士。公:指韩元吉。

〔6〕"况有"两句:以光荣家世称颂和激勉友人。文章山斗:言友人才名卓著如韩愈。《新唐书·韩愈传》说:"学者仰之如泰山、北斗。"而黄升《花庵词选》则称韩元吉"政事文章为一代冠冕"。桐阴:韩家为北宋时的望族,在汴京的府门前广种桐树,世称"桐木世家"。

〔7〕"当年"三句:言韩从政以来,风云际会,大显身手。堕地:婴儿落地,指出生。风云奔走:指韩为国事操劳,身手非凡。

〔8〕"绿野"三句:言友人以宰相治国之才隐退家园。绿野风烟:绿野堂前风光美好。唐相裴度因宦官横行,退隐山林,于洛阳建绿野别墅,号绿野堂,与白居易、刘禹锡等诗酒相娱,不问政事(见《唐书·裴度传》)。平泉草木:唐相李德裕曾于洛阳城外筑"平泉庄"别墅,广搜奇花异草(见《剧谈录》)。东山歌酒:东晋名相谢安曾隐居东山(今浙江上虞县西南)。参阅前《念奴娇》(我来吊古)注〔5〕。

〔9〕"待他年"三句:待完成复国大业后,再为先生祝寿。杜甫《洗兵马》:"二三豪俊为时出,整顿乾坤济时了。"辛稼轩《千秋岁》词寿史正志:"从容帷幄去,整顿乾坤了。"

虽是寿词,但南涧原唱与稼轩和韵均荦荦不凡。作为力主抗金的元老重臣,南涧对稼轩深寄厚望:"使君莫袖平戎手。"稼轩后进,对前辈的人品才干既推崇备至,更期以宝刀不老,东山再起。两人爱国情怀一致,相互激勉。此词劈首严峻一问:"几人真是经纶手?"破空而来,振聋发聩。继之深深一叹,叹南北分裂依旧,语极深痛。"夷甫诸人",借古讽今,着力一刺,矛锋直指当权者。结以"平戎万里",豪情四溢,壮采照人。以下称颂一段文字,难免过誉,但相期"整顿乾坤"作收,却全然脱落寿词故常。通观全篇,前段侧笔反衬,语深意悲;后段正面取喻,俨然归隐宰辅风貌,而主旨则在上下两结,慷慨激昂,豪迈奔放,充分体现出爱国志士身居林泉、心怀天下的阔大胸怀。

附: 韩元吉寿稼轩原唱(按,据稼轩次年《水龙吟》寿南涧词题序,知两人生日相去仅一日。)

水龙吟

寿辛侍郎[1]

南风五月江波,使君莫袖平戎手。燕然未勒,渡泸声在,宸衷怀旧。卧占湖山,楼横百尺,诗成千首。正菖蒲叶老,芙蕖香嫩,高门瑞,人知否? 凉夜光躔牛斗,梦初回,长庚如昼。明年看取,纛旗南下,六骡西走。功画凌烟,万钉宝带,百壶清酒。便留下,剩馥蟠桃分我,作归来寿。

[1] 开禧三年(1207),稼轩六十八岁时,始有兵部侍郎的诏命。稼轩力辞未免,即于是年九月卒,而其时南涧谢世已二十年。知"侍郎"之称,当系后人追改。

满江红

送李正之提刑入蜀[1]

蜀道登天,一杯送绣衣行客[2]。还自叹:中年多病,不堪离别[3]。东北看惊诸葛表,西南更草相如檄[4]。把功名、收拾付君侯,如椽笔[5]。　　儿女泪,君休滴。荆楚路,吾能说[6]。要新诗准备,庐山山色。赤壁矶头千古浪,铜鞮陌上三更月[7]。正梅花、万里雪深时,须相忆[8]。

[1] 作于淳熙十一年(1184)冬,时稼轩罢居上饶。李正之:李大正,字正之,曾两度任江淮、荆楚、福建、广南路的提点坑冶铸钱公事(采铜铸钱),信州为当时主要产铜区,故李正之常驻信州。是年冬入蜀,改任利州路提点刑狱使。稼轩作此词送行。提刑:提点刑狱使的简称,主管一路的司法、刑狱和监察事务。

[2] 蜀道登天:李白《蜀道难》诗:"蜀道之难,难于上青天。"绣衣:西汉武帝时设绣衣直指官,派往各地审理重大案件。他们身着绣衣,以示尊贵。这里借指友人李正之。

[3] "还自叹"三句:已值中年,最不堪离别之苦。据《世说新语·言语篇》,谢安曾对王羲之说:"中年伤于哀乐,与亲友别,辄作数日恶。"

[4] "东北"两句:以蜀中历史人物相勉,希友人在文治武功上做出贡献。"东北"句:诸葛亮出师北伐曹魏,曾上《出师表》以明志,正切稼

轩伐金心意。东北看惊,指曹魏有惊于西蜀北伐,此借喻金人闻风心惊。"西南"句:据《史记·司马相如传》,西汉武帝时,唐蒙不恤民意,蜀中骚乱。武帝命司马相如作《喻巴蜀檄》,斥唐蒙而安抚蜀民。西南:川蜀地处西南。檄(xí习):檄文,即告示,指《喻巴蜀檄》。

〔5〕"把功名"两句:赞友人文才出众,足能立功建业。君侯:汉代对列侯的尊称,后泛指达官贵人,此指李正之。如椽(chuán 船)笔:如椽(架屋用的椽木)巨笔,指大手笔,典出《晋书·王珣传》:"珣梦人以大笔如椽与之。既觉,语人曰:'此当有大手笔事。'俄而帝崩,哀册谥议,皆珣所草。"

〔6〕荆楚:今湖南、湖北一带,为李由江西入蜀的必经之地。稼轩曾官湖南、湖北,故谓"吾能说"。

〔7〕"要新诗"四句:请友人用诗写下一路美好景色:庐山的丰姿,赤壁的激浪,襄阳的明月。赤壁矶:一名赤鼻矶,在今湖北黄冈县西南,苏轼以为是当年周瑜破曹之地,曾作《念奴娇》词和《赤壁赋》凭吊之。词的起句为:"大江东去,浪淘尽、千古风流人物。"辛词的"千古浪"即由苏词而来。铜鞮(tí啼):铜鞮在今湖北襄阳。唐人雍陶《送客归襄阳旧居》诗:"唯有白铜鞮上月,水楼闲处待君归。"

〔8〕"正梅花"两句:暗用陆凯寄梅事。《荆州记》载:陆凯与范晔相善,陆自江南寄梅一枝并赠诗曰:"折梅逢驿使,寄与陇头人。江南无所有,聊赠一枝春。"

送友人入蜀赴任,将惜别之情与勖勉之意融为一炉。起笔缴足题面,写送行、惜别。"东北"一联陡转,大气磅礴,发聋振聩,不独文武兼到,且用事恰切,寓意深刻。下片遥承起处送别,劝慰友人休滴儿女之泪,当放眼家国河山。以下历数入蜀的沿途景色——庐山瀑、赤壁浪、铜鞮月,以阔其心胸,壮其行色。结尾两句回应篇首,万里雪飘,寒梅怒放,

69

人品、友谊、别情,一总囊入,豪迈隽永,韵味无穷。

鹧鸪天

徐衡仲惠琴不受[1]

千丈阴崖百丈溪,孤桐枝上凤偏宜[2]。玉音落落虽难合,横理庚庚定自奇[3]。(原注:山谷《听摘阮歌》云:"玄璧庚庚有横理。") 人散后,月明时。试弹幽愤泪空垂[4]。不如却付骚人手,留和南风解愠诗[5]。

〔1〕约作于淳熙十一年(1184),时稼轩罢居上饶。徐衡仲:徐安国,字衡仲,号西窗,上饶有名的孝子,《上饶县志·孝友传》中有他的传。后为岳州学官,迁连山县令。惠琴:赠琴。

〔2〕"千丈"两句:孤桐傍崖临溪而生,最宜凤凰栖息。意谓此琴系桐木做成。按,古人以桐木制琴为贵。郭璞《梧桐赞》:"桐实嘉木,凤凰所栖,爰我琴瑟。"阴崖:太阳照不到的悬崖。孤桐:南朝宋谢惠连《琴赞》:"峄阳(峄山之阳,在今山东邹县)孤桐,裁为鸣琴。"凤偏宜:传说凤凰非梧桐不栖。

〔3〕"玉音"两句:言琴的声音、纹理都很奇特。玉音:指琴音。落落难合:原形容事情邈远,很难实现,后亦形容为人孤僻,不易合群。此取后义,形容琴声独特,与诸音不谐。落落,孤独貌。横理庚庚:琴身的木质呈现出横向的纹理。庚庚,横貌。

〔4〕"人散"三句:谓琴之于我,唯弹《幽愤》之曲。幽愤:指嵇康所

作《幽愤诗》,见前《水调歌头》(君莫赋幽愤)注[2]。

[5]"不如"两句:不如将琴留给你自己,好与《南风》诗唱和。付:付与。骚人:原指屈原,后则泛称诗人。此指徐衡仲。留和:留待唱和。南风解愠(yùn 运)诗:相传舜曾作《五弦琴歌》。《尸子》:"舜作五弦之琴,以歌南风之诗,而天下治。"《文选·琴赋》注引《孔子家语》说:"舜作《五弦琴歌》曰:'南风之薰兮,可以解吾民之愠兮。南风之时兮,可以阜吾民之财兮。'"解愠,解除愤怒。

此词乃咏物抒情之作。上片以咏物为主,寓情于物。起二句渲染孤桐,傍悬崖,临清溪,栖凤凰,言其处境清幽,质地高洁,这是先声夺人之笔。继之赋琴本身:"横ература庚庚",言其纹理奇特;"玉音落落",言其不同凡响。写琴的高洁、孤傲,正是写琴主——友人的品性高洁、孤傲,也是自我抒怀。下片以抒情为主,却也情不离物,扣紧题目,说明何以"惠琴不受"。人散月明,一曲《幽愤》,不过徒增悲恨而已。不若付与骚人,以期唱和《南风》。这表明稼轩虽身居田园,犹心存时政,关心人民疾苦。

千年调

蔗庵小阁名曰厄言,作此词以嘲之[1]

卮酒向人时,和气先倾倒[2]。最要然然可可,万事称好[3]。滑稽坐上,更对鸱夷笑[4]。寒与热,总随人,甘国老[5]。

少年使酒,出口人嫌拗[6]。此个和合道理,近日方晓:学人言语,未会十分巧[7]。看他们,得人怜,秦吉了[8]。

〔1〕约写于淳熙十二年(1185)前后,稼轩正罢居带湖。蔗庵:郑汝谐,字舜举,号东谷居士,浙江青田人。主抗金,稼轩称他"老子胸中兵百万"。其时任江西转运使,兼知信州。后为大理寺少卿,曾持公论释陈亮,历官吏部侍郎(见《青田县志·人物志》)。他在信州建宅第取名"蔗庵",并以此自号。又为其小阁取名"卮言",稼轩借题发挥,作词以嘲。卮(zhī之)言:没有独立见地、人云亦云的话。语出《庄子·寓言》:"卮言日出。"后人亦借作自己言论或著作的谦辞。

〔2〕"卮酒"两句:做人应如"卮",满脸和气,一见权贵就倾倒。卮:古时的一种酒器。它满酒时就向人倾倒,酒空时则仰起平坐。

〔3〕"最要"两句:最要紧的须万事唯唯诺诺,连连称"好"。然然:对对。可可:好好。万事称好:用司马徽事,见前《水调歌头》(君莫赋幽愤)注〔9〕。

〔4〕"滑稽"两句:滑稽、鸱夷,一唱一和,相对而笑,一路货色。滑(gǔ古)稽:古代的一种斟酒器。鸱(chī吃)夷:古代一种皮制的酒袋。按,两种器具不停地倒酒,喻滔滔不绝、巧言花语、取媚权贵的小人。

〔5〕"寒与热"三句:处世应如甘草,无论寒症热病,均可调和迎合。甘国老:指中药甘草,它味甘平,能调和众药,治疗百病,故享有"国老"之美称。

〔6〕"少年"两句:言己少年时说话不顺世俗,惹人生厌。使酒:喝酒任性。拗:别扭,不顺,指不合世俗。

〔7〕"此个"四句:谓此种调和折中的处世之道,刚刚懂得,可惜那一套应酬的语言技巧,尚未学到家。

〔8〕"看他们"三句:谓他们正像秦吉了,所以博得人们的喜爱。怜:爱怜,疼爱。秦吉了:鸟名,一名鹩哥,黑身黄眉,善学人语,尤胜鹦鹉。白居易《新乐府·秦吉了》:"耳聪心慧舌端巧,鸟语人言无不通。"

借题发挥,堪称绝妙的讽刺小品。上片连用四喻——酒厄、滑稽、鸱夷,甘草,将世俗小人那种俯仰随人、巧言令色、八面玲珑、四方讨好的丑态,讽嘲得淋漓尽致,入木三分。下片转笔自身,由出口拗逆,到初晓其理,到学人言语,最后结以功不到家,体会深切,实是一种对比反衬之笔,既生动地说明自己刚直不阿、不肯随波逐流的禀性难移,更反衬出"耳聪心慧舌端巧"的"秦吉了"辈的卑下品格。全词纯用白话口语,词锋犀利,嬉笑怒骂,皆成文章。

清平乐

独宿博山王氏庵[1]

绕床饥鼠,蝙蝠翻灯舞[2]。屋上松风吹急雨,破纸窗间自语[3]。　　平生塞北江南,归来华发苍颜[4]。布被秋宵梦觉,眼前万里江山[5]。

[1] 写于闲居带湖时期,具体作年不详(以下类似作品皆称"闲居带湖之作")。博山:在江西广丰县西南三十馀里,"南临溪流,远望如庐山之香炉峰"(《大清一统志·江西广信府》)。有博山寺、雨岩等游胜地,稼轩词中以游博山为题的就有十四首之多。王氏庵:王姓的茅屋。

[2] 翻灯舞:绕灯飞来飞去。

[3] "破纸"句:窗间破纸沙沙作响,似在自言自语。

[4] 塞北:泛指中原地区。按,稼轩《美芹十论》自谓南归前曾两次去燕京观察形势。又一说,稼轩南渡后乾道元年至三年间,也曾潜回北

方一次。归来:指罢官归隐。华发苍颜:头发花白,面容苍老。

〔5〕"布被"两句:言秋夜梦醒,眼前依稀犹是梦中万里江山。

词的上片写独宿王氏庵的深夜见闻,用笔极精细,词境极凄厉。饥鼠绕床疾走,蝙蝠围灯翻舞,是所见;风雨敲窗,破纸自语,是所闻。所见所闻一派荒寒孤寂之状,乃以一位铁血男儿处身其间,则请缨无门之悲愤灼然可见。下片抒情写梦境,大处落笔,寓千里于尺幅之中。"平生"两句,将一生踪迹行事、磊落志趣全部囊括其中,而宏伟理想和归来处境,又形成鲜明对照。结处秋宵梦觉,境界大变,奇峰突起,不再凄风苦雨,竟然万里江山。这意味着词人身居茅屋,胸怀天下,梦中犹自念念不忘一统大业。有此一结,将前段萧索悲苦之气一扫而光,在万里江山的阔大背景上,顿时耸立起一个高大的爱国者形象。

鹧鸪天

博山寺作[1]

不向长安路上行,却教山寺厌逢迎[2]。味无味处求吾乐,材不材间过此生[3]。　　宁作我,岂其卿,人间走遍却归耕[4]。一松一竹真朋友,山鸟山花好弟兄[5]。

〔1〕此闲居带湖之作。博山寺:据《广丰县志》,博山寺在广丰县西南,本名能仁寺,五代时由天台韶国师开山。南宋绍兴年间,有悟本禅师奉诏开堂。稼轩曾为之作记。

〔2〕长安路:京城之路,代指求取功名之路。厌逢迎:山寺倦于接待,极言自己去寺次数之多。

〔3〕"味无味"两句:在味与无味之处探索人生乐趣,在材与不材之间度过自己一生。味无味:语出《老子》:"为无为,事无事,味无味。"材不材:语出《庄子·山木篇》:庄子过山,见到有些树木由于不成材而免于砍伐;过友人家,却见到主人杀不鸣之雁以待客。明日有弟子问:"昨日山中之木以不材得终其天年,今主人之雁以不材死,先生将何处?"庄子笑曰:"将处乎材与不材之间。"

〔4〕"宁作"三句:宁作独立不阿的我,不屈志附人以求虚名。走遍人间,还是归耕为好。宁作我:语出《世说新语·品藻篇》:"桓公少与殷侯齐名,常有竞心。桓问殷:'卿何如我?'殷云:'我与我周旋久,宁作我。'"岂其卿:语出扬雄《法言·问神》:有人认为君子与其默默无闻地死去,何不依附公卿以求名声。扬雄说:君子应该以德而名。有人很富贵,但无名声,有人躬耕岩石,却名震京师。"岂其卿,岂其卿。"意谓岂可依附公卿而求名。

〔5〕杜甫《岳麓山、道林二寺行》:"一重一掩吾肺腑,山鸟山花共友于。"

词作犹如一纸宣言,宣告词人弃厌官场,决意归隐。一起借喻"长安"和"山寺",总述题旨。以下意分三层,逐次说明归隐之由和归隐之乐。于味无味处求乐,于材不材间得生。此从哲理——养身处世之道立论,一层。宁作独立的完我,不为公卿的附庸,行遍宦海皆浊,唯有归耕独高,此从人品操守着眼,二层。既然举世少有知音,不若友松竹而兄花鸟,此从交亲自然为意,三层。从艺术表现上看,是稼轩典型的"词论"之作。从思想内涵上说,既不能无视庄老哲学——"无为而为"对词人的消极影响,也应看到其内心的愤懑和独立不阿、高洁自守的操行。

丑奴儿

书博山道中壁[1]

少年不识愁滋味,爱上层楼。爱上层楼,为赋新词强说愁[2]。　而今识尽愁滋味,欲说还休。欲说还休,却道"天凉好个秋"[3]!

〔1〕闲居带湖之作。博山:见前《清平乐》(绕床饥鼠)注〔1〕。
〔2〕强说愁:无愁而勉强说愁。
〔3〕"却道"句:只说得一句"天气凉爽,好一个秋天啊"!

词明白如话,而语浅意深。通篇写得一个"愁"字,并用今昔对比法,以昔衬今。年少幼稚,不晓"愁"为何物。"爱上层楼",是无愁寻愁。"愁"是风花雪月、无病呻吟之"愁"。"为赋新词强说愁",少年憨态可掬。下片转向现实,从"不识愁滋味",到"识尽愁滋味",一字之易,道尽二十多年痛楚的宦海生涯。"欲说还休",是有愁难诉。"愁",是国耻未雪,壮志难酬之"愁"。结句忽地宕开,神情淡漠,却字字含愤,发人深思。全词寓悲壮于闲适之中,用"吞咽式"抒情,有较强的艺术感染力。

清平乐

博山道中即事[1]

柳边飞鞚[2],露湿征衣重。宿鹭窥沙孤影动,应有鱼虾入梦[3]。　一川明月疏星,浣纱人影娉婷[4]。笑背行人归去,门前稚子啼声[5]。

[1] 闲居带湖之作。
[2] 鞚(kòng 控):马笼头,代指马。
[3] "宿鹭"两句:宿鹭惊起窥探沙溪,当是梦到了鱼虾吧。
[4] 娉婷(pīng tíng 乒亭):形容女子娇美的身姿。
[5] 稚子:婴儿、幼儿。

此写旅途夜景,纯用白描,历历如画,清新可喜。起韵柳堤扬鞭,露湿征衣,点明时、地与人。以下即描绘马上所见:孤影晃动,那是宿鹭窥沙;何以熟睡却惊?"应有鱼虾入梦"。奇思妙笔,体察入微,曲尽物态,较前《水调歌头·盟鸥》中"破青萍"数句,尤觉空灵传神。上片赋水鸟,下片写浣纱少妇。溪水清澈,映照天上明月疏星,又有娉婷人影闪动其间,一派清幽美好景象。许是闻人而惊,浣纱少妇含羞归去的笑声,门前稚子的啼声,顿时打破夜的谧静,平添出无限生气。——词人笔下的水村月夜,就是如此赏心悦目,美不可言。

丑奴儿近

博山道中效李易安体[1]

千峰云起,骤雨一霎儿价[2]。更远树斜阳风景,怎生图画[3]!青旗卖酒[4],山那畔别有人家。只消山水光中,无事过这一夏[5]。　　午醉醒时,松窗竹户,万千潇洒[6]。野鸟飞来,又是一般闲暇。却怪白鸥,觑着人欲下未下[7]。旧盟都在,新来莫是,别有说话[8]?

〔1〕此闲居带湖之作。李易安:李清照,号易安居士,山东济南人。南北宋之交著名的女词人,有《漱玉词》传世。其词婉约清丽,好"以寻常语度入音律","用浅俗之语,发清新之思",人称"易安体"。稼轩此词即师易安词风,故称"效易安体"。

〔2〕"骤雨"句:忽地下了一阵暴雨。一霎儿价:一会儿。价,语尾助词。李清照《行香子》词:"一霎儿晴,霎儿雨,霎儿风。"

〔3〕怎生图画:无法描画,极言风景之美。怎生,宋时口语,犹"怎么"。李清照《声声慢》词:"独自怎生得黑?"

〔4〕青旗:古代酒店多用青色布招为标记,亦称青帘。

〔5〕"只消"两句:但求纵情山水,无忧无虑地度过这个夏天。山水光:山光水色。

〔6〕"松窗"二句:谓门前窗下,松竹掩映,十分潇洒。

〔7〕觑(qū屈):窥探,偷看。

〔8〕"旧盟"三句：责怪白鸥弃盟背约，不来亲就。旧盟：见前《水调歌头·盟鸥》。别有说话：指白鸥悔约改口。

此为咏景抒情之作。上片是博山道中清秀淡远之景：千峰云散，骤雨初歇，远树斜阳，酒旆飘飘，山外别有人家。纵然丹青高手，难画其中美妙。赞叹之馀，别无奢求，但愿在这使人心旷神怡的山光水色中，悠闲度此盛夏。上片景起情结，引出下片文字。下片由放眼绿原而回归茅舍。"午醉"承上"青旗卖酒"而来，"醒时"以下，纯系抒情，写"无事"之乐，却不用一直笔，全用客观景物烘托。松竹映窗，绿树扶疏，以其潇洒万千之姿，衬出人的放逸风神。野鸟飞来相亲，以其自在闲暇之态，托出人的恬淡心境。鸥鸟浑身皆白，象征超尘忘机，最称词人心意，乃至前有"盟鸥"之举。不想今日盘旋不下，莫非竟有背盟弃约之意？结尾五句，文起波澜，涉笔成趣，物我两忘，其乐无穷。通篇明白如话，以浅俗之语，发清新之思，俨然易安词体，然冲淡高远，幽默情趣，则依然稼轩自身风貌。

念奴娇

赋雨岩，效朱希真体〔1〕

近来何处，有吾愁、何处还知吾乐〔2〕。一点凄凉千古意，独倚西风寥廓〔3〕。并竹寻泉，和云种树，唤做真闲客〔4〕。此心闲处，未应长藉丘壑〔5〕。　　休说往事皆非，而今云是，且把清尊酌〔6〕。醉里不知谁是我，非月非云非鹤〔7〕。露冷松梢,风高桂子,醉了还醒却[8]。北窗高卧,莫教啼鸟惊着[9]。

〔1〕此闲居带湖之作。雨岩:位于博山附近,见下篇《水龙吟》词题。朱希真:朱敦儒,字希真,洛阳人,南北宋之交著名词人,有《樵歌》三卷。他南渡后部分词作有家国之感,沉咽凄楚,但更多的则是狂放林泉,表现出一种乐天知命式的冲淡清远。《花庵词选》谓其"天资旷远,有神仙风致"。

〔2〕"近来"两句:谓近来已臻愁乐两忘的境界。

〔3〕"一点"两句:独立西风,放眼天宇,唯馀一点凄凉情味。

〔4〕"并竹"三句:过着竹里寻泉、云中植树的生活,堪称真正的闲人。并:傍。和:带。

〔5〕"此心"两句:心境的宁闲,并非完全依靠山水的陶冶。丘壑(hè贺):山水。

〔6〕"休说"三句:休论今是昨非,唯举杯一醉而已。陶渊明《归去来辞》:"实迷途其未远,觉今是而昨非。"尊:酒杯。

〔7〕"醉里"两句:醉中忘却自我,月乎?云乎?鹤乎?一切似是而非。

〔8〕"露冷"三句:深夜酒醒,依然一片寂静,唯见露滴松梢,唯闻风摇桂叶。

〔9〕"北窗"两句:醒了再睡,莫教晨鸟惊梦。北窗高卧:陶渊明《与子俨等疏》:"常五、六月中,北窗下卧,遇凉风暂至,自谓是羲皇上人(太古之人)。"

朱希真的词有所谓"神仙风致"。稼轩此词仙气不足,不过闲气加怨气,而更多的则是庄老之气。"并竹寻泉,和云种树",可谓闲气。然

"此心闲处,未应长藉丘壑",说明心境了无尘机,一片清闲,并非全然得力于山水之灵,而是依仗清静无为的庄老思想,这才导致不计荣辱是非,愁乐两忘的理想境界。下片的饮、醉、醒、卧,情境颇似朱词"摇首出红尘,醒醉更无时节"(《好事近》)。但"醉里不知谁是我,非月非云非鹤",化我为物,物我两忘,仍是庄老齐物论观点的演化。当然,"一点"两句,还是泄露了词人不能彻底忘情世事,深感寂寞凄清的矛盾心理。再结合下片"休说"两句看,则又微微可窥一股怨气在胸。

水龙吟

题雨岩。岩类今所画观音补陀。岩中有泉飞出,如风雨声[1]。

补陀大士虚空,翠岩谁记飞来处[2]?蜂房万点,似穿如碍,玲珑窗户[3]。石髓千年,已垂未落,嶙峋冰柱[4]。有怒涛声远,落花香在,人疑是、桃源路[5]。 又说春雷鼻息,是卧龙、弯环如许[6]。不然应是:洞庭张乐,湘灵来去[7]。我意长松,倒生阴壑,细吟风雨[8]。竟茫茫未晓,只应白发,是开山祖[9]。

[1] 此闲居带湖之作。类:像。观音:即佛家所谓观世音菩萨。补陀:梵文音译,即补陀落伽山。佛经谓观音菩萨说法之处。按,补陀,一般作普陀。今浙江普陀县东有普陀山,以供奉观音佛像为主。辛词首句称观音为补陀大士,并不确切。

〔2〕"补陀"两句:雨岩的状态如观音凌空,有谁知道它从何处飞来?虚空:凌空。翠岩:绿的岩石,即指雨岩。

〔3〕"蜂房"三句:雨岩如万点蜂窝,其间似相通又似各不关联,宛若一扇扇玲珑小窗。黄庭坚《题落星寺》诗:"蜂房各自开户牖。"

〔4〕"石髓"三句:千年石乳倒悬其间,犹如条条奇兀峻峭的冰柱。石髓:即石钟乳,如乳之下垂,故名。嶙峋(lín xún 林旬):形容山石林立峻峭或层叠高耸貌。

〔5〕"有怒涛"三句:山泉喷涌,落花飘香,人疑进入桃源仙境。怒涛声远:飞泉声似怒涛,渐渐远去。桃源路:通向桃花源的路。陶渊明《桃花源记》谓武陵渔人误入桃花源。其中不独风景绝胜,且有人隔世而居,一切和平美好,不复知人间兴亡事。

〔6〕"又说"两句:或谓春雷般泉涛声源于泉底卧龙的鼻息。弯环:盘旋貌。

〔7〕"不然"三句:或谓泉声犹如洞庭仙乐、湘神鼓瑟。洞庭张乐:《庄子·天运篇》:"帝张咸池之乐于洞庭之野。"湘灵:神话中的湘水女神。《楚辞·远游》:"使湘灵鼓瑟兮。"

〔8〕"我意"三句:我谓泉声如风雨中的山涧松涛细吟微啸。阴壑:背阴的山沟。

〔9〕"竟茫茫"三句:大自然美的奥秘茫茫难晓,我是身临其境的第一人。白发:白发之人,作者自称。开山祖:佛教中称建寺创业的僧人为开山祖师,后泛指各行各业的创始人。

此绘景之作,领略、探索雨岩之美。虚实相生,巧设比喻,尤富想象,描绘出一种瑰丽、神奇、幽秘的境界。起韵总写雨岩胜状,便觉奇丽神幻。以下写洞窍、石乳,比喻新颖,启人想象。妙笔最是写岩间飞泉的音响之美,或卧龙鼻息,或洞庭仙乐,或松吟风雨,使人耳不暇给,美不胜听。不仅如此,词人更冠以"又说"、"应是"、"我意"等一系列表悬测的字眼,以致"竟茫茫未晓",由此渲染出一派神幻迷离气氛,令人惊奇之馀,不禁顿生一探为快之心。作者最后以"开山祖"自居,正表现出此种先睹为快的自豪心理。

山鬼谣

雨岩有石,状怪甚,取《离骚·九歌》,名曰山鬼,因赋《摸鱼儿》,改今名[1]。

问何年、此山来此?西风落日无语[2]。看君似是羲皇上,直作太初名汝[3]。溪上路,算只有、红尘不到今犹古[4]。一杯谁举?笑我醉呼君,崔嵬未起,山鸟覆杯去[5]。　　须记取:昨夜龙湫风雨。门前石浪掀舞[6]。四更山鬼吹灯啸,惊倒世间儿女[7]。依约处,还问我:清游杖屦公良苦[8]。神交心许,待万里携君,鞭笞鸾凤,诵我《远游》赋[9]。(石浪,庵外巨石也,长三十馀丈。)

[1] 此闲居带湖之作。山鬼谣:即《摸鱼儿》词调。据词序,雨岩有一巨大怪石,词人取《离骚·九歌》之意,称名"山鬼",并改《摸鱼儿》调名为《山鬼谣》。《离骚·九歌》:屈原所作。《九歌》凡十一篇,其中第九篇名《山鬼》,描写一位山中女神。

[2] "问何年"两句:问怪石何年飞来?西风落日中的怪石默然不答。

〔3〕"看君"两句:谓怪石似羲皇上人,就以"太初"称之。羲皇上:即羲皇上人,伏羲氏以前的人。陶渊明曾自称羲皇上人,见前《念奴娇·赋雨岩》注〔9〕。言怪石来历久远,纯朴天然。君:指怪石。名汝:以此称你。

〔4〕"溪上路"两句:怪石地处僻远,红尘不到,所以拙朴风貌,古今不变。

〔5〕"一杯"四句:举杯邀石,怪石未动,山鸟却翻杯而去。谁举:为(向)谁而举。崔嵬(wéi 围):高大耸立貌,代指怪石。覆杯:打翻了酒杯。

〔6〕"须记"三句:人们记得昨晚潭边风雨大作,而怪石却乘势翻飞起舞。龙湫(qiū 秋):龙潭。稼轩《水龙吟》词赋雨岩飞泉说:"又说春雷鼻息,是卧龙弯环如许。"石浪:指巨大的怪石,见词尾作者自注,并参见词序。

〔7〕"四更"两句:山鬼深夜呼啸而至,吹灯灭火,使人胆战心惊。山鬼吹灯:化用杜甫诗意:"山鬼吹灯灭,厨人语夜阑。"(《移居公安山馆》)

〔8〕依约处:依稀恍惚间。杖屦(jù 巨):出游登山所用的手杖和麻鞋。良苦:非常辛苦。

〔9〕"神交"四句:以怪石为契友,拟携石乘鸾驾凤作万里远游。神交心许:精神相交,心意互许。鞭笞(chī 吃)鸾凤:鞭策鸾凤,即指乘鸾驾凤,遨游太空。《远游》:楚辞篇名,或谓屈原所作,这里代指辛弃疾的词作。

《楚辞·九歌·山鬼》是一曲人神恋歌,词人借以歌咏雨岩怪石。通篇用拟人化手法,视怪石为寂寞生活中的知音,极富浪漫色彩。先赋其身世品行:谓其来自上古,超然红尘,赞其纯朴自然,古风不泯。次赋其超凡潜力:风雨之夜腾飞起舞,吹灯灭火,足以惊倒世间儿女。怪石对词人情深:殷勤问询清游良苦。词人对怪石意浓:不独举杯邀饮,更拟结伴遨游苍穹。人与石"神交心许",频频相语,既写活了石,更写活了人。

生查子

独游雨岩[1]

溪边照影行,天在清溪底。天上有行云,人在行云里[2]。

高歌谁和余?空谷清音起[3]。非鬼亦非仙,一曲桃花水[4]。

[1] 闲居带湖之作。
[2] "天上"两句:云影在水中游动,人影映在水中似在白云里行走。
[3] 和(hè贺):唱和。余:我。清音:指空谷中的流水声。晋左思《招隐》有"山水有清音"之句。
[4] 非鬼非仙:苏轼《夜泛西湖五绝》:"湖光非鬼亦非仙,风恬浪静光满川。"桃花水:水边盛开桃花,故名。

词赋雨岩清溪。上片咏溪水之清,以蓝天、白云、人影烘托渲染。三四两句境界最为奇妙,白云映水,徐徐游动,人影其上,犹如浮飘于蓝天白云间。水、天、云、人,四者合一,令人心旷神怡,"飘飘乎如遗世独立,羽化而登仙"(苏轼《赤壁赋》)。下片咏溪水之音,人的浩歌声,水的流动声,相互呼应。空谷无人,流水是词人寂寞生活中的唯一知音,这正曲折含蓄地表现出词人政治失意后的苦闷。窥其取意与上阕《山鬼谣》略同,但风格各异。

蝶恋花

月下醉书雨岩石浪〔1〕

九畹芳菲兰佩好。空谷无人,自怨蛾眉巧〔2〕。宝瑟泠泠千古调,朱丝弦断知音少〔3〕。　　冉冉年华吾自老。水满汀洲,何处寻芳草〔4〕?唤起湘累歌未了。石龙舞罢松风晓〔5〕。

〔1〕此闲居带湖之作。石浪:巨大的怪石。参见前《山鬼谣》词序及词尾作者自注。

〔2〕"九畹"三句:美人佩兰虽好,却无人赏识,唯有深居幽谷,自怨美貌。九畹(wǎn晚):古时以十二亩为一畹。九畹,泛指地亩之广。语出屈原《离骚》:"余既滋兰之九畹兮,又树蕙之百亩。"芳菲:花草茂盛芳香。兰佩:佩兰以为饰。《离骚》:"纫(联缀)秋兰以为佩。"空谷:杜甫《佳人》:"绝代有佳人,幽居在空谷。"蛾眉巧:指女子长得美丽娇娆。《离骚》:"众女嫉余之蛾眉兮。"

〔3〕"宝瑟"两句:美人奏瑟,瑟音清越,但恨缺少知音。意与岳飞《小重山》的结句相同:"欲将心事付瑶琴,知音少,弦断有谁听?"瑟:古时的一种弦乐器。泠(líng灵)泠:清越的流水声,喻瑟声。

〔4〕冉冉:渐渐。汀洲:水边平地。芳草:借喻理想。

〔5〕"唤起"两句:唤起屈原同声浩歌,一曲未了,而天色已晓。湘累(léi雷):指屈原。无罪而死曰"累",屈原负屈投湘江而死,故称"湘累"。扬雄《反离骚》:"叙吊楚之湘累。"石龙:即词序中所称的石浪。

此词全然袭用《离骚》美人、香草的比兴手法,词旨也与《离骚》相仿,盖词人平生所求及身世遭遇与屈原略同,且心中仰慕颇深。起首三句以植芳佩兰,喻志行之高洁。复以幽居深谷,自怨蛾眉,喻遭群小之猜忌排挤。瑟音清越而独少知音,喻抗金政见难为执政者理解和采纳。下片紧承上意,叹壮士暮年,理想难酬;唯有唤起屈原同歌,一吐胸中抑郁之气。全词写来婉曲深幽,悲愤难已,似见《离骚》遗风。

鹧鸪天

游鹅湖,醉书酒家壁[1]

春入平原荠菜花[2],新耕雨后落群鸦。多情白发春无奈,晚日青帘酒易赊[3]。　　闲意态,细生涯[4],牛栏西畔有桑麻。青裙缟袂谁家女,去趁蚕生看外家[5]。

〔1〕此闲居带湖之作。鹅湖:据《铅山县志》、《鄱阳记》载,铅山县东北有鹅湖山。山上有湖,原名荷湖,因东晋龚氏居山蓄鹅,更名鹅湖。山麓又有鹅湖寺。鹅湖风景优美,是作者闲居时常游之地。

〔2〕荠(jì计)菜:一种野菜,开小白花,嫩茎叶可食。

〔3〕"多情"两句:春色虽浓,无奈白发扰人,且向酒店消愁。多情白发:多情善感,头发因愁而白。青帘:黑色的酒招。赊(shē奢):赊欠钱款。

〔4〕细生涯:平凡的农家生活。

〔5〕"青裙"两句:谁家少妇趁闲回娘家探亲。青裙缟袂(gǎo mèi 槁袂):黑裙白衣。趁蚕生:趁新蚕出生之前的空隙。

此村居小景。起写浓郁春色,落笔不凡,显现出一种独到的美学观。春色何在?"春入平原荠菜花"。以荠菜花作为春的象征。荠菜花平凡朴实,不畏风雨,坚忍顽强,最富生命力。稼轩又有《鹧鸪天》词赞咏之:"城中桃李愁风雨,春在溪头荠菜花。""新耕"句补足上句春意。三、四句转折,春意虽浓,无奈事业不就、白发欺人,唯有以酒浇愁。是以下片种种农家风情:牛栏桑麻,闲适自在;青裙缟袂,轻快欢悦,无一不从愁心醉眼中看出。既由衷羡慕向往,也自然衬托出词人不能忘情国事、忧烦交扰的心理。

鹧鸪天

鹅湖归,病起作[1]

枕簟溪堂冷欲秋,断云依水晚来收[2]。红莲相倚浑如醉,白鸟无言定自愁[3]。　　书咄咄,且休休,一丘一壑也风流[4]。不知筋力衰多少,但觉新来懒上楼[5]。

〔1〕此闲居带湖之作。病起:指病体初愈。

〔2〕"枕簟"两句:言晚来浮云渐散,人卧溪堂,微觉秋意。簟(diàn 电):竹席。

〔3〕"红莲"两句:描绘红莲白鸟似醉如愁的情态。浑:全。

〔4〕"书咄咄"三句:劝自己莫怪休怨,但寄情山水。书咄(duō 多)咄:《晋书·殷浩传》载,晋殷浩放废后,口无怨言,但终日用手指在空中写"咄咄怪事"四字。咄咄,感叹声。休休:退隐。唐末司空图隐居中条山,筑亭题名曰"休休"。并作文说明"休休"之意:"量才一宜休,揣分二宜休,耄而聩,三宜休。"(见《唐书·卓行传》)一丘一壑(hè 贺):犹言一山一水。风流:潇洒自在。

〔5〕"不知"两句:言近来筋力衰退,懒于上楼观赏景色。

此词寓悲壮于闲适,以淡笔写浓愁。陈廷焯评曰:"信笔写去,格调自苍劲,意味自深厚,不必剑拔弩张,洞穿已过七孔,斯为绝技。"(《白雨斋词话》)上片写景,"红莲"一联,形象鲜明,"生派愁怨与花鸟,却自然。"(沈际飞语,见《草堂诗馀》)如醉似愁,景与情会,实是自我心境写照。或谓"红莲"句借喻朝廷苟安者、社会世俗者,未免穿凿。下片抒情,貌似自甘山水终老,实则用典隶事,不平之意甚明。自悲其志,而"妙在结二句放开写,不即不离尚含住"(黄蓼园《蓼园词选》)。并非一般的叹病嗟衰(应题),而是寄托"烈士暮年"之慨。

鹧鸪天

鹅湖归,病起作[1]

着意寻春懒便回,何如信步两三杯[2]？山才好处行还倦,诗未成时雨早(去声)催[3]。　　携竹杖,更芒鞋,朱朱粉粉野蒿开[4]。谁家寒食归宁女,笑语柔桑陌上来[5]。

〔1〕作于闲居带湖时期。

〔2〕懒:指了无情趣。信步:无目的地随意行走,意同"漫步"。

〔3〕"山才"两句:谓人倦难行,急雨催诗。按,次句借用杜甫《丈八沟纳凉遇雨》诗意:"片云头上黑,应是雨催诗。"

〔4〕竹杖芒鞋:苏轼《定风波》词:"竹杖芒鞋轻胜马。"芒鞋,草鞋。朱朱粉粉:红的、白的。野蒿:谓野草野花。

〔5〕寒食:寒食节,清明节的前一天。归宁:出门的闺女回娘家探望父母,叫归宁。《诗经·周南·葛覃》:"归宁父母。"

词题同上篇《鹧鸪天》,但格调情趣不一。上篇写带湖山水,抒愁怨悲愤之情,此则赋郊野风光,发恬然自适之思。刻意寻春,未必尽如人意;信步而行,把酒漫游,却乐在其中。眼看胜景在前,不想人倦思憩,难入佳境;雨来虽扫游兴,却意外地启人诗思。上片春游有感,反映出一种随遇而安、怡然自适的心境。下片农家小景,犹如一幅素描:广阔原野,野花缤纷,蓦地桑间小路传来盈盈笑语,但见几位回娘家的少妇正神采飞扬地步入这幅动人的画面。

清平乐

检校山园,书所见[1]

连云松竹,万事从今足[2]。拄杖东家分社肉,白酒床头初熟[3]。　　西风梨枣山园,儿童偷把长竿[4]。莫遣旁人惊去,老夫静处闲看[5]。

[1] 此闲居带湖之作。检校:原意查核,此有巡视游赏之意。山园:家园,稼轩带湖宅第建于灵山之麓,故称山园。

[2]"连云"两句:满眼葱茏松竹,人居此间,可称万事俱足。连云:和天上云彩连成一片。

[3]"拄杖"两句:秋社分肉,糟床酒熟,足可醉饱逍遥。按,此补写"万事从今足"之意。分社肉:古时乡俗,春秋两次祭土地神,称社日。据《荆楚岁时记》,每至社日,四邻集会,备牲祭神,祭毕,各家分飨其肉,以求降福。故社肉,也称福肉。床头:指糟床,酿酒器具。

[4]"西风"两句:山园梨枣秋熟,邻儿把竿偷打。

[5]"莫遣"两句:谓切莫惊动偷枣顽童,且让我暗中闲看一番。

词写田园生活之乐趣。自谓"万事从今足"者,其一,"连云松竹",居处幽美,绝胜华丽喧嚣的都市。其二,土酒社肉,此中古朴风情,也绝非官场酒肉辈所能领略。下片情景最是可人。一边是小小顽童,手把长竿,偷打梨枣;一边是花白"老夫",隐身藏影,"静处闲看"。一老一少,一动一静,妙极,趣极。这不仅表现出词人对邻家顽童由衷的爱怜之情,亦传达出词人一种美好的生活情趣。"老夫静处闲看",正是稼轩农村词的一大艺术特色。

清平乐

检校山园,书所见[1]

断崖修竹,竹里藏冰玉[2]。路转清溪三百曲,香满黄昏雪屋[3]。　行人系马疏篱,折残犹有高枝[4]。留得东风数点,只缘娇懒春迟[5]。

〔1〕亦闲居带湖之作。

〔2〕修竹:长竹。冰玉:冰清玉洁,指梅花。

〔3〕清溪三百曲:苏轼《梅花》诗:"幸有清溪三百曲,不辞相送到黄州。"此用其意。雪屋:覆雪之屋。疑以苏轼"雪堂"借喻家园。苏轼贬黄州时,寓居临皋亭,在东坡筑雪堂,并于雪堂前植梅一株,明嘉靖后始枯(参阅《嘉靖一统志·黄州府》)。

〔4〕"行人"两句:篱边梅树不堪行人系马攀折,幸好高枝尚存。

〔5〕"留得"两句:言高枝数点梅花所以不落,是因为等待春天的来临。只缘:只因为。娇懒春迟:春天娇懒,迟迟未至。

此咏梅之作。起二句言梅花长在断崖峭壁间,与修竹为伍,有冰清玉洁的姿质。三、四句"路转清溪三百曲",一路观赏,由山麓而家园,由白昼而黄昏,幽香满园,点出山园之梅。下片即赋山园之梅。"行人"两句,篱边梅残,是铺垫之笔,旨在推出高枝之梅。此词精妙全在结拍两句,前此写其冰清玉洁,写其幽香四溢,犹写实之笔,尚有迹可求。此则形神兼备,虚实相间,尤重写意。高枝数点,临风摇曳,风姿翩翩。其所以迟迟不落,挺立枝头,只是因为春天娇懒未到。词人匠心独运,自出新意,以轻灵流转的笔触,写活了梅花唤春报春的特有风神。

满江红

送信守郑舜举被召[1]

湖海平生,算不负苍髯如戟[2]。闻道是、君王着意,太平长策[3]。此老自当兵十万,长安正在天西北[4]。便凤凰、飞诏下天来,催归急[5]。　　车马路,儿童泣。风雨暗,旌旗湿[6]。看野梅官柳,东风消息[7]。莫向蔗庵追语笑,只今松竹无颜色[8]。问人间、谁管别离愁,杯中物[9]。

[1] 写于淳熙十三年(1186)冬,时正罢居上饶带湖。信守:信州太守。郑舜举:稼轩友人,淳熙十二年(1185)知信州,次年被召入京,稼轩作此词送行。参阅《千年调》(卮酒向人时)注[1]。

[2] "湖海"两句:谓友人一生志在四海,不愧有大丈夫英雄气概。湖海:古称不恋家园、志在四方之人为湖海之士。苍髯如戟(jǐ己):花白

须髯,其硬如戟(一种兵器),形容相貌威武,有大丈夫气概。《南史·褚彦回传》:"公主谓曰:'君须髯如戟,何无丈夫意?'"

〔3〕闻道:听说。着意:专注,用心。长策:良策。

〔4〕"此老"两句:言友人熟谙兵韬武略,自当筹划收复西北故都。此老:对郑的尊称。自当兵十万:北宋初年,范仲淹帅边,西夏不敢来犯,并传说范"胸中自有甲兵数万"。长安:借指北宋故都汴京(开封)。

〔5〕"便凤凰"两句:谓君王飞诏催郑入京。凤凰飞诏:谓凤凰衔诏,自天飞来。凤凰,传说中的一种神鸟,美喻奉诏使者。

〔6〕"车马路"四句:言信州人民不忍郑某离去。

〔7〕"看野梅"两句:野梅飘香,新柳抽芽,预示着春天即将来临。

〔8〕"莫向"两句:故居人去,笑语声歇,连松竹也失去了昔日美好的光彩。蔗庵:郑舜举在信州的府第名。参见前《千年调》(卮酒向人时)注〔1〕。

〔9〕"问人间"两句:人间能解离愁者,唯酒而已。杯中物:指酒。

赠别友人词。上片赞颂友人胸怀天下,才略不凡,结句凤凰飞诏,归结词题本身。下片赋依依惜别之情,不从正面着意,多取烘托渲染,且文笔跌宕多姿。前四句描绘送别场面,泪泣儿童,雨湿旌旗,极言友人信州任上政绩卓著,深得民心。"野梅官柳"句宕开,预祝友人此去春风得意,喜讯频传。"莫向"以下,折回自身,想象人去园空情景。不唯笑语难追,且松竹为之失色,一片空寂凄暗,此虚中见实。直到结处始放笔直抒,谓此后唯以杯酒排遣离愁,以自我问答作收,备见孤凄沉郁之情。

八声甘州

夜读《李广传》,不能寐,因念晁楚老、杨民瞻约同居山间,戏用李广事,赋以寄之[1]。

故将军饮罢夜归来,长亭解雕鞍[2]。恨灞陵醉尉,匆匆未识,桃李无言[3]。射虎山横一骑,裂石响惊弦[4]。落魄封侯事,岁晚田园[5]。　　谁向桑麻杜曲,要短衣匹马,移住南山。看风流慷慨,谈笑过残年[6]。汉开边、功名万里,甚当时、健者也曾闲[7]?纱窗外、斜风细雨,一阵轻寒。

[1] 此闲居带湖之作。《李广传》:指司马迁《史记·李将军列传》。李广,西汉名将,陇西成纪(今甘肃省秦安县)人。他历经汉文帝、景帝、武帝三朝,英勇善战,用兵神速,屡败匈奴,被誉为"飞将军"。武帝初,因作战失利,废为庶人,闲居兰田终南山。后从卫青击匈奴,以迷路无功受责,愤而自杀。寐(mèi 媚):入睡。晁楚老、杨民瞻:稼轩友人,生平不详。

[2] "故将军"两句:用李广止宿灞陵事。据《史记·李将军列传》,李广闲居终南山时,有一次深夜饮归,路经灞陵亭。恰亭尉醉酒,不准李广通过。李广的随从申称,是"故将军"。亭尉曰:"今将军尚不得夜行,何况故将军。"乃令广宿于亭下。故将军:过去的将军,即指免职后的李广。长亭:古时路旁供行人歇脚的亭子,此指灞陵亭。解雕鞍:卸下精美的马鞍,即指下马。

〔3〕"恨灞陵"三句：叹恨亭尉醉眼匆匆，不识英雄。灞陵：即霸陵，汉文帝陵墓，在今陕西省西安市东。桃李无言：民谚"桃李无言，下自成蹊"的省略语，意谓桃李虽然不会说话，但爱好者竞相而至，自会在桃李树下踩出一条小路。司马迁在《史记·李将军列传》中曾用此民谚来赞美李广虽不善辞令，不喜表功，却深得天下人敬爱。

〔4〕"射虎"两句：李广射虎穿石，神勇无比。据《史记·李将军列传》，李广任右北平太守时，一次出猎，误认草中一石为猛虎，引弓劲射，箭进石中。一骑（jì 计）：单人匹马。裂石响惊弦：惊雷般的弦声响处，巨石迸裂。即指神箭穿石而入。

〔5〕"落魄"两句：言李广屡建战功而无封侯之赏，晚年一度闲居田园。按，据《史记·李将军列传》载，李广一生经历大小七十馀战，"自汉击匈奴，而广未尝不在其中"，堪称战绩卓著，但终不得封侯。而他的部下"以击胡军功取侯者数十人"。

〔6〕"谁向"五句：化用杜甫《曲江三首》诗意："自断此生休问天，杜曲幸有桑麻田。故将移住南山边，短衣匹马随李广，看射猛虎终残年。"意谓不愿应友人之约共归田园，愿随李广猎居南山，在慷慨激昂的戎马生活中度过自己的晚年。桑麻：指种桑植麻的隐居生活。杜曲：长安城南的名胜之地。短衣：指猎装。残年：晚年。

〔7〕"汉开边"两句：西汉是丈夫立功万里的大好时代，何以英雄人物（指李广）还会闲居乡里？开边：指西汉的拓边政策。甚：何以，为什么。健者：勇健之人，指英雄人物。

读史有感，借古人酒杯，浇己胸中之块磊。上片纯叙李广故事，赞赏之馀，感慨系之，郁愤有加。盖李广的豪情壮志和坎坷遭遇，与自身极为相似，可称同病相怜，同气相求。前五句平叙，借一"恨"字传情。后二韵陡起陡落、开合有方。下片即事抒情。一起便是高昂之音：不甘桑麻终老,愿随飞将,射虎南山,立功万里(指抗金复国)。以下笔回情转,深深一问:西汉号称盛世,何以李广尚有田园之叹?言外之意,英雄无报国之门,自古而然。讥刺现实之意甚明。以上一路直笔挥洒,末句以景结情,将一股悲壮之气全部融入眼前的风雨微寒之中,摧刚为柔,深得含蓄蕴藉之致。

临江仙

再用韵送祐之弟归浮梁[1]

钟鼎山林都是梦,人间宠辱休惊[2]。只消闲处过平生:酒杯秋吸露,诗句夜裁冰[3]。　　记取小窗风雨夜,对床灯火多情[4]。问谁千里伴君行?晓山眉样翠,秋水镜般明[5]。

〔1〕此闲居带湖之作。再用韵:前已有《临江仙》词"寄祐之弟",此再用前韵赋之。祐之:辛祐之,稼轩的族弟,馀不详。浮梁:今江西省浮梁县。

〔2〕"钟鼎"两句:谓在朝在野都是幻梦,何必为宠辱得失自我惊扰。钟鼎:古时用的乐器和食器,上面或有记事表功的文字。喻在朝为官。山林:山石林泉,喻在野为隐。

〔3〕"只消"三句:谓但愿秋饮如甘露之美酒,夜吟如冰雪之诗句,悠闲过此一生。

〔4〕"记取"两句:当记小窗风雨、对床夜语的手足情谊。白居易《招张司业》:"能来同宿否,听雨对床眠。"稼轩《鹊桥仙》词送祐之亦云:

"小窗风雨,从今便忆,中夜笑谈清软。"

〔5〕眉样翠:言山色青翠如黛眉。

据词意,稼轩族弟当是政治上的失意者,所以上片多作旷达语,以示劝慰,并兼有自慰之意。起韵齐朝野、等宠辱,深含哲理,文笔简洁。"酒杯"一联,诗酒终老,知足常乐,语句清俊逸丽。"记取"两句,手足情谊,情景如画,亲切自然,娓娓动人。结三句,翻出送别题意。晓山秋水,眉翠镜明,得此二君相伴千里,何愁之有? 情真而不流于感伤,清丽洒脱,是送别词中的佳作。

满江红

中秋寄远〔1〕

快上西楼,怕天放浮云遮月。但唤取、玉纤横管,一声吹裂〔2〕。谁做冰壶凉世界,最怜玉斧修时节〔3〕。问嫦娥、孤令有愁无? 应华发〔4〕。　　云液满,琼杯滑。长袖舞,清歌咽〔5〕。叹十常八九,欲磨还缺〔6〕。但愿长圆如此夜,人情未必看承别〔7〕。把从前、离恨总成欢,归时说〔8〕。

〔1〕此闲居带湖之作。寄远:寄语远人。就词意看,这个远人可能是作者眷恋过的歌舞女子。

〔2〕"但唤取"两句:请美人吹笛,驱散浮云,唤出明月。"但"后原注:"平声。"按,此暗用晏殊中秋赏月事。据叶梦得《石林诗话》载:晏殊

留守南郡时,适遇中秋阴晦,不欢而寝。部属王君玉呈诗曰:"只在浮云最深处,试凭弦管一吹开。"晏殊枕上得此诗篇,大喜即起。召客会饮,大奏乐。至夜分,月果出,于是欢饮达旦。玉纤:洁白纤细,指美人的手。横管:笛子。

〔3〕冰壶:盛冰的玉壶。此喻月夜的天地一片清凉洁爽。玉斧修时节:刚经玉斧修磨过的月亮,又圆又亮。据唐人《酉阳杂俎》载:传说月亮由七种宝石合成,表面凸凹不平,常有八万二千名匠人执玉斧修磨。

〔4〕"问嫦娥"两句:想来月中嫦娥,孤冷凄寂,也应愁生白发。此暗用李商隐《嫦娥》诗意:"嫦娥应悔偷灵药,碧海青天夜夜心。"孤令:即孤零。有愁无:有没有愁?

〔5〕"云液"四句:回忆当年歌舞欢聚的情景。云液满:斟满美酒。琼杯:玉杯。咽:指歌声凄清悲咽。

〔6〕"叹十常"两句:叹明月十有八九悖人心意,欲圆还缺。此即苏轼"何事常向别时圆"(《水调歌头》)之意。磨:修磨,指把月修圆磨亮。参见本词注〔3〕。

〔7〕"但愿"两句:愿明月如今夜常圆,人情未必总是别离。此化用苏轼《水调歌头》词意:"但愿人长久,千里共婵娟。"看承别:别样看待。

〔8〕"把从前"两句:我欲化离恨为聚欢,待人归时再细细倾诉。

此借月抒怀词,格调之开朗,意想之美好,颇类东坡《水调歌头》中秋词。但毕竟苏词更偏于清旷超逸,辛词更富现实的眷恋之思,这既取决于苏辛不同的胸怀气度,也关乎咏怀主旨和对象不同。苏词重哲理而抒手足之情,辛词重情致而发为男女相思。"快上"四句,登楼吹笛,是待月唤月情景。"谁做"两句,玉轮泻辉,一片冰清世界,此正面赋月。歇拍两句问月,语意双关。由月而人,由物而情,承转过渡之

99

笔。下片起处承上回忆往昔情事。词中"长袖",实词人心中的人间嫦娥。以下责月、祈月,叹缺盼圆,均承东坡《水调》中秋词意。但结拍处自出新意,想象归时互诉衷肠,化恨为欢,于开朗洒脱处,益见其缠绵深细的情致。

鹧鸪天

送人[1]

唱彻阳关泪未干,功名馀事且加餐[2]。浮天水送无穷树,带雨云埋一半山[3]。　　今古恨,几千般;只应离合是悲欢[4]?江头未是风波恶,别有人间行路难[5]。

〔1〕此闲居带湖之作。

〔2〕彻:完。阳关:即指王维的《渭城曲》,因其有"劝君更尽一杯酒,西出阳关无故人"句,并经乐工衍为三叠,亦称《阳关三叠》,专供送别时歌唱。功名馀事:以功名为次要的事。加餐:多吃饭,注重健康。《古诗》:"弃捐勿复道,努力加餐饭。"

〔3〕"浮天"两句写送友远去之景:岸树随着江水伸向远方,远山却被浓云遮去一半。浮天水:浮动着天光的江水。带雨云:挟带雨水的云彩。

〔4〕"今古"三句:自古恨有千种,岂能只是离别。按,"只应"句是反诘句式。"离合悲欢"并举,实是强调"离悲"的一面。

〔5〕"江头"两句:江头风波虽然险恶,哪有人间行路艰难。按,乐

府杂曲有《行路难》,备述世路艰难,今不存。鲍照有《拟行路难十八首》,咏人世种种忧患,寄寓悲愤。

稼轩送别友人之词,大率以勖勉激励为主。此词却重在放达劝慰。词一起即云"功名馀事",貌似消沉,实则用舍行藏,暗寓时政不明,用非我时之意。"浮天"一联,江水送树,雨云笼山,寄寓着送者的惜别、沉郁之情。下片临别赠语,结二句词中警策。先从广处铺垫,恨有千万,不只离恨,将眼界扩大到整个社会人生。继之从深处升华:江头风恶,怎及世路更有艰辛。风波恶,行路难,字字紧扣送别题意,却又托意深刻,道出自己多年来宦海仕途的切身体验:做一个正直的官吏难,作一番抗金事业尤难。

定风波

暮春漫兴[1]

少日春怀似酒浓,插花走马醉千钟[2]。老去逢春如病酒,唯有:茶瓯香篆小帘栊[3]。　　卷尽残花风未定,休恨;花开元自要春风[4]。试问春归谁得见?飞燕,来时相遇夕阳中[5]。

〔1〕此闲居带湖之作。漫兴:漫不经意,兴到之作。
〔2〕少日:少年之时。钟:酒杯。
〔3〕"老去"三句:年老情淡,唯有在饮茶焚香中度过时日。茶瓯

(ōu 欧):茶罐。香篆(zhuàn 撰):篆字形的盘香。帘栊(lóng 龙):挂有帘子的窗户。

〔4〕"卷尽"三句:休恨东风卷尽残花,须知当年花开全凭春风。元自:原来出自。

〔5〕"试问"三句:春归何处? 想是归燕在夕阳中曾见。

暮春小唱,壮士迟暮。宋词结构以上景下情、由景入情为通例。此词稍有不同,上情下景,缘情写景,情景交融。上片用对照手法抒情,以少年春意狂态,衬托老来春意索然。春色依旧,而心境不一者,不纯乎年龄,是政治环境使然。风卷残花,当悲,但以"休恨"自我开解。"花开元自要春风"一反一正,寓意颇深,耐人寻味。春归无迹,本不可见,但飞燕竟于来时夕阳中相见,则于迷惘惆怅间,闪过一缕欣慰的情丝。

临江仙

探梅〔1〕

老去惜花心已懒,爱梅犹绕江村〔2〕。一枝先破玉溪春。更无花态度,全是雪精神〔3〕。　　剩向青山餐秀色,为渠着句清新〔4〕。竹根流水带溪云。醉中浑不记,归路月黄昏〔5〕。

〔1〕此闲居带湖之作。
〔2〕心懒:情意减退。
〔3〕"一枝"三句:一枝江梅报春,带着傲霜耐雪的神韵。玉溪:谓

溪水似玉般的洁白晶莹。

〔4〕剩向:尽向。餐秀色:秀色可餐,极赞妇女容色之美,也可用以形容山川秀丽,此取后义。着句:写诗句。渠(qú 瞿):他(方言),此即指梅。

〔5〕"竹根"三句:贪赏梅花,醉中不觉时已向晚,月迷归路。浑:全。

咏梅而紧扣一个"探"字。开端总起,言探梅。惜花心懒而独爱梅花,隐伏以梅与群花对比之意。"一枝"三句正面咏梅,但不重梅花形态特征,而取其精神内质。"一枝先破",承上对照之意:群花争春,浓妆艳抹,俯仰随人;梅花先于众芳,而冰姿玉肌,独立不阿。此咏梅而写人,讥俗嘲世而自我抒怀。下片因爱梅而赋清新之诗。醉,未必实写酒醉,指心醉于梅,以致不知不觉中时已向晚,由"流水带溪云"而"归路月黄昏",足见探梅之时久,爱梅之意深。

清平乐

村居[1]

茅檐低小,溪上青青草。醉里吴音相媚好,白发谁家翁媪[2]? 大儿锄豆溪东。中儿正织鸡笼。最喜小儿亡赖[3],溪头卧剥莲蓬。

〔1〕此闲居带湖之作。

〔2〕"醉里"两句：作者醉里忽闻吴音悦耳，但见一对白发翁媪。按，"醉里"，一说是翁媪醉里，当非。吴音：吴地口音，信州旧属吴地，故称吴音。相媚好：相互取悦逗乐。媚好，双关语，兼指吴语柔美悦耳。翁媪（ǎo 袄）：老翁、老妇。

〔3〕亡（音义同"无"）赖：原意无聊，此引申为顽皮。《汉书·高帝纪》注云："江淮之间，谓小儿多诈、狡狯为亡赖。"

轻笔淡墨，宛然一幅农家素描，令人赏心悦目。"茅檐"两句，作者望中所见，农家居处简陋，但清幽不俗。"醉里"两句，耳际所闻，先声后人，白发而吴音甜软，翁媪而相语取悦，煞有情趣。大儿锄草，中儿织笼，各司其业。"溪头卧剥莲蓬"，"小儿无赖"形象最是生动逼真。以上种种，全由词人"醉里"耳闻目睹，信手写来，寓情于景。与其说他醉于酒，毋宁谓其醉于景。

蝶恋花

戊申，元日立春，席间作[1]

谁向椒盘簪彩胜[2]？整整韶华，争上春风鬓[3]。往日不堪重记省，为花长把新春恨[4]。　　春未来时先借问，晚恨开迟，早又飘零近[5]。今岁花期消息定，只愁风雨无凭准[6]。

〔1〕作于淳熙十五年（1188）立春日，稼轩正闲居带湖。元日立春：阴历正月初一恰好又是立春日。

〔2〕椒盘:古时习俗正月初一日用盘进椒,饮酒则取椒置酒中,称椒盘。簪:妇女束发用的簪子,此作动词,插戴。彩胜:即幡胜,宋代士大夫家于立春日多剪彩绸为春幡,或插于妇女鬓发,或用以点缀花枝。

〔3〕整整:因初一立春,这个春天完整无缺,所以说整整。韶华:美好时光,即指春光。春风鬓:春风吹拂中的鬓发。

〔4〕"往日"两句:往日欢乐不堪回忆,今朝每因惜花而生春恨。记省(xǐng 醒):记忆。

〔5〕"春未"三句:谓往常春未来到,已问花期。晚了,恨花迟开;早了,又怕花凋零过早。

〔6〕"今岁"两句:今年花期已有准信,唯恐风雨无凭而误花时。

椒盘、彩胜点明"元日立春",又写出儿女辈节日的欢乐,用笔经济。由簪彩胜而春上鬓发,联想动人。描摹儿女之乐,旨在衬托自身之悲。"少年不识愁滋味"的时代逝若流水,不堪记省;而今老去,时值春日,却又每多惜花之恨。下片三句写花期难测,忧迟怕早,刻画惜花心理,深婉入微。结韵上句应题,神魂甫定,下句却又转出,怕风雨无定误了花期,因而忧愁迭起。词有比兴寄托,陈廷焯《白雨斋词话》说结拍两句"盖言荣辱不定,迁谪无常,言外有多少哀怨,多少疑惧"。陈说仅局限于稼轩自身荣辱,未免浮浅,结合词人平生胸怀,当以忧国忧时度之。

水调歌头

送郑厚卿赴衡州〔1〕

寒食不小住,千骑拥春衫〔2〕。衡阳石鼓城下,记我旧停骖[3]。襟以潇湘桂岭,带以洞庭青草,紫盖屹西南[4]。文字起骚雅,刀剑化耕蚕[5]。　　看使君,于此事,定不凡[6]。奋髯抵几堂上,尊俎自高谈[7]。莫信君门万里,但使民歌五袴,归诏凤凰衔[8]。君去我谁饮,明月影成三[9]。

〔1〕郑厚卿:稼轩友人,疑即郑如崈(同"崇")。据《宋衡州府图经志》:"郑如崈,朝散郎,淳熙十五年四月到,绍熙元年正月罢。"衡州:在今湖南省,以衡山而得名,治所在衡阳。

〔2〕"寒食"两句:言友人寒食节也未能住下,匆匆赶赴衡州。寒食不小住:用晋人帖语,见前《霜天晓角》(吴头楚尾)注〔5〕。千骑(jì计)拥:为千骑人马所簇拥。春衫:犹言春装,点明赴任季节。

〔3〕"衡阳"两句:石鼓山畔,衡阳城下,我曾停过马。按,淳熙元年,稼轩曾任湖南转运副使和湖南安抚使,衡阳为其属地,常去视察,故有此语。石鼓:山名,在衡州城东三里。骖(cān 餐):古时指驾在车两旁的马,这里泛指车马。

〔4〕"襟以"三句:言衡阳地区风景佳丽,地势险要。襟以、带以:以……为襟带(衣襟、衣带),形成交互回环之势。王勃《滕王阁序》:"襟三江而带五湖。"潇湘:潇水、湘水。桂岭:亦名香花岭,在今湖南临武县北。洞庭、青草:湖名。张舜民《南迁录》:"岳州洞庭湖,南名青草,北名洞庭,所谓重湖也。"紫盖:山峰。据《荆州记》和《长沙记》,紫盖是衡山七十二峰中最秀丽、最高大的一座山峰。

〔5〕"文字"两句:希望友人到任后注重教化,关心农事。《骚》、《雅》:屈原的《离骚》和《诗经》中的《大雅》、《小雅》(合称《二雅》)。用以代指优秀的传统文化。"刀剑"句:放下刀剑,从事农耕蚕桑。《汉书·龚遂传》载,龚遂劝齐民勤务农桑,"民有带持刀剑者,使卖剑买牛,卖刀买犊。"

〔6〕"看使君"三句:借用谢安语("使君于此不凡"),称颂友人的政事才干。参阅前《念奴娇》(我来吊古)注〔5〕。使君:汉以后对州郡长官的尊称,此指友人郑厚卿。

〔7〕"奋髯(rán然)"两句:着意整顿吏治,严肃果断而又从容不迫。奋髯抵几:振须拍案,形容激动而严厉。《汉书·朱博传》载,朱博初任琅琊太守,部属都怠惰称病。朱博奋髯抵几曰:"观齐儿欲以此为俗(风气)耶!"俎(zǔ组):古代宴会时放肉的器物,这里"尊俎"代指酒与食物。

〔8〕"莫信"三句:休说君门遥不可及,只要政绩卓著,即可奉诏归朝。民歌五袴(kù库):据《后汉书·廉范传》载,蜀郡按旧制,为防火灾,禁民夜作。廉范(字叔度)任蜀郡太守后,撤销旧制,只是严令储水以防火。人民因此作歌颂扬曰:"廉叔度,来何暮。不禁火,民安作。平生无襦(短衣),今五袴(同"裤")。"后来就以"五袴"作为称颂官吏的用语。归诏凤凰衔:凤凰衔来召归诏书。

〔9〕"君去"两句:叹友人一去,自己孤独无伴。我谁饮:即我与谁饮,或谁与我饮。"明月"句:化用李白《月下独酌》诗意:"举杯邀明月,对影成三人。"

此为送别之作。一起点题,留人不住,匆匆而去。结拍惜别,无人共饮,唯有邀月。中间叠层铺叙,或描画山川形胜,或颂扬非凡才干,或预祝凤诏早降,主旨集于一点:希望友人效法古之良吏,发展文化,关心农桑,严于吏治,兴利除弊,做一个万民称颂的好官。这说明词人胸怀深广,不独爱国,而且忧民,两者兼而有之。

沁园春

戊申岁，奏邸忽腾报谓余以病挂冠，因赋此[1]。

老子平生，笑尽人间，儿女怨恩[2]。况白头能几，定应独往；青云得意，见说长存[3]。抖擞衣冠，怜渠无恙，合挂当年神武门[4]。都如梦；算能争几许，鸡晓钟昏[5]。　　此心无有亲冤，况抱瓮、年来自灌园[6]。但凄凉顾影，频悲往事；殷勤对佛，欲问前因[7]。却怕青山，也妨贤路，休斗尊前见在身[8]。山中友，试高吟楚些，重与招魂[9]。

〔1〕作于淳熙十五年（1188），时稼轩隐退上饶。戊申岁：即淳熙十五年。"奏邸(dǐ抵)"句：传抄奏章的官邸忽然凭空生出我因病辞官的消息。按，稼轩于淳熙八年（1181）冬被劾罢官，自此闲居上饶已有七年，忽有"以病挂冠"之谣传，真令人啼笑皆非，愤慨不已。因有此作，以明视听。

〔2〕"老子"三句：言自己平生不以儿女恩怨为怀。意谓不计较是被劾家居，抑或引疾辞退。

〔3〕"况白头"四句：况且年事已高，理应归隐；荣华富贵，未必长存。能几：能活几天。独往：独自归去，指退隐。青云得意：指仕途青云直上。按，"青云"两句实作反语。

〔4〕"抖擞"三句：寻视官服，完好无损，理当急流勇退，及时挂冠归去。《南史·陶弘景传》说，陶弘景善于琴棋书法，未成年时，就被引荐

为诸王侍读。他虽身居显贵,却长期闭门杜客。后来挂官服于神武门上,上表辞官离去。怜:爱怜。渠:他,指官服。无恙:指官服完好无损。

〔5〕"都如梦"三句:一切如梦,争什么长短,论什么朝晚。意谓纵然邸奏给自己"延官"七年,又有什么意思。争几许:争得多少。鸡晓钟昏:喻一早一晚。

〔6〕"此心"两句:我心境清澈,一无亲怨之别,何况已经隐居多年。无有亲冤:《五灯会元》:"佛教慈悲,亲怨平等。"抱瓮(wèng 蓊)灌园:指田园生活。《庄子·天地篇》说,子贡过汉阴,见一老人在菜园里"抱瓮而出灌",用力不少而功效不大。瓮,瓦盆、瓦罐。

〔7〕"但凄凉"四句:罢官归田以后,有时频怀往事,顾影凄凉;有时则殷勤向佛,探索遭祸的原因。频:频繁,屡屡。前因:佛家语。佛家以为凡是后果,必有前因。这种因果报应,虽经几代,循回不差。

〔8〕"却怕"三句:言虽已归隐,不想似乎依然有碍他人。看来很难超然饮酒自乐。青山:喻自己的隐居生活。贤路:指朝中"贤人"的升官之路。休斗尊前见在身:牛僧孺《赠刘梦得诗》:"休论世上升沉事,且斗尊前觅在身。"此反用其意,言别人不让他如此快活。斗,这里有"受用"之意。见,同"现"。

〔9〕"山中友"三句:既然邸报如此,只好劳请归隐友人再次高吟楚辞,为我重新招魂了。楚些:即指楚辞。招魂:楚辞有《招魂》,此借喻招归田园。

此词内涵较为复杂:既激愤于邸报之不实,又自甘田园终老;既"频悲往事",又"殷勤对佛";既愤世嫉俗,又忧谗畏讥;既否定功名,又高唱人生如梦,寻求宁静淡泊的理想之境。梁启超《稼轩年谱》对此词有一段精辟的论释,可供参阅:"先生落职,本缘被劾,而邸报误为引疾,词中'笑尽儿女怨恩'、'此心无有亲冤',谓胸中绝无芥蒂,被劾与引退原可视同一律也。'白头能几,定应独往','衣冠无恙,合挂当年神武门',言早当勇退,不必待劾也。'都如梦,算能争几许,鸡晓钟昏',言邸奏竟为我延长若干年做官生涯,然所差能几,不足较也。'抱瓮、年来自灌园','凄凉顾影,频悲往事',此明是罢斥后情状,若犹在官,安得有此语。'却怕青山,也妨贤路',极言忧谗畏讥,恐虽山居犹不免物议也。'山友重来招魂',言本已罢官,邸奏又为我再罢一次,山友不妨再赋招隐也。"

贺新郎[1]

陈同父自东阳来过余[2],留十日,与之同游鹅湖[3],且会朱晦庵于紫溪[4],不至,飘然东归[5]。既别之明日,余意中殊恋恋,复欲追路,至鹭鹚林,则雪深泥滑,不得前矣。独饮方村,怅然久之,颇恨挽留之不遂也[6]。夜半投宿吴氏泉湖四望楼,闻邻笛悲甚,为赋《乳燕飞》以见意[7]。又五日,同父书来索词,心所同然者如此[8],可发千里一笑。

把酒长亭说。看渊明、风流酷似,卧龙诸葛[9]。何处飞来林间鹊,蹙踏松梢残雪。要破帽、多添华发[10]。剩水残山无态度,被疏梅、料理成风月[11]。两三雁,也萧瑟[12]。
佳人重约还轻别[13]。怅清江、天寒不渡,水深冰合[14]。路断车轮生四角,此地行人销骨[15]。问谁使、君来愁绝[16]?铸就而今相思错,料当初、费尽人间铁[17]。长夜笛,莫吹裂[18]。

〔1〕作于淳熙十五年(1188)冬,时稼轩罢居上饶。

〔2〕陈同父:陈亮(1143—1194),字同父(同甫),婺州永康(今属浙江)人,学者称龙川先生,南宋杰出的思想家。为人才气豪迈,喜谈兵,主抗战,因此屡遭迫害,曾三次被诬入狱。与稼轩志同道合,交往甚密,且有诗词唱和。除《龙川集》外,还著有《龙川词》,词风与辛相似。东阳:即婺州。过:访问、探望。

〔3〕鹅湖:见前《鹧鸪天》(春入平原)注〔1〕。

〔4〕会:约会。朱晦庵:朱熹,字元晦,晚年自称晦庵,南宋著名哲学家、理学家,学术著作极富,影响深远。早期主战,晚年主和,与辛、陈政见相左。紫溪:在江西铅山县南,位于江西和福建交界处。

〔5〕这两句说朱熹爽约未至,陈亮飘然东归。

〔6〕"颇恨"句:深恨没能挽留住陈亮。

〔7〕《乳燕飞》:《贺新郎》词调的别名。

〔8〕"心所"句:心意如此相同。

〔9〕渊明:晋代著名田园诗人陶潜,字渊明。卧龙诸葛:三国时代杰出政治家诸葛亮,字孔明,人称卧龙先生。这里用"渊明"、"诸葛"代指陈亮。

〔10〕"何处"三句:怪林鹊蹴雪,雪落在破帽上,犹如添得白发几许。蹙(cù促):踢。

〔11〕"剩水"两句:冬日山水凋残,唯有几树红梅勉强点缀风光。无态度:无生气,不成模样。料理:此作装饰、点缀讲。

〔12〕"两三雁"两句:天际掠过几只鸿雁,毕竟冷落凄凉。

〔13〕"佳人"句:谓陈亮重诺践约,却又轻看离别,匆匆而去。佳人:指陈亮。

〔14〕"怅清江"两句:天寒江冻,难以渡过,使人惆怅不已。

〔15〕"路断"两句:雪深泥滑,车轮难行,令人黯然伤神。车轮生四角:喻无法前行。参见前《木兰花慢》(汉中开汉业)注〔9〕。销骨:形容极度悲伤。

〔16〕"问谁"句:虚拟一问,实是自问。来:语中衬字,无义。愁绝:愁到极点。

〔17〕"铸就"两句:极写情谊之深,鹅湖之会犹如费尽人间之铁,铸就一把相思错刀。据《资治通鉴》卷二六五记载,唐末魏州节度使罗绍威为应付军内不协,请来朱全忠大军。朱军在魏州半年,耗资无数。罗绍威虽然得以解危,但积蓄一空,军力自此衰弱。他后悔地对人说:"合六州四十三县铁,不能为此错也。""错"字谐音双关,既指错刀,也指错误。辛词仅取"错刀"之意,喻友谊之深厚坚实。

〔18〕"长夜笛"两句:据《太平广记》载,唐著名笛师李謩(mó摩)曾在宴会得遇一个名叫独孤生的人。李递过长笛请他吹奏。他说此笛至"入破"(曲名)必裂。后果如此。辛词明合题序"闻邻笛悲甚",暗用故实,谓己不堪笛声之悲,激起思友之情。

稼轩《祭陈同父》云:"憩鹅湖之清阴,酌瓢泉而共饮,长歌相答,极论世事。"足见鹅湖佳会,刻骨铭心。词序百二十馀字,叙两人之相会、同游、分别,尤重别后的追挽和思念,文笔简洁流畅而富情感,与原词互为补充,交映生辉。飞鹃雪帽三句,谑中含悲。剩山残水,喻山河破碎,南宋偏安一隅。"疏梅"点缀,喻爱国者无几。孤雁掠空,取寂寥之意。上片重在寓情于景,下片极写眷恋不舍之情,正是词序中"既别"以下一段文字的形象抒发。清江水冷,鹭林雪深,水陆俱不复可追,一虚一实,以虚衬实,情之至矣。由是反觉错刀夸张之喻,失之真切,不如结韵长夜闻笛,来得情深意永,怆然惊心。

附:陈亮和作(见《龙川词》)

贺新郎

寄辛幼安和《见怀》韵

老去凭谁说?看几番、神奇臭腐,夏裘冬葛。父老长安今馀几?后死无仇可雪。犹未燥、当时生发!二十五弦多少恨,算世间、那有平分月!胡妇弄,汉宫瑟。　　树犹如此堪重别。只使君、从来与我,话头多合。行矣置之无足问,谁换妍皮痴骨?但莫使、伯牙弦绝。九转丹砂牢拾取,管精金、只是寻常铁。龙共虎,应声裂。

贺新郎

同父见和,再用韵答之[1]

老大那堪说。似而今、元龙臭味,孟公瓜葛[2]。我病君来高歌饮,惊散楼头飞雪[3]。笑富贵千钧如发[4]。硬语盘空谁来听?记当时、只有西窗月[5]。重进酒,换鸣瑟[6]。
事无两样人心别[7]。问渠侬、神州毕竟,几番离合[8]?汗血盐车无人顾,千里空收骏骨[9]。正目断、关河路绝[10]。我最怜君中宵舞,道"男儿、到死心如铁[11]。看试手,补天裂〔12〕。"

〔1〕作于淳熙十六年(1189)春,稼轩仍闲居上饶。去冬,友人陈亮来访,有"鹅湖之会",别后,同父索词,稼轩作《贺新郎》词以寄。同父有和韵词奉还,激昂慷慨,声震云天。稼轩深受感染,再用原韵以答。

〔2〕"老大"三句:老去无可称说,而今值得一提的是我们的友情。元龙:三国时陈登字元龙,是一个以天下为己任的名士。参见前《水龙吟》(楚天千里清秋)注〔7〕,此暗指陈亮。臭(xiù 秀)味:气味,志趣。说自己和陈亮"臭味相投"。孟公:西汉名士陈遵,字孟公。他性情豪爽,嗜酒好客。《汉书·游侠传》说他每宴宾客,总是关上门,取客车辖投井中,以便尽兴畅怀。此亦暗喻陈亮。瓜葛:关系、牵连。说自己和陈亮关系亲密。

〔3〕"我病"两句:狂饮高歌,以致惊散了楼头飞雪。这里主要指陈亮,当然也包括作者自己。

〔4〕"笑富贵"句:常人视富贵重如千钧,我辈视之却轻如毛发。钧:古时以三十斤为一钧。千钧,极言其重。

〔5〕"硬语"两句:议时论政,慷慨激烈,倾听者唯明月。硬语盘空:韩愈《荐士》诗:"横空盘硬语,妥帖力排奡。"韩诗的"硬语",指用语生新瘦硬,不落陈词滥调。辛词则指陈亮的话(也包括作者自己)不合时宜,及风格上的豪迈刚劲。盘空:回荡在空中。

〔6〕"重进酒"两句:换乐进酒,彻夜长谈,有"酒逢知己千杯少"之意。

〔7〕"事无"句:国事不堪如故,但人心主战、主和不一。按,联系上下文,此处当主要指责苟安江南的妥协派。

〔8〕"问渠侬"两句:载指而问:中原大地自古而来,究竟经历了几番分裂和统一?渠侬:吴语称他人为渠侬,此指妥协派中的执政者。离

合:偏义复词,主要指离。

〔9〕"汗血"两句:喻陈亮怀才不遇,斥执政者不识人才,埋没人才。"汗血"句:《战国策·楚策》:骏马拉着盐车上太行山,弄得膝折皮烂,仍是上不去。汗血:大宛名马,号称一日千里,据说"汗从前肩转出如血,故名"(参见《汉书·武帝纪》应劭注)。无人顾:无人顾恤、理会。"千里"句:《战国策·燕策》记郭隗所述:古时某国君愿用千金求千里马,三年不得。侍从以五百金购回千里马的头骨,王大怒。侍从对曰:"死马且买之五百金,况生马乎?天下必以王为能市马,马今至矣。"不到一年,果得三匹良马。千里:指千里马。按,"空"字语意双关,既指五百金买马骨事,更讽刺南宋执政者以招贤纳士自我标榜。

〔10〕"正目断"句:纵目望去,通往中原之路已绝(意谓北方疆土为金人所占)。

〔11〕"我最"两句:敬佩陈亮有"闻鸡起舞"的爱国激情和坚持抗金的铮铮誓言。怜:本意爱怜、怜惜,此有敬爱、敬佩之意。中宵舞:用东晋抗战名将祖逖(tì替)"闻鸡起舞"事。祖逖与刘琨同为河南信阳县主簿,共被同寝,每闻中夜鸡鸣,即唤醒刘琨,同去舞剑。事见《晋书·祖逖传》。

〔12〕"看试手"两句:期望陈亮大显身手,完成统一河山的大业。补天裂:用古神话中女娲炼石补天事,喻收复中原,统一河山。

上片承前阕馀意,针对陈亮和词"只使君,从来与我,话头多合",再叙志趣相投的诚挚友谊。选用同姓故实以喻友人,此稼轩之故常,不足为道。"惊散"以下,截取楼头夜语一节,再叙鹅湖欢聚情景,以少胜多之法。意气之豪,以"惊散楼头飞雪"形容,"惊散"二字健笔传神。高歌硬语,曲高和寡,两人之外,唯有明月,动中有静,境佳意永。下片纯是呼应陈亮和词中的豪情壮志。先赋国势时政,戟指而斥,顾影自愤,一吐爱国志士的抑郁不平之气。"我最"以下,勉友,亦自勉。心坚志刚,字字铿锵,掷地有声,大有"直捣黄龙,与君痛饮"的豪壮气势,读之令人鼓舞。稼轩闲居带湖,念念不忘国事之作甚多,但以此篇最为激奋昂扬。

附:陈亮的二首和词(见《龙川词》)

贺新郎

酬辛幼安,再用韵见寄

离乱从头说。爱吾民、金缯不爱,蔓藤累葛。壮气尽消人脆好,冠盖阴山观雪。亏杀我、一星星发!涕出女吴成倒转,问鲁为齐弱何年月?丘也幸,由之瑟。　　斩新换出旗麾别。把当时、一桩大义,拆开收合。据地一呼吾往矣,万里摇肢动骨。这话把、只成痴绝!天地洪炉谁扇鞴?算于中、安得长坚铁。泚水破,关东裂。

贺新郎

怀辛幼安,用前韵

话杀浑闲说。不成教、齐民也解,为伊为葛。尊酒相逢成二老,却忆去年风雪。新着了、几茎华发。百世寻人犹接踵,叹只今、两地三人月。写旧恨,向谁瑟?　　男儿何用伤离别。况古来、几番际会,风从云合。千里情亲长晤对,妙体本心次骨。卧百尺、高楼斗绝。天下适安耕且老,看买犁卖剑平家铁。壮士泪,肺肝裂。

贺新郎

用前韵送杜叔高[1]

细把君诗说[2]:恍馀音、钧天浩荡,洞庭胶葛[3]。千丈阴崖尘不到,惟有层冰积雪。乍一见寒生毛发[4]。自昔佳人多薄命,对古来,一片伤心月。金屋冷,夜调瑟[5]。　　去天尺五君家别[6]。看乘空鱼龙惨淡,风云开合[7]。起望衣冠神州路,白日消残战骨。叹夷甫诸人清绝[8]!夜半狂歌悲风起,听铮铮、阵马檐间铁[9]。南共北,正分裂[10]。

〔1〕用前韵:指用上两阕《贺新郎》(寄陈同甫)的韵。杜叔高:杜斿(yóu由),字叔高,浙江金华人。兄弟五人俱博学工文,人称"金华五高"。陈亮称其诗"如干戈森立,有吞虎食牛之气,而左右发春妍以辉映于其间"(《复杜仲高书》)。继陈亮之后,来信州访辛。临别,稼轩作词以赠。

〔2〕说:评论、品赏。按,以下五句即分两层评赏。

〔3〕"恍馀音"两句:诗如《钧天》仙乐、《咸池》古曲,馀音袅绕,美妙无比。恍:恍惚,依稀。钧天:指神话中的《钧天广乐》。《史记·赵世家》记赵简子曾梦游天都,与百神共赏《钧天广乐》。洞庭:洞庭湖。据《庄子·天运篇》,黄帝曾于洞庭之野,演奏《咸池》之乐,"其声能短能长,能柔能刚,变化齐一,不主故常。"胶葛:空旷深远貌。语出司马相如

《上林赋》:"张乐乎胶葛之㝢。"此形容乐声悠悠荡漾。

〔4〕"千丈"三句:诗如阴崖冰雪,纤尘无染,高洁不俗,读之毛发爽然。阴崖:北向的悬崖。

〔5〕"自昔"五句:一意贯串,红颜薄命,自古而然。金屋冷落,唯有对月调瑟,自遣愁肠。佳人:美人,喻君子,指杜叔高。

〔6〕"去天"句:谓叔高虽姓杜,但与历史上"去天尺五"的杜家有别。去天尺五:北朝长安城南有杜、韦两大家族深受皇帝宠信,权势熏天。民谣称"城南韦杜,去天尺五"(见《辛氏三秦记》)。"去天尺五",极言其高贵。此句谓叔高杜家以文才名世。按,别有二说:一说指叔高出身世家大族;一说指叔高祖居长安,现在离家难回。

〔7〕"看乘空"两句:仰望天空,风云变幻,正是志士用命之际。此句有诱导叔高为国效命之意。鱼龙惨淡:志士为之变色。按,一说以"鱼龙"喻奸小翻云覆雨,搅乱局势。

〔8〕"起望"三句:远望神州大地,昔日衣冠满路,如今一片残骨,而南宋执政者犹自清谈误国。衣冠:指士大夫。战骨:指抗金战士的骨骸。夷甫:西晋宰相王衍,字夷甫,曾清谈误国。参见前《水龙吟》(渡江天马南来)注〔4〕。按,南宋士大夫亦有清谈之风。稼轩希望朝廷能以历史为戒。清绝:清谈绝伦。

〔9〕"夜半"两句:一曲高歌,悲风四起,檐间铁马叮当。铮铮(zhēng 争):金属撞击声。檐间铁:古时悬于屋檐间的铁片,风吹则互击作响,俗称铁马。此言"阵马"亦有联想到疆场驰骋战马之意。

〔10〕"南共北"两句:指北金南宋,国土分裂。

词用前韵,实也承用前篇之意以勉叔高。上片以词论诗,接杜甫《戏为六绝句》遗响,虽非独篇专论,于词中实也罕见。而就全篇取意说,当是称颂叔高的才华兼及不流凡俗的高洁人品。于是,顺势引出下文美人薄命之喻,以表达对他怀才不遇的深切同情。下片更进一层,希友人跳出骚人墨客的藩篱,放眼时局,为国效命。鱼龙风云、衣冠残骨、夷甫清绝,循循诱发,晓之以理,动之以情。以下狂飙骤起,铁马铮铮,使人宛然置身于千里疆场万骑奔腾之境。结处点明所以悲思如潮,夜深难寐,正在于南北分裂这一惨淡现实,语短气迫,收煞有力。

破阵子

为陈同甫赋壮词以寄[1]

醉里挑灯看剑,梦回吹角连营[2]。八百里分麾下炙,五十弦翻塞外声[3]。沙场秋点兵[4]。　　马作的卢飞快,弓如霹雳弦惊[5]。了却君王天下事,赢得生前身后名[6]。可怜白发生[7]!

〔1〕词作于辛、陈唱和《贺新郎》之后,具体日期不详,权附于此。或谓此词写于绍熙四年(1193)秋。是年陈亮考中进士,被光宗赵惇亲擢为第一。时稼轩正在福州知府兼福建安抚使任上,作此壮词以寄,愿与陈亮共勉。

〔2〕"醉里"两句:夜醉入梦,梦醒似乎犹闻连营吹角之声。以下即借梦境而写理想之境。梦回:梦醒。按,一说"梦中回到",似与诗词习惯用法不合。

〔3〕"八百里"两句:工对。承"吹角连营",写奏乐啖肉、豪迈热烈的军营生活。八百里:牛名。晋王恺有牛名"八百里驳(同"驳",花

牛)"。王济与王恺比射,以此牛为赌物。恺输,于是杀牛作炙。事见《世说新语·汰侈篇》。苏轼《约(李)公择饮,是日大风》诗:"要当啖(dàn 但,吃)公八百里,豪气一洗儒生酸。"分:分享。麾(huī 灰)下:部下。炙(zhì 至):烤肉。五十弦:指瑟,古瑟用五十弦。此泛指军中乐器。翻:演奏。塞外声:指雄浑悲壮的军乐。

〔4〕沙场:战场。点兵:检阅军队。

〔5〕"马作"两句:写鏖战场景。作:像。的卢:一种烈性快马。相传刘备在荆州遇危,所骑的卢"一跃三丈",因而脱险。见《三国志·蜀志·先主传》注引《世语》。霹雳:雷声,此喻射箭时的弓弦声。《南史·曹景宗传》说,曹在乡里"与年少辈数十骑,拓弓弦作霹雳声,箭如饿鸱叫"。

〔6〕"了却"两句:抒发宏伟抱负。天下事:指恢复中原。赢得:博得。

〔7〕"可怜"句:叹壮志未酬,白发先生。按,如此词亦定于淳熙十六年,则陈亮四十七岁,稼轩五十岁。

读此词应参阅以上辛、陈互为唱和的五首《贺新郎》。梁启超曰:"无限感慨,哀同父,亦自哀也。"(《艺蘅馆词选》)此评甚是,正不妨视为《贺新郎》"楼头夜饮"的续篇。此词构思布局自成一体,卓然创格。起句写现实,挑灯看剑,情绪急切,形象鲜明,然豪壮中已含悲凉意味,为结句伏笔。"梦回"以下,倒叙梦境。从军营生活到阅兵待发,从阵前激战到宏伟抱负,有层次地抒写了一腔豪情。结句峰回路转,一个特大跌宕,由梦境返回现实,与篇首遥为呼应。"可怜白发生!"一声浩叹,凝聚着无限悲愤。此亦欲抑先扬法,前为宾,后为主,化"雄壮"而为"悲壮"。再者,前九句一气贯注,酣畅淋漓,直至结句始转笔换意,自成一段,与上段相互映照,从而也打破了上下分片的定格。

鹊桥仙

己酉山行书所见[1]

松冈避暑,茅檐避雨,闲去闲来几度[2]。醉扶怪石看飞泉[3],又却是、前回醒处。　　东家娶妇、西家归女[4],灯火门前笑语。酿成千顷稻花香,夜夜费、一天风露[5]。

〔1〕写于淳熙十六年(1189)夏,时稼轩闲居上饶。己酉:即淳熙十六年(1189)。

〔2〕几度:好几回。

〔3〕怪石飞泉:指博山脚下的"雨岩"景色。稼轩《水龙吟·题雨岩》题序:"岩中有泉飞出,如风雨声。"《山鬼谣》题序:"雨岩有石,状怪甚。"

〔4〕归女:嫁女儿。古时女子出嫁称"于归"。

〔5〕"酿成"两句:清风白露酿就一片稻米花香,谓风调雨顺,丰收在望。

词写山行所见。上片赋闲情逸趣。为爱雨岩美景,多次行经山村。"闲去闲来",足见心情之悠闲,并暗示出赋闲家居的处境。醉中不知身置何处,但扶石赏泉,怡情山水;朦胧之间,蓦地发现这就是前回酒醒之处,不禁发出会心的微笑。看来此时知己,唯酒与山水。下片起处赋山村男婚女嫁,灯火通明,一片笑语,热闹非凡。结处放眼田野,千顷稻花飘香。前后映衬,生动地描绘出小小山村一派喜庆丰收景象。上片用淡笔,清幽自乐;下片用浓墨,欢腾鼎沸,皆恰到好处。

水调歌头

送杨民瞻[1]

日月如磨蚁,万事且浮休[2]。君看檐外江水,滚滚自东流[3]。风雨瓢泉夜半,花草雪楼春到,老子已菟裘[4]。岁晚问无恙,归计桔千头[5]。　　梦连环,歌弹铗,赋登楼[6]。黄鸡白酒,君去村社一番秋[7]。长剑倚天谁问,夷甫诸人堪笑,西北有神州[8]。此事君自了,千古一扁舟[9]。

〔1〕约作于淳熙末或绍熙初(1189 或 1190),时稼轩闲居带湖。杨民瞻:生平事迹不详。

〔2〕"日月"两句:言日月旋转,时光流逝,世间事物有生有灭,是自然常规。日月如磨蚁:《晋书·天文志》载,有人以磨盘喻宇宙,以磨盘上的蚂蚁喻日月,磨盘飞快地向左旋转,蚂蚁虽向右爬去,但仍然不得不随着磨盘向左运行。浮休:喻生、灭。《庄子·刻意篇》:"其生若浮,其死若休。"

〔3〕"君看"两句:以江水滚滚东流,喻时光消逝,不因我留。

〔4〕瓢泉:在江西铅山境内,据《铅山县志》:"瓢泉在县东二十五里,辛弃疾得而名之。其一规元如臼,其一直规如瓢。周围皆石径,广四尺许,水从半山喷下,流入臼中,而后入瓢。其水澄渟可鉴。"按,此时稼

轩在瓢泉附近,当有便居,以供览胜小憩。稼轩小筑新居,始于绍熙五年(1194),而徙居瓢泉,则在庆元二年(1196)。雪楼:稼轩带湖居所的楼名。菟(tù兔)裘:春秋时鲁地名,在今山东泰安东南。鲁隐公曾命人在菟裘建宅,以便隐退后居住(见《左传·隐公十一年》)。后人遂以此称隐退之所。

〔5〕岁晚:指人生晚年。问无恙:如果有人问我是否安好。桔千头:见前《水调歌头》(落日塞尘起)注〔9〕。

〔6〕"梦连环"三句:说杨民瞻如冯谖、王粲,怀才不遇,所以日夜思念返回家乡。梦连环:梦中还家。"环"与"还"谐音。歌弹铗:用冯谖弹铗而歌事,见前《满江红》(汉水东流)注〔6〕。赋登楼:东汉末年,天下大乱,"建安七子"之一的王粲依附刘表,在荆州登江陵城楼,作《登楼赋》,写其壮志难伸、怀乡思归的心情。

〔7〕"黄鸡"两句:想象杨民瞻返乡后鸡酒秋社的欢乐情景。村社:农村社日,祭祀土地神的日子,有春秋两祀。此指秋社。

〔8〕"长剑"三句:执政者清谈误国,爱国志士请缨无门。长剑倚天:宋玉《大言赋》:"长剑耿耿倚天外。"此喻杰出的军事才能和威武的英雄气概。

〔9〕"此事"两句:希望友人完成复国伟业后,再去退隐。千古一扁舟:用范蠡助越灭吴后泛舟五湖事。见前《摸鱼儿》(望飞来半空鸥鹭)注〔9〕。

此为赠友返乡之作。因与友人遭遇略同,故全词有感而发。先从日月旋转,万物消长,大江东去等大处落笔,旨在说明宇宙无穷,人生有限,流光飞逝,时不我待,隐寄壮志难酬的身世之慨。接着拍归自身,风雨瓢泉,花草雪楼,寓悲愤于闲适。结处设问自答,将此种情绪又推进一层。下片由己及友,命意用笔,略见变化。前五句对友人的现实处境深表同情。冯谖弹铗、王粲登楼般的遭遇,正是友人梦乡思归的缘由。"黄鸡白酒",想见归隐乡里,古朴纯真之乐。但"长剑"以下,情意陡转,怒斥群小误国,以致志士投闲。结拍勉励友人应以国事为重,不妨效法当年范蠡,功成而后身退,充分体现出词人强烈的爱国热忱。

定风波

席上送范廓之游建康[1]

听我尊前醉后歌,人生无奈别离何[2]。但使情亲千里近;须信:无情对面是山河。　　寄语石头城下水:居士,而今浑不怕风波[3]。借使未成鸥鸟伴;经惯,也应学得老渔蓑[4]。

〔1〕作于宋光宗绍熙元年(1190),时稼轩仍闲居带湖。范廓之:即范开,自淳熙九年(1182年)受学于稼轩。编刊《稼轩词》(四卷本)。据稼轩同时所作《醉翁操》题序,知范廓之将去临安应试。"游建康",当是预拟之行。建康:即今江苏南京市。

〔2〕"听我"两句:谓人生离别本属无可奈何之事。尊:同樽,酒杯。

〔3〕"寄语"三句:寄语建康山水,我已再无风波之虞。石头城:故址在今南京市。居士:指未作官的士人。彼时稼轩正罢官家居,故聊以自称。浑:全。风波:此指政治上的风波。

〔4〕借使:即使。经惯:意指经历一段自我修养,已经习惯于隐居生活。渔蓑(suō梭):指渔夫。蓑,蓑衣。

送行之作最忌流于感伤,此词格调却明快爽朗,开人胸怀。一起点明离宴,似悲实旷。从眼前离别扩展到人生悲欢,人生以离别为常事,本属无奈,何必徒自悲伤。"但使"三句,语意更为拓展,直是王勃"海内存知己,天涯若比邻"(《送杜少府之任蜀川》)诗意,既情意深厚,又胸次开阔。下片寄语建康山水,实是寄语建康故人。"风波"承上文"城下水"而来,意谓自己已隐归田园,当再无宦海风波之虞。结三句说明,自己确无出仕之心,只以遁迹山水为乐。

踏莎行

庚戌中秋后二夕,带湖篆冈小酌[1]

夜月楼台,秋香院宇,笑吟吟地人来去[2]。是谁秋到便凄凉?当年宋玉悲如许[3]。　　随分杯盘,等闲歌舞,问他有甚堪悲处[4]?思量却也有悲时:重阳节近多风雨[5]。

〔1〕作于闲居带湖期间。庚戌:即宋绍熙元年(1190)。中秋后二夕:中秋节后的第二个晚上。篆冈:地名,当在带湖之侧。小酌:小饮,便宴。

〔2〕"夜月"三句:月照楼台,香飘庭院,人们嬉笑欢洽。

〔3〕"是谁"两句:临秋而悲者,有当年宋玉。宋玉:战国时楚国的著名诗人,屈原的学生。他的代表作之一《九辨》以悲秋而著称,其中有句云:"悲哉秋之为气也,萧瑟兮草木摇落而变衰。"如许:如此。

〔4〕"随分"三句:今我随意对酒歌舞,何悲之有?随分:随意,唐宋

人习用语。等闲:轻易平常。

〔5〕"思量"两句:细思沉吟,却也不是全无悲意。因近重阳,天多风雨。重阳节:九月九日为重阳节。

分明是悲秋,文章却从反面作起。欲擒故纵,用反跌法,强化悲秋的力度。一起写秋月之皎洁,秋香之浓郁,人情之欢洽,一派美好喜乐景象。四、五两句引出文人悲秋之祖宋玉,似说宋玉悲秋无理,实则暗含众人皆欢,唯我独悲之意。过片以"杯盘歌舞"实写"篱冈小酌",是续写秋夜之欢。一个反诘"问他有甚堪悲处",更将此种人生欢娱之情推向高峰。结韵始峰回路转,转欢为悲。但用笔命意却极委婉纡徐,绝无直露无遗之弊。所悲者,"重阳节近多风雨"。秋风秋雨,万物凋零,倍增凄凉,此人之常情。透进一层,则"凄风愁雨",不无国忧寓焉。悲秋,伤己,忧国,熔为一炉,正是此词感人所在。

念奴娇

瓢泉酒酣,和东坡韵〔1〕。

倘来轩冕,问还是、今古人间何物〔2〕?旧日重城愁万里,风月而今坚壁〔3〕。药笼功名,酒垆身世,可惜蒙头雪〔4〕。浩歌一曲,坐中人物三杰〔5〕。　　休叹黄菊凋零,孤标应也,有梅花争发〔6〕。醉里重揩西望眼,惟有孤鸿明灭〔7〕。万事从教,浮云来去,枉了冲冠发〔8〕。故人何在,长庚应伴残月〔9〕。

〔1〕作于绍熙元年或二年(1190或1191),时稼轩赋闲带湖。和东坡韵:用苏轼《念奴娇·赤壁怀古》的韵唱和。

〔2〕"倘来"两句:古往今来,功名究竟为何物?轩冕:轩,高大的车子;冕,官帽。轩冕,代指功名。倘来轩冕,用《庄子》语意:"轩冕在身,非性命也。物之倘来,寄者也。"意谓功名非人立身之根本,倘然一旦来到,也不过是寄身之物。

〔3〕"旧日"两句:往昔愁如重城万里,而今风月竟然也避我不见,使我无法解愁释忧。坚壁:本意坚守壁垒,不与敌方决战。这里有躲藏之意。

〔4〕"药笼"三句:志在建功立业,不想出身微贱,致使白发无成。药笼功名:功名在药笼中。《旧唐书·元行冲传》载:元行冲对狄仁杰说:治理国家,必须储备各种人才,犹如治病需要各味药物,我愿作药物中的最后一味。狄仁杰笑曰:"君正在吾药笼中,何可一日无也。"辛词借用狄语,谓生平志在建功立业。酒垆身世:汉代司马相如和妻子卓文君居蜀时,曾当垆卖酒。本意指出身低微,这里可能主要指自己系北人南来,在朝廷中遭人猜忌。蒙头雪:满头白发。

〔5〕"浩歌"两句:高歌抒怀,知我者坐中友。人物三杰:三个杰出的人物。汉高祖曾称张良、韩信、萧何三人为"人杰",后世因称"三杰"。稼轩又有《念奴娇》词,题作"三友同饮,借赤壁韵"。此处"三杰"即指"三友",但具体指谁,不详。

〔6〕"休叹"三句:黄菊虽然凋零,但严冬之际尚有寒梅争相开放。喻爱国后继有人,疑即指坐中三友。孤标:孤傲的风采品格。

〔7〕"醉里"两句:醉眼遥望西北,唯见孤鸿远去。这两句表现思乡念国之情。明灭:时隐时现。

〔8〕"万事"三句:万事如浮云,不可捉摸,面对动乱时局,徒自愤怒

而已。从教：任从，听任。冲冠发：即怒发冲冠，形容极度愤怒。

〔9〕"故人"两句：感叹故人寥落。长庚：即金星，亦名太白星、启明星。古人不明白它的运行轨迹，把凌晨出现在东方的金星叫启明星，把傍晚出现在西方的金星叫长庚星。《诗经·小雅·大东》即谓："东有启明，西有长庚。"其实两者是一颗星。

酒酣耳热之际，念及东坡赤壁词，依韵而和，抒发壮志不酬的感慨。不同的是，苏词于"人生如梦"中流露出旷达超然的风神，辛词则耿耿国忧，更多悲愤难已的情怀。劈首提出"轩冕何物"，继之又说"药笼功名"，看来词人不以一般功名利禄为念，他所孜孜以求的是抗金复国的宏伟事业。继白头之叹，下片突然振起，黄菊寒梅之喻，虽自沉落寞，却寄希望于志士和未来。以下承浩歌馀绪，婉陈心曲，醉眼望神州，此忧国愤世情态。但孤鸿明灭，希望渺茫；事如浮云，来去无凭，唯徒作冲冠之怒而已。结韵孤星残月忆故人，情景倍觉凄怆悲凉。

念奴娇

三友同饮，借赤壁韵〔1〕。

论心论相，便择术满眼，纷纷何物〔2〕。踏碎铁鞋三百纳，不在危峰绝壁〔3〕。龙友相逢，窪尊缓举，议论敲冰雪〔4〕。何妨人道，圣时见三杰〔5〕。　　自是不日同舟，平戎破虏，岂由言轻发〔6〕。任使穷通相鼓弄，恐是真〔金〕难灭〔7〕。寄食王孙，丧家公子，谁握周公发〔8〕？冰〔壶〕皎皎，照人不下霜月[9]。

〔1〕作期与上篇同。题序中的"三友"即《念奴娇》(倘来轩冕)中的"坐中人物三杰"。此词他本俱不载,独见于清人辛启泰所编《稼轩词补遗》。《补遗》辑自《永乐大典》,共三十六首。此词原文缺两字,今人分别补以"金"、"壶"。从之,并以括号区别。

〔2〕"论心"三句:举眼察世,纷纷扰扰,尽是庸俗之辈。《荀子·非相篇》说:"相形不如论心,论心不如择术。"意谓观人以形态,不如论人以思想;论人以思想,不如看他怎么做或是走什么路。辛词借作评论人物的标准。

〔3〕"踏碎"两句:踏遍青山,找不到真正的风流人物。此用谚语"踏破铁鞋无觅处,得来全不费功夫"之意,谓今日有幸得遇三友。纳:通"量",一双。危峰:高峰。

〔4〕"龙友"三句:与三友会饮,共同议时论政。龙友:龙须友,原指笔。唐·冯贽《云仙杂记》:"郑诜射策第一,再拜其笔曰:'龙须友'使我至此。"此当借指笔友、文友。窐尊:酒杯。唐人李适之登岘山,见山上有石孔如酒樽,可注斗酒,因建亭曰"窐尊"。缓举:从容举杯。敲冰雪:形容议论的词锋爽利如敲击冰雪。

〔5〕"何妨"两句:称颂三友为当代三杰。人道:人说。圣时:圣明的时代。古人常以此称当代,有颂扬帝王之意。三杰:即"三友",参见《念奴娇》(倘来轩冕)注〔5〕。

〔6〕"自是"三句:指友人言行如一,想其不久将有爱国的实际行动。同舟:取"同舟共济",齐心协力之意。平戎破虏:指驱金复国。岂由言轻发:岂是随意说说而已。

〔7〕"任使"两句:谓任凭命运捉弄,志如金石不变。穷通:失意和得志,穷困和显达。鼓弄:捉弄、戏耍。

〔8〕"寄食"三句：感叹友人虽具经世济国的才志，却潦倒江湖，不为朝廷重用。寄食王孙：生活穷困，寄食于人。此用韩信寄食事。韩信未得志前，曾寄食于某亭长，因不堪羞辱而离去。后受饭于漂母，信谓漂母曰："吾必有以重报母。"漂母怒曰："大丈夫不能自食，吾哀王孙而进食，岂望报乎！"（见《史记·淮阴侯列传》）丧家公子，指友人离家浪迹江湖。谁握周公发：有谁像周公那样怜惜天下人才呢？《史记·周公世家》载周公的话："我一沐三握发，一饭三吐哺，起以待士，犹恐失天下之贤人。""一沐三握发"，说周公沐浴时宁可中断三次，握着头发出来接待天下贤人，以示求贤若渴的心情。

〔9〕"冰〔壶〕"两句：品格与友谊如玉壶般高洁明净，不亚素月。冰壶：即玉壶，古人常以之象征品格的高洁或友谊的纯正，有时也代指月亮，所以辛词有"照人不下霜月"语。不下：不在……之下。霜月：素月，寒月。

叙友情，抒壮志，而议时论政，感慨万千。"论心"五句，全是反衬烘托之笔，以满眼庸人反衬友人之心胸不凡，以踏破铁鞋、无觅英雄烘托"龙友相逢"的惊喜仰慕之情。"圣时三杰"，不无过誉。"议论敲冰雪"，承上启下，为全篇主干，下片文字俱由"议论"二字而来。一言"平戎破虏"的抱负，二言穷达莫移的心志，三言壮怀难酬的郁闷，四言永恒纯洁的友谊。东坡《前赤壁赋》是借客说理，自我解脱，稼轩则借友抒志，以恢复为己任，无所逃于天地之间。所以，苏、辛虽同归豪放，但苏词主旷逸，辛词主沉郁，同中有异。

江神子

赋梅,寄余叔良[1]。

暗香横路雪垂垂,晚风吹,晓风吹[2]。花意争春、先出岁寒枝[3]。毕竟一年春事了,缘太早,却成迟[4]。　　未应全是雪霜枝,欲开时,未开时。粉面朱唇、一半点胭脂[5]。醉里谤花花莫恨:浑冷淡,有谁知[6]。

[1] 闲居带湖之作。余叔良:稼轩友人,其他不详。

[2] "暗香"三句:写寒梅凌雪开放。暗香:幽香,代指梅花。北宋林逋《山园小梅》:"疏影横斜水清浅,暗香浮动月黄昏。"垂垂:降落貌。

[3] "花意"句:寒梅岁末开花,意欲争春。

[4] "毕竟"三句:从一年的花时来看,梅花欲早反迟。

[5] "未应"四句:梅花欲开未开之时,未必全是雪霜丰姿,它白里透红,犹有胭脂红色。此用苏轼《红梅》诗意:"怕愁贪睡独开迟,自恐冰脸不入时。故作小红桃杏色,尚馀孤瘦雪霜姿。"

[6] "醉里"三句:请梅花莫恨我醉后乱语,要知道素雅太过,有谁来欣赏呢? 谤:诽谤,说坏话。冷淡:清冷淡泊。知:欣赏,赏识。

此咏梅小令,不以绘形写神见长,而以巧立新意取胜。东坡诗云"怕愁贪睡独开迟",稼轩则谓"花意争春,先出岁寒枝"。接着文意陡转,作反面文章,谓寒梅欲早却迟,不能占得春光。而仔细品味,其中又不无一定的人生哲理。生不逢时,事与愿违,欲伸反屈,欲速不达,此亦人生寻常事理。东坡诗云"尚馀孤瘦雪霜姿",稼轩则谓"未应全是雪霜枝"。结尾三句转折有致,含意尤深。分明是"爱花",却说是"谤花";分明是恨花"粉面朱唇,一半点胭脂",故作妖娆之态,却又为花深情辩解:"浑冷淡,有谁知?"不难看出,这实际上是借花喻世:冰清玉洁,傲霜凌雪者,人常远之;妖娆娇艳、俯仰随风者,人恒近之。

清平乐

忆吴江赏木樨[1]

少年痛饮,忆向吴江醒[2]。明月团团高树影,十里水沉烟冷[3]。　　大都一点宫黄,人间直恁芬芳[4]。怕是秋天风露,染教世界都香[5]。

〔1〕闲居带湖之作。吴江:今江苏吴江县。按,稼轩自隆兴二年(1164)冬,或乾道元年(1165)春,江阴签判任满后,曾有一段流寓吴江的生活。木樨(xī 西):桂花。按,一本题作"谢叔良惠木樨"。

〔2〕"少年"两句:回忆当年曾秋夜畅饮,酒醒吴江。少年:泛指青少年时期。稼轩二十六岁至二十八岁流寓吴中,故云。向:面对。吴江:江名,亦名松江、苏州河,是太湖最大的支流。自湖东北流经吴县、上海,合黄浦江入海。

〔3〕"明月"两句:描绘江边月下赏桂情景。高树影:兼指月中桂影(传说月中有仙桂,更有吴刚伐桂之说),和秋月映照下的人间桂影。水

沉烟冷:江水沉寂,烟雾清冷。

〔4〕"大都"两句:桂花形小色淡,却给人间带来如此芬芳。大都:不过。宫黄:宫中妇女化妆用的黄粉,此借指黄色的桂花,俗称金桂。直恁(nèn嫩):竟然如此。

〔5〕"怕是"两句:桂花凭借秋风秋露,要将整个世界染香。教:叫,使得。

两种版本不同的题序,正好互为补充。友人赠木樨,触景生情,思绪引向二十馀年前的吴江之行。用一"忆"字领起全篇。上片以写景为主,以景衬情。酒醒之后,唯见明月树影,十里江面,水沉烟冷,一片凄清景象,反映出流寓吴楚、报国无门的孤寂心境。下片承"高树影"而咏桂。但词人遗貌取神,不落窠臼,紧扣花小香浓一点着笔。"一点",极言花朵之细小,"人间"乃至"世界",则极言地域之广阔,以一点之小而染遍天地之大,足见其芳香之浓烈。花品即人品,由此亦见词人胸怀之宽广,抱负之远大。

清平乐

题上卢桥〔1〕

清泉奔快,不管青山碍〔2〕。十里盘盘平世界,更着溪山襟带〔3〕。　　古今陵谷茫茫,市朝往往耕桑〔4〕。此地居然形胜,似曾小小兴亡〔5〕。

〔1〕闲居带湖之作。上卢桥:在上饶境内。

〔2〕碍:拦阻。按,稼轩《菩萨蛮》写郁孤台下清江水,亦有"青山遮不住,毕竟东流去"之句。

〔3〕盘盘:曲折回旋貌。更着:更有。溪山襟带:以山为襟,以溪为带,形容山水萦绕若衣服之襟带。

〔4〕"古今"两句:沧海桑田,世事变化莫测。陵谷:指山陵变为深谷,深谷化作山陵。《诗经·小雅·天保》:"高岸为谷,深谷为陵。"市朝耕桑:繁华的都市化为耕作的田野。

〔5〕"此地"两句:作为今天的形胜之地,想来也曾经历过小小的兴衰变化。形胜:兼指形势险要和景色优美。

此词上片咏景抒情,下片兴叹说理;景、情、理三者有机统一。倚桥纵目,山抱水绕,居然有"十里盘盘平世界"。层嶂叠岭,如重重关隘,而清泉飞流,却穿越无阻,一路欢畅,奔腾而去。一幅画面,无非山水,却被词人点染得如此奇壮秀美,动静交错,勃勃有生气。下片即景遐想,由对眼前山川的惊叹,转向对自然、人世变幻的思索。大而言之:古往今来,高陵深谷,市朝耕桑,无不发展变迁,相互转化。小而言之:则眼前的山川形胜,焉知不是当年的"市朝"之地? 自然界的兴废如此,历代王朝乃至有宋一代兴废何如? 作者虽不一定有意寄托,但寄托自在合乎逻辑的推理之中。

生查子

独游西岩[1]

青山招不来,偃蹇谁怜汝[2]。岁晚太寒生,唤我溪边住[3]。

山头明月来,本在天高处[4]。夜夜入清溪,听读《离骚》去[5]。

〔1〕作于闲居带湖时期。西岩:在今江西上饶市南。它形如覆钟,中空而有螺形悬石,并时见滴水缘石而下,是游览胜地。

〔2〕偃蹇(yǎn jiǎn 眼简):原义高耸,引申为骄傲,傲慢。苏轼《越州张中舍寿乐堂诗》:"青山偃蹇如高人,常时不肯入官府。"怜:爱怜,喜欢。

〔3〕"岁晚"两句:青山多情,唤我溪边作伴。岁晚:指寒冬。生:语尾助词,无义。

〔4〕"山头"两句:山头明月,来自九天高处。

〔5〕"夜夜"两句:明月映入清溪,似夜夜陪侍听读。《离骚》:战国时代楚国著名诗人屈原的代表作。

题作"独游西岩",实为西岩夜读。夜读《离骚》是词中的主体形象,表现词人幽居独处、勃郁愤懑之情,但深沉蕴藉,含而不露。青山高傲,明月纯洁,是物品,亦词人人品之自我写照。邀青山为伴侣,引明月为知己;"唤我溪边住"、"听读《离骚》去",将物人化,遂出物我合一、情景交融之佳境。不说清溪映月,却说月入清溪,奇思妙趣。

西江月

夜行黄沙道中[1]

明月别枝惊鹊,清风半夜鸣蝉[2]。稻花香里说丰年,听取蛙声一片[3]。　七八个星天外,两三点雨山前[4]。旧时茅店社林边,路转溪桥忽见[5]。

〔1〕作于闲居带湖期间。黄沙:即黄沙岭。《上饶县志》:"黄沙岭在县西四十四里乾元乡,高约十五丈。"

〔2〕"明月"两句:月光惊飞枝上乌鹊,清风送来夜半蝉声。按,曹操《短歌行》:"月明星稀,乌鹊南飞,绕树三匝,无枝可依。"苏轼《次周令韵送赴阙》:"月明惊鹊未安枝。"周邦彦《蝶恋花》:"月皎惊乌栖不定。"辛词"明月别枝惊鹊"句与以上诗句景象仿佛。别枝:远枝。方干《寓居郝氏亭》:"蝉曳残声过别枝。"或作"离别树枝"讲,意亦通,但与下文"半夜"失偶。

〔3〕"稻花"两句:稻花飘香,蛙声一片,似在歌唱丰年。或谓"说丰年"者,守夜农人。似太实,且欠韵味。

〔4〕"七八个星"两句:天外星稀,山前欲雨。卢延让《松寺》:"两三条电欲为雨,七八个星犹在天。"以数词对偶,骈文中屡见,如庾信《小园赋》:"一寸二寸之鱼,三竿两竿之竹。"

〔5〕"旧时"两句:转过溪桥,忽见记忆中的茅店就在眼前。两句用

倒装句法。

此夏夜小唱,深具艺术魅力。上片夜景,其意在静,却出之以动。皎皎明月,微微清风,写出夜之幽静;而乌鹊飞啼,蝉鸣高树,稻花香中的"蛙声一片",却宛若一曲优美的交响乐章,从而变谧静为骚动,而愈骚动则愈谧静,此即"鸟鸣山更幽"的动中见静法。不独境界迷人,而且洋溢着丰收在望的欢欣之情。下片时转景移,山雨欲来,情绪由安闲而焦躁。起两句以数词对偶,却一无呆滞相。结韵最是妙极,就急寻避雨之处而言,先推出"茅店",后补以"忽见",则恍惚惊喜之态,跃然纸上,化平庸为精警。就全篇而言,乃点睛之笔。前六句纯作景语,似孤立不贯,至此方点出夜行之人。返照全词,则无一不是作者"夜行黄沙道中"的见闻和感受,词脉由是畅通一体。

浣溪沙

壬子春,赴闽宪,别瓢泉[1]

细听春山杜宇啼,一声声是送行诗[2]。朝来白鸟背人飞[3]。　　对郑子真岩石卧,赴陶元亮菊花期[4]。而今堪诵北山移[5]。

[1] 作于绍熙三年(1192)春。稼轩自孝宗淳熙八年(1181)冬至光宗绍熙二年(1191)冬,被劾罢居上饶带湖整十个春秋。绍熙二年冬接诏命出任福建提点刑狱使。此离家赴任时作。壬子:光宗绍熙三年。闽

宪:福建提点刑狱。宪,宪司的简称,宋代即指提点刑狱,后世改称按察司。

〔2〕"细听"两句:杜鹃有情,声声送行盼归。杜宇:即杜鹃鸟,传说为蜀郡望帝所化,鸣声凄厉,能动人归思,故亦称思归鸟。

〔3〕"朝来"句:白鸟怨恨,背人飞去。白鸟即鸥鹭。按,稼轩初隐带湖,曾作《水调歌头·盟鸥》,与鸥鹭结盟,表示永久相伴。今骤然离去,故言其似有责怪之意。

〔4〕"对郑"两句:言初意师效郑、陶,田园终生。郑子真:西汉成帝时人。屡聘不就,隐居云阳谷口,世称谷口子真。陶元亮:即陶渊明。他耻为五斗米折腰,毅然解印归隐,至死不仕。他最爱秋菊,每至重阳,必把酒赏菊。

〔5〕"而今"句:谓而今出任闽宪,该为人所笑。北山移:即南齐孔稚珪的《北山移文》。南齐周颙和孔稚珪等初隐钟山,后来周颙应诏出仕,期满进京,再过钟山时,孔稚珪作此文,假托山灵,讽刺周颙违约出仕,拒周入山。北山:即指钟山。移文:这里作檄文讲,一种带有晓谕性的官方文体。

稼轩赴任,思绪纷纭,感慨万千。盼出思归,既忧心国事,期立功建业,又留恋山林,愿田园终生。上下片各三句,俱作二、一顿转。上片绘景借鸟寄情:杜宇啼春,有情送行,嘱人早归,从而使人想见词人恋乡之情。白鸟背飞,无情若怨,展现词人无奈歉疚之心。下片叠用三事,假事写意。子真卧岩、渊明赏菊,俱高人逸趣,可窥作者退隐初衷。"而今"句意转,违约背盟,愧对故人,与上片"白鸟"句一脉相承,遥为呼应。

水调歌头

三山用赵丞相韵,答帅幕王君,且有感于中秋近事,并见之末章[1]。

说与西湖客,观水更观山[2]。淡妆浓抹西子,唤起一时观[3]。种柳人今天上,对酒歌翻水调,醉墨卷秋澜[4]。老子兴不浅,歌舞莫教闲[5]。　　看尊前,轻聚散,少悲欢[6]。城头无限今古,落日晓霜寒[7]。谁唱黄鸡白酒,犹记红旗清夜,千骑月临关[8]。莫说西州路,且尽一杯看[9]。

〔1〕作于绍熙三年(1192)秋,时在福建提点刑狱使任上。三山:福州,福建省城。因城有九仙、闽山、越王山三山而得名。赵丞相:指赵汝愚,曾帅福建。绍熙二年(1191)入京,为吏部尚书,除同知枢密院事,绍熙五年(1194)官至光禄大夫右丞相,时稼轩已罢闽任,丞相之称,谅必后改。帅幕:帅府幕宾。王君、中秋近事:均不详所指。末章:指词的下片或结尾部分。

〔2〕"说与"两句:请尽情欣赏西湖的山光水色。西湖:指福州西湖,在城西三里,南流接大濠,通南湖,可灌民田,但长期淤塞不通。赵汝愚淳熙九年(1182)帅福建时,曾上疏奏请疏通湖道,以利农桑。客:即赵汝愚。或谓序中"帅幕王君"。

〔3〕淡妆浓抹西子:语出苏轼《饮湖上初晴后雨》诗:"水光潋滟晴方好,山色空濛雨亦奇。欲将西湖比西子,淡妆浓抹总相宜。"苏诗咏杭

州西湖之美。苏轼知杭州时,也曾疏浚西湖,既利农事,又增美色。辛词借以赞美福州西湖,并兼有颂赵之意。

〔4〕"种柳"三句:谓赵汝愚当年对酒作歌,吟咏西湖,墨迹犹新。种柳人:指赵汝愚。他当年疏浚西湖时,曾筑堤栽柳,故有是称。今天上:指赵汝愚今在朝廷供职。歌翻水调:用《水调歌头》这个词牌填词歌唱。题序谓"用赵丞相韵",即指此。醉墨卷秋澜:谓醉中墨迹酣畅淋漓,如秋水扬波。

〔5〕"老子"两句:谓己兴致不减赵相,定教湖边歌舞不休。老子兴不浅:暗用庾亮登南楼事。东晋庾亮守武昌时,其下属秋夜登南楼游赏,不想庾亮亦至,众人欲避去。庾亮曰:"诸君少住,老子于此兴复不浅。"遂与众人谈笑赏夜,尽兴而散。事见《世说新语·容止篇》。

〔6〕轻聚散:轻看离合之事。少悲欢:少动悲欢之情。

〔7〕"城头"两句:晓霜继落日,朝夕变幻相替,循环无穷,古今如此。

〔8〕"谁唱"三句:谓莫唱归隐之歌,且思当年月照红旗、千骑临关之事。黄鸡白酒:谓隐退后的田园生活。李白《南陵别儿童入京》:"白酒新熟山中归,黄鸡啄黍秋正肥。"

〔9〕"莫说"两句:休说违意仕进,且尽杯中之酒。西州路:指西州城,故址在今江苏南京朝天宫西。东晋时城在台城西,又为扬州刺史治所。这里是用典。晋名臣谢安虽见重于朝廷,但隐退东山之志,始终不渝。后病笃请求还乡,不许,诏还京师。当他路经西州门时,深感违志逆意之痛。他死后,其甥羊昙,悲伤悼念,行不经西州门。事见《晋书·谢安传》。

上片咏福州西湖而颂赵汝愚政绩,谓福州西湖所以能和杭州西湖比美,"淡妆浓抹总相宜",全靠赵氏疏浚之功。歇拍两句,不可等闲以沉涵歌舞视之,意在踵武赵相,戮力政事、为民造福,以收歌舞升平,举城欢腾之治。下片感叹人事,是饱经人世沧桑之言。城头今古,落日晓霜,虽语出达观,内心却疑虑重重,既思勤政有为,又惧宦海风波。进退维谷,何去何从?"谁唱"三句振起,壮采照人。"莫说"两句,吾行吾素,豪情满怀,表现出一种知其不可为而为之的进取精神。

小重山

三山与客泛西湖[1]

绿涨连云翠拂空。十分风月处,着衰翁。垂杨影断岸西东[2]。君恩重,教且种芙蓉[3]。　　十里水晶宫。有时骑马去,笑儿童[4]。殷勤却谢打头风,船儿住,且醉浪花中[5]。

〔1〕作于绍熙三年(1192),时稼轩在闽中任所。
〔2〕"绿涨"四句:描绘西湖美景,自谓得天独厚,住在风月最佳处。绿涨连云翠拂空:西湖碧波与远空白云相接,水天一片翠绿。十分风月处:风景最美的地方。衰翁:作者自谓。
〔3〕教且:即且教,因协平仄而倒置。芙蓉:荷花的别名。
〔4〕"十里"三句:兴来骑马游湖,不禁为儿童拍手所笑。水晶宫:形容湖水晶莹碧透,如水晶宫殿般的美丽。稼轩《贺新郎·三山雨中游西湖》词:"陌上行人夸故国,十里水晶台榭。"用闽王筑水晶宫事(见《二十四国春秋》),盛赞西湖之美。

〔5〕"殷勤"三句：有时泛舟游湖，不觉酣醉于浪花之中。打头风：顶头风。下句"船儿住"即据此而来。

　　与客泛湖，即景抒情。上片写景，垂杨夹岸、绿波连云。"拂"字灵动，足以想见湖水扬波卷澜之美。置身如此湖光水色之中，堪称人生一大乐事。但作者自称"衰翁"，则隐然已有颓唐放逸之意。"君恩重，教且种芙蓉"，意似顺接，实则逆转，喜乎其外，而悲乎其内。盖稼轩志不在徜徉山水，而在恢复故土。下片承湖上美景，赋游湖之乐。一由岸边纵马来写，而以儿童笑语为陪衬，此为宾。一由水上泛舟着笔，此为主，颇能启人联想。"殷勤却谢打头风"者，谢它使己清醒，抗金复国之路并非平坦。既然难行顶风船，不如领受"君恩"、"且种芙蓉"、"且醉浪花"。综观全词，不用一事，纯系白描，而又语浅意深。

添字浣溪沙

三山戏作〔1〕

记得瓢泉快活时，长年耽酒更吟诗。蓦地捉将来断送，老头皮〔2〕。　　绕屋人扶行不得，闲窗学得鹧鸪啼〔3〕。却有杜鹃能劝道：不如归〔4〕！

〔1〕作于福建任所。
〔2〕"记得"四句：《苕溪渔隐丛话》前集四十二载：北宋真宗东封泰山后，寻访天下隐逸名士。曾召对杨朴，并问其临行有人作诗送行否？

杨朴对曰,臣妻有诗云:"今日捉将官里去,这回断送老头皮。"真宗听罢大笑,遂放其归山。耽(dān丹)酒:沉溺于酒。蓦地:突然地。

〔3〕"绕屋"两句:人老力衰,行走需人搀扶;闲中无事,漫学鹧鸪啼声。鹧鸪啼声如云:"行不得也,哥哥!"

〔4〕"却有"两句:杜鹃劝说,不如归去。杜鹃:见前《浣溪沙》(细听春山杜宇啼)注〔2〕。

题曰"戏作",实寓庄于谐,道出词人真实心事。词从回忆开篇,"风雨瓢泉夜半,花草雪楼春到"(见前《水调歌头》),十年耽酒吟诗,何等快活逍遥。蓦地奉诏赴任,官场污浊,命运实难预料。自古直言贾祸,词人乃借杨朴故实出之,语词诙谐而词锋犀利。下片藉鹧鸪、杜鹃声托意。一曰"行不得",正与上文合拍,似叹人老力衰,实谓政见、抱负、理想"行不得"。二曰"不如归",杜鹃最解人意,既然"行不得",何不及早归。归向带湖、瓢泉,归向田园山水。全词多用口语,自然畅达,富调侃嘲谑之趣,寓无奈悲愤之情。

水调歌头

壬子三山被召,陈端仁给事饮饯席上作[1]。

长恨复长恨,裁作短歌行[2]。何人为我楚舞,听我楚狂声[3]?余既滋兰九畹,又树蕙之百亩,秋菊更餐英[4]。门外沧浪水,可以濯吾缨[5]。　　一杯酒,问何似,身后名[6]。人间万事,毫发常重泰山轻[7]。悲莫悲生离别,乐莫乐新相识,儿女古今情[8]。富贵非吾事,归与白鸥盟[9]。

[1] 作于绍熙三年(1192)冬,稼轩在福建提点刑狱任上。因奉召赴京师临安,友人为其饯行,稼轩即席为词。壬子:即绍熙三年。陈端仁:陈端仁名岘,闽县人,此时正废退家居。给事:官名,即给事中。

[2] "长恨"两句:且将无穷长恨,写入眼前这首歌行。复:又。裁:剪裁、制作。短歌行:汉乐府曲调名。此处借指这首《水调歌头》词。

[3] "何人"两句:无人为我舞,无人听我歌,感叹世无知音。为我楚舞:《史记·留侯世家》载:戚夫人泣,高祖刘邦安慰她说:"为我楚舞,吾为若(你)楚歌。"楚狂:春秋时楚国的狂人,姓陆名通,因昭王政令无常,乃佯狂不仕,时人称楚狂。又因他迎孔子的车而歌,又称接舆。据《论语·微子》,他曾当面嘲笑孔子作《凤兮歌》说:"……已而,已而,今之从政者殆而。"

[4] "余既"三句:化用屈原《离骚》诗句,亦用其洁身自好,勤修美德的本意。《离骚》:"余既滋兰之九畹兮,又树蕙之百亩。""朝饮木兰之坠露兮,夕餐秋菊之落英。"滋、树:栽培,种植。兰、蕙:皆香草。畹(wǎn晚):古时以十二亩为一畹。英:花瓣。

[5] "门外"两句:语出《孟子·离娄上》中所载的歌谣:"沧浪之水清兮,可以濯我缨;沧浪之水浊兮,可以濯我足。"意谓为人处世,必须清浊分明。辛词用以表示不同流合污。沧浪水:汉水,此泛指。濯(zhuó卓):洗涤。缨:帽带。

[6] "一杯酒"三句:西晋张翰(字季鹰)放纵不拘,有人问他:你只图一时放纵之乐,难道不考虑死后的名声不好?张翰答曰:"使我有身后名,不如即时一杯酒。"(《世说新语·任诞篇》)辛词用疑问口气提出,在一定程度上表现了醉世和用世的矛盾心理,但更主要的是引出下文对现实的批判。何似:含有两物并相比较的意思。

〔7〕"人间"两句:毫发重而泰山轻,谓当今社会轻重倒置,是非混淆。

〔8〕"悲莫"三句:化用楚辞《九歌·少司命》的诗句:"悲莫悲兮生别离,乐莫乐兮新相识。"

〔9〕"富贵"两句:不愿涉足官场,但求归隐山水。富贵非吾事:陶潜《归去来辞》:"富贵非吾愿,帝乡不可期。"白鸥盟:与鸥鸟结盟,见前《水调歌头·盟鸥》词。

此词全用前人诗句和故实联缀熔铸而成,文意繁富,层次曲折。如果提纲挈领,则分明《离骚》、《归去来辞》主旨:忠而见谤,报国无路;不如归去,清操自守。从情绪和格调上说,一起便以"长恨复长恨"的悲剧气氛笼罩全篇,以下或兴世少知音之叹,或起植芳餐英之思,或申清波涤缨之志,或发醉世用世之问,或答是非颠倒之世,或抒知己相别之苦,或明归盟白鸥之心,总以悲愤勃郁之情融贯一气。

鹧鸪天

三山道中[1]

抛却山中诗酒窠,却来官府听笙歌[2]。闲愁做弄天来大,白发栽埋日许多[3]。　　新剑戟,旧风波。天生予懒奈予何[4]。此身已觉浑无事,却教儿童莫恁么[5]。

〔1〕作于绍熙四年(1193)春,稼轩奉诏赴京途中。

〔2〕"抛却"两句:怨已不该离山出仕。窠(kē 科):这里指隐居之处。

〔3〕"闲愁"两句:闲愁天大,以致白发倍增。做弄:玩弄、戏弄。白发栽埋:谓白发全由自己一一栽埋。稼轩《水调歌头》词结句云:"白发宁有种,一一醒时栽。"语义与此相同。日许多:日益增多。

〔4〕"新剑戟"三句:天性疏懒,不愿参与无聊庸俗的官场斗争。剑戟:古时的两种武器,此喻官场斗争。"天生"句:《论语·述而》:"天生德于予,桓魋(人名)其如予何?"辛词套用此句式,并改字易意。

〔5〕"此身"两句:此生已然不拟再有作为,但不能教儿辈如此去做。儿童:指自己的儿辈。恁:如此这般。

词写再度出仕后的苦闷心境。"山中诗酒"和"官府笙歌"并举,粗读似乎两者同为乐事,仅"山中"、"官府"处所不同而已,细思则"抛却"、"却来",扬前抑后,倾向鲜明。三、四句承官府生涯而来,无怪白发日多,说明词人身闲心不闲。尤其念及此番奉诏进京,也许又要经历一场新的宦海风波,不禁越发心灰意冷。但是,为了不教儿辈心灵蒙受污垢,此中隐情实是不便对其明说,仍需按照正统观念,勉励他们仕进报国。言不由衷,言传而不能身教,此情此境,正应着李煜的一句词:"别是一番滋味在心头。"

定风波

三山送卢国华提刑,约上元重来[1]。

少日犹堪话别离,老来怕作送行诗[2]。极目南云无过雁,君看:梅花也解寄相思[3]。　无限江山行未了,父老,不须和泪看旌旗[4]。后会丁宁何日是?须记:春风十里放灯时[5]。

[1] 作于绍熙四年(1193)冬。按,稼轩是年春举诏入京,迁太府少卿。是年秋,出知福州兼福建安抚使,旋即返回福州。此词即写于福建安抚使任上。卢国华:卢彦德,字国华,浙江丽水人,继稼轩之后,为福建提点刑狱使,随即又调往福建建宁府负责漕运事务。故稼轩作词送行。上元:旧历正月十五称上元节。

[2] "少日"两句:谓自己年事已高,最怕离别送行。

[3] "极目"三句:希望别后通过梅花互通友情。此暗用陆凯《赠范晔》诗意。

[4] "无限"三句:谓友人万里江山尚未行遍,丈夫志在四方,乡亲父老不须和泪相送。旌旗:此当指送行时的仪仗队列。

[5] "后会"三句:即题序所云:约友人上元重来相会。按,建宁府亦属闽地,并与福州相去不远,故有此约。后会:以后相会。丁宁:即叮咛。放灯:上元节也称放灯节。古有上元放灯、观灯的习俗。

此词写与友人的依依惜别之情。一起挑明"送行"题旨,以"少日"陪衬"老来"离别之不堪,盖来日无多,深畏再见之难。三、四句借眼前景色,巧为点染,冬无过雁,是虚写,亦陪衬之笔。眼前梅花,是实写,暗用陆凯寄梅诗意,想象别后思恋之情,含蓄蕴藉,而意极深厚。过变起三句承写送别之意,但"无限"句,高瞻远瞩,放眼万里江山,不作儿女情态,视野和心胸极为开阔。"父老"两句,写出当地人民对友人的眷恋,"不须"二字既抚慰父老,更自然带出下文。结三句应题"约上元重来"。人未登程,先约后会,情切意浓,而"春风十里放灯时"一句景象极美,与

"无限江山"相呼应,开朗乐观,扫尽送别感伤气氛。

定风波

再用韵。时国华置酒,歌舞甚盛[1]。

莫望中州叹黍离,元和圣德要君诗[2]。老去不堪谁似我?归卧,青山活计费寻思[3]。　　谁筑诗坛高十丈?直上,看君斩将更搴旗[4]。歌舞正浓还有语:记取,须髯不似少年时[5]。

[1] 参见上篇《定风波》注[1]。
[2] 中州:指沦陷金手的中原地区。黍离:《诗经·王风》中的一首诗,其首章有"彼黍离离"之句,感叹西周故都的残破景象。后世遂以黍离之叹、黍离之悲来表达兴废之感和故国之思。元和圣德:元和,唐宪宗李纯的年号(806—820)。元和年间,唐王朝曾平定淮西吴元济之乱,威慑各地藩镇割据势力,使国内稍趋统一。诗人纷纷作诗以颂。辛词借以指歌颂抗金复国的诗篇。
[3] "老去"三句:谓自己老大无成,唯有归卧青山。活计:谋生之道。
[4] "谁筑"三句:赞美友人诗才出众,鼓励他诗坛夺魁。斩将搴(qiān 千)旗:以战场上雄威无敌喻诗坛上大显身手。搴,拔取。
[5] "歌舞"三句:规勉友人勿以歌舞丧志。须髯(rán 然):胡子。

身在歌舞之间,不作歌舞之语。心怀国忧,而倡导诗词新风。《黍离》之叹,诚然可以使人莫忘故国,但抗金复国大业尤需激励人心的诗篇;巍巍诗坛,岂全然儿女辈轻歌曼舞之地,亦当为英雄辈叱咤风云之所。此种文学观道出南宋爱国诗人的心声,亦时代精神的体现。以上正面激励。"老去"三句,以己之今况作反面陪衬,冀友引以为戒。结处更从眼前浓歌酣舞生发开去:歌舞虽好,但我辈已非少年,岂可沉溺丧志,理应惜时砺志,庶几无愧于国,不虚此生。这三句虽然语重心长,却措辞委婉,规勉得体。

鹧鸪天[1]

桃李漫山过眼空,也曾恼损杜陵翁[2]。若将玉骨冰姿比,李蔡为人在下中[3]。　　寻驿使,寄芳容,陇头休放马蹄松[4]。吾家篱落黄昏后,剩有西湖处士风[5]。

〔1〕作于福建安抚使任上。

〔2〕"桃李"两句:言桃李虽艳,过眼即逝,无怪杜甫为之恼恨。恼损:恼恨。杜陵翁:即杜甫。杜陵,在长安东南,因有汉宣帝陵墓,故称杜陵。杜氏祖籍杜陵,兼以杜甫在长安时曾一度居住杜陵,故自称为杜陵野客。杜甫有《漫兴九首》写花落春去,不胜恼恨之意。其《江畔独步寻花》也有"江山被花恼不彻"之句。辛词"恼损杜陵翁",即指此。

〔3〕"若将"两句:将桃李与梅花相比,则前者不过人中李蔡而已,实在中下之品。玉骨冰姿:指梅花。稼轩有《洞仙歌》词咏红梅,起句即称"冰姿玉骨"。"李蔡"句:语出《史记·李将军列传》。李蔡为李广的

族弟,为人在下中,名声远不如李广。但李广没有爵邑之赐,官不过九卿,而李蔡却被封侯,位至三公。

〔4〕"寻驿使"三句:谓梅花能沟通友谊,寄托相思。此暗用陆凯《赠范晔》诗意。驿使:古时驿站传送文书的人。陇头:即指陇山。在今陕西省西北。

〔5〕"吾家"两句:谓梅生性幽僻,有隐士之风。剩有:颇有。西湖处士:指北宋初年名士和诗人林逋。林逋长期隐居西湖孤山。他一生酷爱梅花,终生不仕、不娶,以梅为妻,以鹤为子。处士,古指未仕或不仕的士人。

此咏梅词。手法独异,别具一格;不描摹梅花形态,而以对比、用事托其神韵。上片梅与桃李相比对照,以《史记》中的人品喻花品。李蔡人品在下中,却官居李广之上,此即花中桃李。桃李虽漫山娇艳一时,但过眼即空,世不传名。而梅花"玉骨冰姿",在众芳摇落之际,独放于"篱落黄昏",实为花中上品。下片迭用陆凯、林逋诗事,虽专赋梅,仍隐然有对比桃李之意。桃李斗艳争春,一似俗辈献媚势要以猎功名,而梅花幽然篱落,大有高人隐士风仪。

行香子

三山作[1]

好雨当春,要趁归耕。况而今已是清明[2]。小窗坐地,侧听檐声[3]。恨夜来风,夜来月,夜来云[4]。　　花絮飘零,莺燕丁宁,怕妨侬湖上闲行[5]。天心肯后,费甚心情[6]。放霎时阴,霎时雨,霎时晴[7]。

〔1〕作于绍熙五年(1194)春,稼轩时在福建安抚使任上。
〔2〕好雨当春:用杜甫《春夜喜雨》"好雨知时节,当春乃发生"诗意。趁:指趁"好雨当春"时节。
〔3〕"小窗"两句:窗前细听檐前滴水之声。坐地:坐着。地,助词无义。檐声:指屋檐间的滴水声。
〔4〕"恨夜"三句:恨春夜风云变幻,阴晴无定。
〔5〕"花絮"三句:春色将去,担心雨后路上泥泞,不能湖边漫步。侬:你。从莺燕口中说出,指稼轩。
〔6〕"天心"两句:天意若允,就不必再费尽心思,琢磨疑猜。天心:上天之心,比喻朝廷。
〔7〕"放霎"三句:忽雨忽晴,天意难测。霎时:犹言一霎儿。李清照《行香子》词:"甚霎儿晴,霎儿雨,霎儿风。"

词抒归耕之志,间涉小人掣肘,君意难测之意。除一起三句直言归耕本意外,馀皆出以比兴手法,意内言外,纤曲深婉,一如其《摸鱼儿》(更能消几番风雨)词。梁启超在其《稼轩年谱》中,对此词的诠释大体允当,节录如下:"此告归未得请时作也。——发端云:'好雨当春,要趁归耕,况而今已是清明。'直出本意,文义甚明。次云:'小窗坐地,侧听檐声。恨夜来风,夜来月,夜来云。'谓受谗谤迫扰,不能堪忍也。下半阕云:'花絮飘零,莺燕丁宁,怕妨侬湖上闲行。'尚有种种牵制,不得自由归去也。次云:'天心肯后,费甚心情。放霎时阴,霎时雨,霎时晴。'谓只要谕旨一允,万事便了;却是君意难测,然疑间作,令人闷杀也。……盖已知报国夙愿不复能偿,而厌弃此官抑甚矣。度自去冬今春,已累疏乞休,而朝旨沉吟,久无所决,故不免焦虑也。"

最高楼

吾拟乞归,犬子以田产未置止我,赋此骂之[1]。

吾衰矣,须富贵何时[2]。富贵是危机[3]。暂忘设醴抽身去,未曾得米弃官归。穆先生,陶县令,是吾师[4]。　待葺个、园儿名"佚老",更作个、亭儿名"亦好",闲饮酒,醉吟诗[5]。千年田换八百主,一人口插几张匙[6]。便休休,更说甚,是和非[7]。

〔1〕作于福建安抚使任上。乞归:向朝廷请求罢仕归隐。犬子:原为对己子的爱称,后为人前对自己儿子的谦称。止我:劝阻我。

〔2〕"吾衰"两句:谓我已衰老,富贵须待何时。吾衰矣:《论语·述而》记载孔子的话说:"甚矣吾衰也,久矣吾不复梦见周公。"稼轩《贺新郎》词起句亦云:"甚矣吾衰矣。"

〔3〕"富贵"句:言富贵酝酿着政治危机。苏轼《宿州次韵刘泾》:"晚觉文章真小技,早知富贵有危机。"

〔4〕"暂忘"五句:理当师法古人,及早弃官抽身,归隐田园。"暂忘"句:用"穆先生"事。《汉书·楚元王传》说:元王至楚国封地,用穆生等人为中大夫。穆生不嗜酒,元王每置醴以待。后王戊即位,渐忘设醴酒之事。穆生说:"醴酒不设,王之意怠。不去,楚人将钳我于市。"于是称病离去。醴(lǐ礼)酒:用醴泉之水酿成的酒,味甘美。"未曾"句:用

"陶县令"事。陶县令,即陶潜。陶潜为彭泽县令时,有上司派督邮来县,吏请以官带拜见。潜叹曰:"我不能为五斗米折腰向乡里小人。"于是解印去职,赋《归去来兮辞》。

〔5〕"待葺"四句:修园筑亭,诗酒自娱——想象今后悠闲的归隐生活。葺(qì气):意为"修建"。佚(yì义)老:老来安乐之意。《庄子·大宗师》:"佚我以老。"佚,通"逸",安乐。亦好:归耕林下,虽贫亦好。戎昱《中秋感怀》:"远客归去来,在家贫亦好。"

〔6〕"千年"两句:谓富贵无常,人应知足勿贪。"一人"句:当时俗语。范成大《丙午新正书怀》诗之四,自注:"吴谚云:一口不能着两匙。"

〔7〕"便休休"三句:一切作罢,有什么是和非可说。休休:退隐,罢休。

拟归是真,骂子未必,特借题发挥,以抒心志耳。"富贵"一词,似指其子所谓"田产"之类,实则更含"功名事业"之意,不可等闲视之。"危机"以下,借鉴前贤。一从贾祸杀身说,一从折腰屈节说,意在陈述不及时弃官抽身之害,其中自有稼轩切身之痛,唯不宜径直明言罢了。换头句,则正面想见归隐田园之乐。至此正反两段文字,将题意写足。"千年"两句,语浅意深,颇见旷达胸襟。结处遥应开端,于旷达中更见愤懑之情。

瑞鹤仙

赋梅[1]

雁霜寒透幕。正护月云轻,嫩冰犹薄[2]。溪奁照梳掠。想含香弄粉,艳妆难学[3]。玉肌瘦弱、更重重,龙绡衬着[4]。倚东风、一笑嫣然,转盼万花羞落[5]。　　寂寞。家山何在?雪后园林,水边楼阁[6]。瑶池旧约、鳞鸿更,仗谁托[7]?粉蝶儿只解,寻桃觅柳,开遍南枝未觉[8]。但伤心,冷落黄昏,数声画角[9]。

〔1〕当作于绍熙三年至绍熙五年(1192—1194)闽中任上。

〔2〕"雁霜"三句:冬末春初月夜景象。韩偓《半醉》诗:"云护雁霜笼淡月,雨连莺晓落残梅。"雁霜:浓霜,严霜。幙:同"幕",窗间帷幕。嫩冰:薄冰。

〔3〕"溪奁"三句:梅花临水照镜,却学不成半点富艳妖媚之态。溪奁(lián 怜):以溪水为镜。奁,古代妇女梳妆用的镜匣。梳掠:梳妆打扮。

〔4〕"玉肌"两句:谓月下寒梅如笼纱佳人,依然玉洁清瘦本色。龙绡:即鲛绡,传说里海中鲛人所织的一种细洁名贵的纱。

〔5〕"倚东风"两句:想象春风中的梅花,流盼一笑,百花失色。嫣(yān 焉)然:美丽貌。转盼:眼波流转。羞落:因羞惭而自落。

〔6〕"寂寞"四句:故乡何在?雪园水阁,梅花深感寂寞。

〔7〕"瑶池"两句:虽有旧约,但托谁捎去书信?瑶池:神话谓西王母居处。此指天宫。鳞鸿:即鱼、雁,古人有鲤鱼、鸿雁传书之说。此即指书信。

〔8〕"粉蝶"三句:粉蝶只懂亲近桃柳,哪管梅花开遍南枝。

〔9〕"但伤心"三句:梅花于黄昏画角中,自伤冷落。

此词赋梅,形神兼备,全用拟人手法,且有寄托。起三句写时令、环境。"雁霜","嫩冰",所赋寒梅无疑;淡云笼月,朦胧清幽,以景衬花。以下写梅花临水照影,一若佳人对镜饰容。"艳妆难学",以桃李反衬,耻于"艳妆"媚人;"玉肌瘦弱",方见其疏淡清瘦本色。歇拍虚写,想象之笔,想见其临风嫣然一笑,而万花羞落。此借用《长恨歌》"回眸一笑百媚生,六宫粉黛无颜色"诗意,或脱胎于苏轼《定惠院海棠诗》:"嫣然一笑竹篱间,桃李漫山总粗俗。"总之,于两相对比中,益见其动人风韵。换头以"家山何在"唤起寂寞之叹。以下逐层点染"寂寞"二字。"鳞鸿无托",一层;粉蝶不解,一层;黄昏画角,唯伤心而已,又一层。稼轩此番再度仕闽,略知复国难为,虽然勤于政事,但内心深感孤独寂寞,此所以咏梅以抒心曲。

水龙吟

过南剑双溪楼〔1〕

举头西北浮云,倚天万里须长剑〔2〕。人言此地,夜深长见,斗牛光焰〔3〕。我觉山高,潭空水冷,月明星淡〔4〕。待燃犀下看,凭栏却怕,风雷怒、鱼龙惨[5]。　　峡束苍江对起,过危楼,欲飞还敛[6]。元龙老矣,不妨高卧,冰壶凉簟[7]。千古兴亡,百年悲笑,一时登览[8]。问何人又卸,片帆沙岸,系斜阳缆[9]。

〔1〕写于闽中巡视途中。南剑:宋时州名,州治在南平(今福建南平市)。据王象之《舆地记胜·南剑州》:"剑溪环其左,樵川带其右,二水交通,汇为澄潭,是为宝剑化龙之津。"(馀参见本篇注〔3〕)双溪楼:在南平城东,因有剑溪及樵川二水在此汇合而得名,为当时的游览胜地。

〔2〕西北浮云:喻中原沦陷。倚天长剑:语出宋玉《大言赋》"长剑耿耿倚天外"。

〔3〕"人言"三句:据《晋书·张华传》及《拾遗记》载,晋人张华看到斗牛之间常有紫气,向雷焕请教。雷焕说:这是宝剑神光冲天,宝剑当在江西丰城地区。于是张华派雷焕为丰城县令,前去寻剑,果然从地下觅得两剑,一名"龙泉",一名"太阿",两人各得一把。张华死后,剑随之失踪。雷焕死后,其子佩剑过延平津(即剑溪),宝剑忽从腰间跃出,飞入水中。及入水寻找,不见宝剑,只见双龙各数丈,盘曲潭底。顷刻间,水面上光彩照人,波浪翻腾。光焰:即指地下宝剑生出的紫气。

〔4〕"我觉"三句:描绘双溪楼夜晚景象,有隐喻现实严酷冷峻之意。

〔5〕"待燃犀"三句:想点起火把,窥潭觅剑,却怕惹起水底妖魔兴风作浪。燃犀:点燃起犀牛角。传说燃犀照水,能使妖魔显出原形。据《晋书·温峤传》载:江州刺史温峤兵回武昌,路过牛渚矶,水深不可测,人言水中多妖。温峤燃犀下照。不久,见水中诸怪赶来灭火。鱼龙:即指水中妖魔,喻朝中群小。惨:狠毒。

〔6〕"峡束"三句:谓剑溪、樵川二水汇合后,奔腾欲飞,但受峡谷约

束,不得不有所收敛。束:束缚、制约。苍江:青色的江水。对起:指两山对峙。危楼:高楼,即指双溪楼。敛(liǎn脸):收敛,此指水势缓和。

〔7〕"元龙"三句:以汉代陈登自喻,思清淡高卧。元龙高卧:参见前《水龙吟》(楚天千里清秋)注〔7〕。冰壶凉簟(diàn电):一壶冷酒,一领竹席。

〔8〕"千古"三句:谓登楼远眺,感慨万千。登览:登楼览胜吊古。

〔9〕"问何人"三句:试问何人在斜阳下、沙岸边,卸帆系舟。缆:系船用的缆绳。

此稼轩爱国词中的名篇,写抗金复国的壮志及壮志难酬的愤慨。但撷取当地传说,关合眼前景色,婉曲顿挫,非径直豪放一路。一起唤剑清扫妖氛,志壮气豪,笼盖全篇。以下叠层铺叙,曲尽情致。人言此地剑光冲天,他俯仰天地,却有高山压顶、潭空水冷之感;才欲燃犀觅剑,却又畏惧鱼龙飞舞,风吼涛怒。一语一转,一步一顿挫,写出既图觅剑报国,又因现实冷峻而忧谗畏讥之情。情与景会,诚是"峡束苍江","欲飞还敛"姿态。据此,下文遂有比况元龙"冰壶凉簟"之想,登楼远眺而生"千古兴亡"之慨。结韵一片"斜阳",深寓国忧,而卸帆系舟,也终以国事难为而兴归去之念。如言苏词清雄,则稼轩此类词最当"沉雄"二字。

沁园春

再到期思卜筑[1]

一水西来,千丈晴虹,十里翠屏[2]。喜草堂经岁,重来杜老;

斜川好景,不负渊明[3]。老鹤高飞,一枝投宿,长笑蜗牛戴屋行[4]。平章了,待十分佳处,着个茅亭[5]。　青山意气峥嵘,似为我,归来妩媚生[6]。解频教花鸟,前歌后舞;更催云水,暮送朝迎[7]。酒圣诗豪,可能无势,我乃而今驾驭卿[8]。清溪上,被山灵却笑:白发归耕[9]。

[1] 作于绍熙五年(1194)秋冬之间。按,是年秋,稼轩被劾罢职。罢官后,朝廷给他一个挂名的虚衔,主管建宁府武夷山冲祐观,实际上等于赋闲放归。从此,稼轩又回到信州再过罢居生涯。期思:在江西铅山县。按,稼轩罢居带湖时,曾在期思买得瓢泉,以后常往返于带湖、瓢泉之间。这次再到期思,意在营建新居。卜筑:选地盖房。卜,占卜。古人盖新居有请卜者看地形、相风水以定宅地的习俗,也称卜宅、卜居。

[2] "一水"三句:描绘瓢泉山水之美。以"千丈晴虹"喻飞瀑,以"十里翠屏"状青山。

[3] "喜草堂"四句:以杜甫重归草堂,渊明游赏斜川作比,写自己再度隐居的喜悦。草堂:杜甫于肃宗乾元二年(759)入蜀,次年在成都浣花溪筑草堂。后因兵乱,奔梓州避难。广德二年(764)春,严武再度镇蜀,杜甫方得重归草堂。辛词借谓再到期思隐居。经岁:一年后,此泛言若干年后。斜川:在今江西省都昌县,为风景优美之地。陶渊明居浔阳柴桑时,曾作《斜川诗》。诗前有小序略记其与邻居同游斜川的情景。辛词以斜川比期思。不负:不辜负。

[4] "老鹤"三句:再到期思,意在觅一枝之栖,何必学蜗牛戴屋而行。一枝投宿:《庄子·逍遥游》:"鹪鹩巢于深林,不过一枝。"此用其意。蜗牛戴屋行:蜗牛是一种很小的软体动物,背有硬壳,呈螺旋形,似

圆形之屋。爬动时如戴屋而行。

〔5〕平章:筹划,品评。着:此作建造讲。

〔6〕"青山"三句:青山喜我归来,显得格外轩昂、秀美。峥嵘(zhēng róng 争荣):高峻不凡貌。妩媚(wǔ mèi 五妹):此处形容青山秀丽。

〔7〕解:领会、理解。频:屡屡不断。

〔8〕"酒圣"三句:诗酒之辈,唯一的权势是能统率山水自然。酒圣诗豪:指酷爱诗酒的人。"可能"两句:语出陶渊明《晋故征西大将军长史孟府君传》。东晋孟嘉为桓温部下长史,好游山水,至暮方归。桓温曾对他说:"人不可无势,我乃能驾御卿!"辛借其语。乃:却。驾驭:主宰,统率。卿:"你"的美称,此指大自然。

〔9〕"清溪"三句:山灵笑我,白发始返,归耕太迟。山灵:山神。

期思卜筑,即兴抒怀。起笔鸟瞰期思山水。水似千丈晴虹,飞泻而下;山如十里翠屏,隔绝尘世。雄奇秀逸,宜室宜人。以下借草堂、斜川赋重归山水,而以一"喜"字贯领,足见心情愉悦。老鹤择宿无非一技,自有清闲逍遥之趣,岂能如蜗牛戴屋而行,可悲可笑。结处归到"期思卜筑"题意。下片抒写寄情山水之乐,纯用拟人手法。野花小鸟、云烟流水,莫不有情解意,或"前歌后舞",或"暮送朝迎",令人乐而忘忧。以下以驾驭山水自命,貌豪实悲,托笑山灵,实乃自嘲之辞。由此正可窥见词人此时的复杂心情。

祝英台近

与客饮瓢泉,客以泉声喧静为问,余醉,未及答,或者以"蝉噪林逾静"代对,意甚美矣,翌日为赋此词以褒之[1]。

水纵横,山远近,拄杖占千顷[2]。老眼羞明,水底看山影[3]。试教水动山摇,吾生堪笑,似此个、青山无定[4]。

一瓢饮[5],人问"翁爱飞泉,来寻个中静;绕屋声喧,怎做静中境[6]?""我眠君且归休[7],维摩方丈,待天女、散花时问[8]。"

[1] 大约作于庆元元年(1195),时稼轩二次罢居信州带湖。是年瓢泉新居初成。饮瓢泉:在瓢泉饮酒。"客以泉声喧静为问":客人问泉声喧闹还是幽静?"蝉噪林逾静":梁代诗人王藉《入若耶溪》诗中的一句,与下句"鸟鸣山更幽"合成一联,有动中见静的意境。翌(yì义)日:第二天。褒:夸奖,赞扬。

[2] "水纵横"三句:拄杖游遍瓢泉的重山叠水。

[3] "老眼"两句:老眼怕光,只有欣赏水上的青山倒影。

[4] "试教"三句:水波荡而山影摇,笑自己一生恰如山影飘摇无定。试教:有试看的意思。此个:这个,即下文的水中山影。

[5] 一瓢饮:语出《论语·雍也》,谓一瓢清水,是孔子赞扬颜回安贫乐道的话。此借指一瓢酒,即题序之"饮瓢泉"。

[6] "人问"四句:你来瓢泉求静,而泉声喧嚣,何以致静。按,此即题序中的"客以泉声喧静为问"。个中:此中。

[7] "我眠"句:《宋书·陶潜传》说:无论贵贱来访,陶潜只要有酒,就取出共饮。他若先醉,就对客说:"我醉欲眠卿可去。"其真率如此。

[8] "维摩"两句:用维摩讲经、天女散花的佛经故事作答。据《维

摩诘经》载:维摩讲佛经时,有一天仙女向听讲者抛洒天花。花洒到诸菩萨身上不沾自落,而落到大弟子身上则沾而不坠。这说明大弟子的尘根尚未彻底除尽。维摩:即维摩诘,佛教中的先哲,与释迦牟尼(俗称如来佛)同时人,善讲大乘教义。方丈:佛寺长老及住持说法之处。后即用为对寺院长老及住持的代称。

抒发山水之乐,动静之趣,犹如一篇艺术小品。山为静,水为动,山影入水,而水动山摇,则静中有动,动中见静,动静莫辨。并妙在自喻身世飘摇,涉笔成趣。下片主客问答,不是简单复述词序,而是词序的映衬和生发。问得巧:何以动中取静?答得妙:请从"天女散花"这一佛经故事中自去领会。质言之,菩萨尘断心净,所以花不沾身;我辈只有心静,方能化动为静,动中取静。

水龙吟

用些语再题瓢泉,歌以饮客,声韵甚谐,客皆为之醺[1]。

听兮清珮琼瑶些。明兮镜秋毫些[2]。君无去此[3],流昏涨腻,生蓬蒿些[4]。虎豹甘人,渴而饮汝,宁猿猱些[5]。大而流江海,覆舟如芥,君无助,狂涛些[6]。　　路险兮山高些。块予独处无聊些[7]。冬槽春盎,归来为我,制松醪些[8]。其外芳芬,团龙片凤,煮云膏些[9]。古人兮既往,嗟予之乐,乐箪瓢些[10]。

〔1〕题云"再题瓢泉",当是继上阕《祝英台近》之后,亦庆元元年(1195)之作。用些语:用"些"字作语尾叹声。"些",为古代楚地方言中的语尾助词,仅表声,无实义。楚辞中的《招魂》,即通篇以"些"字作语尾收声。歌以饮客:用此歌助客酒兴。声韵甚谐:声调和韵律非常和谐悦耳。釂(jiào 叫):喝尽杯中之酒,犹言"干杯"。

〔2〕"听兮"两句:赞美瓢泉声脆如玉珮叮咚,水明如镜可察秋毫。兮(xī 西):语气助词。琼、瑶:都是美玉。镜:此作动词,作"照见"讲。秋毫:秋天鸟兽身上新长出来的极细小的毛,用以形容极细微的东西。

〔3〕君:指瓢泉。去:离开。

〔4〕"流昏"两句:浊水会污染你的清白,野草会窒息你的生命。流昏涨腻:两词重义,都指污浊的水。涨腻,用杜牧《阿房宫赋》语:"渭水涨腻,弃脂水也。"(宫女众多,弃下的脂粉竟使渭水为之混浊。)

〔5〕"虎豹"三句:与其为食人的虎豹解渴,宁肯让吃果的猿猱饮用。甘人:《招魂》写地下幽都的魔鬼食人,有"此皆甘人"句,意谓此物皆以食人为甘美。汝:你,指瓢泉。宁:宁可。猱(náo 挠):一种有长臂的猿。

〔6〕"大而"四句:一旦汇入江海,你切莫推波助澜,覆舟杀生。大:壮大,指泉水与他水合流。覆舟如芥:弄翻船只如同弄翻一棵小草那么容易。

〔7〕"路险"两句:外面山高路险,而我这里却独处无聊。块予独处:即"予块然独处",语出《汉书·杨王孙传》,谓孤独自处。

〔8〕"冬槽"三句:请瓢泉归来为我酿酒。槽:酿酒用的槽床。盎(àng 柳):盛酒用的盆。松醪(láo 劳):松子酿成的酒。

〔9〕"其外"三句:请瓢泉归来为我煮茶。芳芬:此指茶香。团龙、片凤:皆茶名。云膏:形容煎好后的茶如云脂油膏般的软滑宜口。

〔10〕"古人"三句:古人往矣,我愿效法颜回,清贫自乐。古人:指孔子的大弟子颜回。箪(dān丹)、瓢:盛饭用的圆竹器和饮水用的瓜瓢。孔子曾赞美颜回说:"贤哉回也,一箪食,一瓢饮,在陋巷,人也不堪其忧,回也不改其乐,贤哉回也。"(《论语·雍也》)

此仿《招魂》体,属词中创格,亦见稼轩词风之多样。词托名招魂,亦泉亦己,借以明志抒怀。是以貌若光怪陆离,无迹可求,实则处处关合自身,寓情于泉。首二句颂瓢泉而自喻品格之高洁。以下仿《招魂》"何为四方些"笔法,从反面立意,备言外界种种污浊险恶、不可逗留,唯以归山为宜。其间命意虽不能、亦无须一一指实,但无疑是数十年宦海生涯的形象概括。换头,路险山高,承上启下,既总结上文的人情世态,又引启下一段正面招魂文字,希瓢泉魂兮归来,为我酿美酒、煮芳茶,同享宁静悠闲之乐。结三句拍归自身,点明题旨;厌弃险恶的官场和污浊的现实,甘愿永居山中,与瓢泉为伴,箪食瓢饮,清贫自乐。

沁园春

灵山齐庵赋。时筑偃湖未成〔1〕。

叠嶂西驰,万马回旋,众山欲东〔2〕。正惊湍直下,跳珠倒溅;小桥横截,缺月初弓〔3〕。老合投闲,天教多事,检校长身十万松〔4〕。吾庐小,在龙蛇影外,风雨声中〔5〕。　　争先见面重重。看爽气、朝来三数峰〔6〕。似谢家子弟,衣冠磊落;相如庭户,车骑雍容〔7〕。我觉其间,雄深雅健,如对文章太史公〔8〕。新堤路,问偃湖何日,烟水濛濛〔9〕?

〔1〕大约作于庆元二年(1196),时稼轩罢居带湖。灵山:位于江西上饶境内。古人有"九华五老虚揽胜,不及灵山秀色多"之说,足见其雄伟秀美之姿。齐庵:当在灵山,具体未详,疑即词中之"吾庐",为稼轩游山小憩之处。偃湖:新筑之湖,时未竣工。具体未详。

〔2〕"叠嶂"三句:写灵山飞动的态势:忽而西驰,忽而奔东,势若万马回旋。叠嶂:指重山。

〔3〕"正惊湍"四句:描摹飞泉入溪穿越小桥的情状。惊湍(tuān 湍):急流,此指山上的飞泉瀑布。跳珠:飞泉直泻时溅起的水珠。缺月初弓:形容横截水面的小桥像一弯弓形的新月。或谓小桥如缺月,如弯弓,是并列词组。不当。此四句作扇面对(即第一句对第三句,第二句对第四句),如是,则与"跳珠倒溅"句失对。

〔4〕"老合"三句:老去理当闲散,老天多事,却教我来看管群松。按,稼轩在同期所作《归朝欢》一词的题序中称:"灵山齐庵菖蒲港,皆长松茂林。"合:应该。投闲:指离开官场,过闲散的生活。检校(jiào 叫):巡查、管理。长身:高大。

〔5〕"吾庐"三句:言小小茅屋正与松林相邻,既可见其影,又能闻其声。龙蛇影:松树影。古人常以"龙蛇"状枝干苍劲而屈曲的松柏。风雨声:松涛如风雨之声。

〔6〕"争先"两句:言夜雾渐渐消散,群峰争相露面。见面:露面。爽气朝来:《世说新语·简傲篇》称:王子猷为桓玄的参军,桓玄欲委其事,王子猷"初不答,直高视,以手版柱颊云:'西山朝来,致有爽气。'"辛词借用其语,谓朝来群峰送爽,沁人心脾。

〔7〕"似谢家"四句:用人物丰神及车骑仪态形容群山的万千气象。"似谢家"两句:谢家是晋代一大望族,其子弟十分讲究服饰仪表,有俊

伟大方的风度。此处用以形容挺秀轩昂的山峰。磊落:仪态俊伟而落落大方。"相如"两句:西汉著名文学家司马相如到四川临邛,"从车骑,雍容闲雅甚都(漂亮)"(《史记·司马相如列传》)。此处用以形容巍峨壮观的山峰。雍容:仪态优雅而从容不迫。

〔8〕"我觉"三句:以文风喻山。唐代著名诗文大家韩愈评柳宗元文章说:"雄深雅健,似司马子长。"(《新唐书·柳宗元传》)雄深雅健:指雄放、深邃、高雅、刚健的文章风格。太史公:司马迁,字子长,西汉著名的史学家和文学家,曾继父职,任太史令,自称太史公。所著历史巨著《史记》,鲁迅誉之为"史家之绝唱,无韵之《离骚》"。

〔9〕"新堤路"三句:新堤已成,问询偃湖何日竣工,以见烟水濛濛的景色。

此稼轩山水词中名篇。精神上生气勃勃,艺术上戛戛独造。上片由山而水,由长松而茅庐,上下远近,次序井然,而又溶成一气,俨然一幅绝妙的山水松涛画。其绘景状物,气韵生动,纯用白描,善比兴。起咏灵山雄姿,似万马回旋,气势非凡,化静为动,以动美取胜。飞泉奔泻与月桥卧水,动静交织,奇壮与清幽辉映。投闲而多事,检校长松十万,虽略见愤慨,终以爱松为归,给人以诙谐幽默之感。茅庐虽小,正映带出山海松涛之阔大。下片专就山写,迭用故实,而益见新意。以谢家子弟的衣冠丰神和司马相如的车骑仪容形容灵山诸峰的万千气象,已见新奇;而雄深雅健,喻以太史公的文风,韵味无穷,尤属创格。明人杨慎激赏此格云:"说松而及谢家、相如、太史公,自非脱落故常者,未易闯其堂奥。"(《词品》卷四)按,"说松"当误,应是"说山"。

南歌子

新开池,戏作[1]。

散发披襟处,浮瓜沉李杯[2]。涓涓流水细侵阶。凿个池儿,唤个月儿来[3]。 画栋频摇动,红蕖尽倒开[4]。斗匀红粉照香腮。有个人人,把做镜儿猜[5]。

〔1〕作于罢居带湖时期。新开池:新开河池,疑即上篇所说的偃湖,或《玉楼春·隐湖戏作》中的隐湖。

〔2〕"散发"两句:散发敞怀,食瓜李而饮佳酿。浮瓜沉李:将瓜李等果品浸泡于池水之中,以求凉爽宜口。曹丕《与吴质书》:"浮甘瓜于清泉,沉朱李于寒水。"辛词出此。杯:酒杯,代饮酒。

〔3〕"涓涓"三句:池水侵阶送爽,水面又映出一轮明月。

〔4〕"画栋"两句:写屋舍和荷花在水中的倒影。画栋:画有彩绘的房柱,代指屋舍。红蕖:粉红色的荷花。

〔5〕"斗匀"三句:谓有一女子以水为镜,梳妆打扮。斗匀红粉:把脂粉搽匀。人人:人儿,宋时方言俗语。

犹如文中小品,清新自然,极富生活情趣,无须刻意求深。此夏夜纳凉情景,词人紧扣题目"新开池",又把住"戏作"二字来写,是以句句关合池水,笔笔带出轻松愉悦的情趣。词由一池泉水生发出浮瓜沉李、涓流侵阶,更有明月、画栋、红蕖,乃至佳人临镜。不只物象丰富美丽,而且用语和描摹也颇见特色。"凿个池儿"两句,"有个人人"两句,皆用方言口语,清新活泼,具有民歌风味。不说水月自来,而言"凿个池儿,唤个月儿来",妙语解颐。画栋红蕖,一"频摇动",一"尽倒开",下语浅俗,而收动静相间之效。池中红蕖,池畔佳人,两相比看,也有相互辉映之趣。

水调歌头

将迁新居不成,有感,戏作。时以病止酒,且遣去歌者,末章及之[1]。

我亦卜居者,岁晚望三闾[2]。昂昂千里,泛泛不作水中凫[3]。好在书携一束,莫问家徒四壁,往日置锥无[4]。借车载家具,家具少于车[5]。　　舞乌有,歌亡是,饮子虚[6]。二三子者爱我,此外故人疏[7]。幽事欲论谁共,白鹤飞来似可,忽去复何如[8]?众鸟欣有托,吾亦爱我庐[9]。

〔1〕作于庆元二年(1196)夏。新居:指瓢泉住所。按,稼轩带湖旧居被火烧毁,可能就在此时。以病止酒:因病戒酒。遣去歌者:把歌伎打发走。

〔2〕卜居者:择地而居的人。楚辞有《卜居》,相传为屈原所作。王逸《卜居序》认为是屈原放逐后所作:"卜己居世,何所宜行。"稼轩绍熙五年(1194)秋冬之间,二度罢官后,曾卜筑期思(见前《沁园春·再到期思卜筑》),颇类屈原,故有此语。岁晚:此指晚年。望:敬仰、仰慕。三闾:指屈原,他曾任三闾大夫。

〔3〕"昂昂"两句：师学屈原，宁昂昂然如千里骏马，不浮游无定像水中的野鸭。楚辞《卜居》："宁昂昂若千里之驹乎？将泛泛若水中之凫，与波上下，偷以全吾躯乎？"昂昂：挺特貌，志行高超貌。泛泛：飘浮貌。凫(fú扶)：即野鸭。

〔4〕"好在"三句：所好家境清寒，搬迁不难。书携一束：携带书本一束。家徒四壁：家中一无所有，仅有四堵墙而已。这是一种夸张的形容。《史记·司马相如列传》说，卓文君夜奔相如，相如带她回家，"家居徒四壁立。"置锥无：无立锥之地。也是一种夸张的形容。

〔5〕"借车"两句：此袭用唐人孟郊《迁居诗》中的诗句，依然用夸张手法形容贫困之至。

〔6〕"舞乌有"三句：罢歌舞，戒饮酒。即题序之"时以病止酒，且遣去歌者"。乌有、亡(同"无")是、子虚：人名，是司马相如《子虚赋》中虚构的三个人物。三个人名的本意都是"虚空"、"没有"。

〔7〕"二三子"两句：故人大多疏远了，近我者仅二三友而已。二三子：孔子常以此称呼他的学生，见《论语》。辛词指志同道合的知己。

〔8〕"幽事"三句：谁来与我共论幽事，无奈白鹤飞来又去。幽事：犹言心事。何如：怎么办？

〔9〕"众鸟"两句：此袭用陶潜《读山海经》中的诗句。意谓众鸟喜有归宿，我亦爱我栖身的茅屋。

此亦明志抒怀之作，但间以戏谑（应题序"戏作"）。起四句明志。自况屈原者，不独生平遭遇近似，且放废卜居后，志趣相仿：宁清贫而独立，不随波逐流。此缩用《卜居》中语，情志贴切而言简意赅。以下叙"将迁新居"之事，纯系夸张、戏谑之辞，不可拘泥。察其本旨，当在强化虽清贫而志不屈、乐不改。下片迭用乌有、亡是、子虚，也颇有诙谐之趣，以身外之物，不足多虑也。真正令人感伤者，倒是故人迹疏，欲语无人。

结韵钩转,且喜此身有归。此旷达冲淡语,爱吾庐者,亦爱渊明之品性胸襟也。于旷达冲淡乃至诙谐幽默中,略寄政治失意之痛,正是稼轩罢居家园后词作的一个显著特点。

沁园春

将止酒,戒酒杯使勿近[1]。

杯汝来前,老子今朝,点检形骸[2]。甚长年抱渴,咽如焦釜;于今喜睡,气似奔雷[3]。汝说"刘伶,古今达者,醉后何妨死便埋[4]。"浑如此,叹汝于知己,真少恩哉[5]! 更凭歌舞为媒。算合作、人间鸩毒猜[6]。况怨无小大,生于所爱;物无美恶,过则为灾[7]。与汝成言:"勿留亟退,吾力犹能肆汝杯[8]。"杯再拜,道"麾之即去,招亦须来[9]。"

[1] 亦庆元二年(1196)之作。止酒:戒酒。戒酒杯使勿近:警告酒杯不许靠近我。

[2] "杯汝"三句:呼杯来前,告以我将戒酒。汝:你,指酒杯。点检形骸:检查身体。意谓自我保养,不再纵酒伤身。

[3] "甚长年"四句:言昔因纵酒成疾,如今因病罢酒,惟思酣睡。甚:说什么。抱渴:患酒渴病,长年口渴思饮。咽如焦釜(fǔ府):咽喉如同烧煳了的锅子一样难受。气似奔雷:鼾声如雷。

[4] "汝说"三句:酒杯劝告词人:便学刘伶,醉死何妨,不必戒酒。《晋书·刘伶传》谓刘伶纵酒放荡,常乘一鹿车,携一壶酒,命人带锄跟

随,并说:"死便掘地以埋。"达者:通达的人,即指刘伶那种无视封建礼法,纵酒颓放的人。

〔5〕"浑如此"三句:词人谓酒杯竟然说出如此话来,未免对己太少情意。浑如此:竟然如此。知己:作者自谓酒的知己。

〔6〕"更凭"两句:谓酒与歌舞相谋,害人尤甚,直似鸩毒。为媒:作为媒介,诱人剧饮。算合作:算将起来应该(把你)看作……。鸩(zhèn振)毒:一种用鸩鸟羽毛制成的剧毒,放入酒中,饮之立死。

〔7〕"况怨无"四句:况且人间怨恨不论大小,往往由贪爱而生;世上事物本无好坏之别,超过限度就会成为灾难。此指爱酒应有节制。

〔8〕"与汝"三句:词人与酒杯约定:勿留急去,否则,我尚有馀力把你砸个粉碎。成言:说定,约定。《离骚》:"初既与余成言兮,后悔遁而有他。"亟(jí及):尽快。肆:原意处死后陈尸示众。《论语·宪问》:"吾身犹能肆诸于朝。"这里借其语意对酒杯而言,可作砸碎讲。

〔9〕再拜:再三致礼。"麾之"两句:《汉书·汲黯传》说汲黯辅佐少主,严守城池时,"招之不来,麾之不去。"言其意志坚决。此反用其意。麾(huī灰):同"挥"。

此戒酒词。因愁而饮,因剧饮而病,因病而止酒,欲止酒而意有所不能。词即表现此种微妙的矛盾心理。此词采用主客对话体,虽受启迪于汉东方朔《答客难》和班固《宾戏》,但以"酒杯"为"客",本身便给人以妙趣横生之感。爱之深,则恨之深;而恨之深,恰恰正说明爱之深。爱不释手,不甘彻底决裂。自开篇至"杯再拜"以上,历数酒之罪状,言辞激烈,愤形于色,以致急欲肆之而后快。不想"杯"以礼为先,道出"麾之即去,招亦须来",真是稼轩"知己",会心之语,令人忍俊不禁。与此相应,大段议论入词,取散文句式,打破上下片换意定格等等,都是脱落传统故常之笔。或谓"非词家本色"(刘体仁《七颂堂词绎》),然也不然。然者,事实如此;不然者,拘泥太甚,何来创格! 诸体皆备,正是稼轩"豪放"的一大特色。

玉楼春

戏赋云山[1]

何人半夜推山去?四面浮云猜是汝[2]。常时相对两三峰,走遍溪头无觅处[3]。　　西风瞥起云横度,忽见东南天一柱[4]。老僧拍手笑相夸,且喜青山依旧住[5]。

〔1〕作于庆元二年(1196)秋冬之交,其时稼轩当已迁徙铅山瓢泉新居。云山:据词意,当为白云笼罩之山。稼轩赋云山词共四首,此第一首。

〔2〕"何人"两句:是谁夜来把青山推走?想来是四面浮云作怪。按,此写浮云遮山。黄庭坚《次韵东坡壶中九华》诗:"有人夜半持山去,顿觉浮岚暖翠空。"

〔3〕"常时"两句:谓平时常见青山,而今遍寻不见。

〔4〕"西风"两句:突然西风吹散浮云,青山又呈现眼前。瞥(piē气)起:骤起。云横度:浮云横飞。天一柱:天柱一根,即指青山。

〔5〕"老僧"两句:谓山间老僧欣喜青山无恙。

题曰"戏赋",则用意命笔,自带欢快戏谑色彩。观其写云山奇景,无非八字:云来山隐(上片),云去山现(下片)。但一经夸张渲染,波澜起伏,便觉风趣异常。劈首奇问,使人如坠十里雾中,茫然不知何意,读次句方悟其妙。不说青山隐于浮云,却说浮云将山推走,想象奇特,又出以猜度语气,益增其趣。以下溪头寻山,故弄玄虚,极写"山重水复",正为下片"柳暗花明"出力。下片果然风起云散,还我天柱云峰。言"忽见",惊喜之状可睹——浮云终难遮青山,情调极其开朗乐观。或谓"浮云"喻主降小人,"青山"喻主战君子。这样一来,不唯诗味索然,而且求实太过,反觉天地局促。

满庭芳

和章泉赵昌父[1]

西崦斜阳,东江流水,物华不为人留[2]。铮然一叶,天下已知秋[3]。屈指人间得意,问谁是、骑鹤扬州[4]?君知我,从来雅兴,未老已沧州[5]。　　无穷身外事,百年能几,一醉都休[6]。恨儿曹抵死,谓我心忧[7]。况有溪山杖屦,阮籍辈、须我来游[8]。还堪笑,机心早觉,海上有惊鸥[9]。

〔1〕约作于庆元二三年(1196—1197),即稼轩迁居铅山瓢泉之初。赵昌父:稼轩友人,名蕃,字昌父,家居信州玉山之章泉,世称章泉先生,工于诗。与稼轩诗词唱和,稼轩称其"情味好,语言工"(《鹧鸪天·和章泉赵昌父》)。

〔2〕"西崦"三句:叹夕阳西坠,江水东流,美景不因人的眷恋而常驻人间。西崦(yān 焉):西方的崦嵫(zī 姿)山,在今甘肃省天水县西。

古人常以此为日没之处。物华:美好的景物。柳永《八声甘州》:"是处红衰翠减,冉冉物华休。"

〔3〕"铮然"两句:《淮南子·说山》:"以小明大,见一叶落,而知岁之将暮。""一叶知秋"已为成语,谓以小见大,见微知著。铮(zhēng 争)然:指夜阑人静,枯叶落地时的响声。

〔4〕"屈指"两句:算来人间哪有十全十美、尽如人意之事。屈指人间得意:屈指历数人间如意之事。骑鹤扬州:据《五朝小说大观·殷芸小说》载:有数人聚会,各言其志,一人说愿为扬州刺史,一人说愿富有资财,一人说愿骑鹤升仙。有一个人则说:"腰缠十万贯,骑鹤下扬州,欲兼三者。"此用其事,谓集诸好事于一身,万事称心如意。

〔5〕"君知我"三句:谓己素有归隐之趣。雅兴:兴趣高雅,谓向往归隐。沧州:犹言江湖,泛言山水幽美处,代指高士隐居之处。

〔6〕"无穷"三句:用杜甫《绝句漫兴九首》诗意:"莫思身外无穷事,且尽生前有限杯。"百年能几:百年能有几多,谓人生有限。

〔7〕"恨儿曹"两句:谓儿辈不信我已忘却尘世,总说我忧心忡忡。抵死:总是,老是。谓我心忧:语出《诗经·王风·黍离》:"知我者谓我心忧,不知我者谓我何求。"

〔8〕"况有"两句:况有众多的酒朋诗友与我为伴,同享山水之乐。溪山杖屦:拄竹杖,着草鞋,畅游山水。阮籍辈:魏晋之交,有阮籍、嵇康等七人常集于竹林之下,肆意酣畅,故世谓之"竹林七贤"(《世说新语·任诞篇》)。此借指志趣相投的诗朋酒友。

〔9〕"还堪笑"三句:笑己尚有机心,以致海鸥为之惊飞。机心:此谓尘心,不能忘却尘世之心。惊鸥:据《列子·黄帝篇》:海上有人好鸥鸟,每天清晨一到海上,便有数百鸥鸟和他相游为乐。他的父亲让他捉几只供玩耍,第二天鸥鸟见他便飞舞不下。按,鸥鸟通体皆白,象征超尘忘机,而其人机心犹在,故鸥鸟不与为伍。稼轩借以自嘲机心未除。

既以隐为乐,乐而忘忧;复乐中带忧,机心犹在——此稼轩闲居瓢泉期间心境的真实写照。上片主旨在结尾三句,前此均作议论,意分三层,从三种不同角度立说,从而导致以隐为乐的结论。议论而不流于枯燥者,盖借诸形象描绘和生动人事。如:写物华之不为我留,则出以夕阳西下,江水东流;写政治上的敏感,则出以"一叶知秋",并用"铮然"摹其声响;写人情之难全,便用"骑鹤扬州"之事。下片用笔灵动,跳荡有致。"谓我心忧"继"一醉都休"之后,才说罢寄情山水,不问世事,却又笑自己机心未除。心里实有愁苦,口上却硬说是无,一切借诸儿辈之口道出、海上惊鸥传出,颇具诙谐情趣,同时,亦如实地表现出稼轩复杂之心理。

永遇乐

检校停云新种杉松,戏作。时欲作亲旧报书,纸笔偶为大风吹去,末章因及之[1]。

投老空山,万松手种,政尔堪叹[2]。何日成阴,吾年有几,似见儿孙晚[3]。古来池馆,云烟草棘,长使后人凄断[4]。想当年、良辰已恨:夜阑酒空人散[5]。　　停云高处、谁知老子,万事不关心眼[6]。梦觉东窗,聊复尔耳,起欲题书简[7]。霎时风怒,倒翻笔砚,天也只教吾懒[8]。又何事、催诗雨急,片云斗暗[9]。

〔1〕约作于庆元三四年间(1197—1198)。时稼轩罢居瓢泉。停云:瓢泉新居中的堂名。陶潜有《停云》诗四章,并自序曰:"思亲友也。"稼轩素来仰慕陶潜,借以用作堂名,亦兼取其"思亲友"之意。作亲旧报书:给亲友写回信。

〔2〕"投老"三句:叹老来唯以料理松杉为事。投老:临老,到老。政:通"正"。尔:如此。

〔3〕"何日"三句:我已年老,何日才能见到青松成荫。阴:同"荫"。

〔4〕"古来"三句:古来多少水榭楼馆,转眼成为荒草荆棘,引人伤感。凄断:凄凉断魂。

〔5〕"想当年"两句:当年良辰美景烟消云散,空成遗恨无限。夜阑:夜深。

〔6〕"停云"两句:老来投闲唯静,不问世间万事。万事不关心眼:化用王维《酬张少府》:"晚来惟好静,万事不关心。"

〔7〕"梦觉"三句:梦醒无他事,惟思亲友。此化用陶潜《停云》诗"闲饮东窗"而思良朋之意。聊复尔耳:聊且如此而已。语出《世说新语·任诞篇》:阮仲容家贫居道南,诸阮家富居道北。七月七日,北阮晒衣,皆纱罗锦绮。仲容用竹竿挂出一件布制的短裤。人怪而问之,他答曰:"未能免俗,聊复尔耳。"辛词借用其语,表示闲居无聊的情思。题书简:写信。即题序云"作亲旧报书"。

〔8〕"霎时"三句:怒风吹去纸笔,写不成书,似天教我懒。

〔9〕"又何事"二句:谓急雨催我写诗。这两句化用杜甫诗意:"片云头上黑,应是催雨诗。"(《陪诸贵公子八沟携妓纳凉晚际遇雨》)何事:为什么。斗暗:突然昏暗。

一起"万松手种"应题,但"投老空山",已见叹老嗟衰之意。以下由停云新松而层层生发开去。念及新松"何日成阴",故生迟暮之感。池馆草棘,良辰不再,则有古今兴衰之恨。烈士暮年,怀抱萧索如此。虽云事不由己,朝廷使然,但亦可窥见稼轩晚年思想中的一个重要侧面。下片承上作自我排遣,即以静修身养心。然置身"停云","梦觉东窗",亲友之思,不能自已,遂有提笔作书之举。"霎时"以下,全作诙谐语。风翻笔砚,是天教吾懒;而急雨催诗,却又是天容不得我懒。语虽诙谐,不亦有所寄情?看来天性如此,尚不容他彻底投闲偷懒。

临江仙

停云偶作[1]

偶向停云堂上坐,晓猿夜鹤惊猜[2]。主人何事太尘埃?低头还说向:"被召又还来[3]。" 多谢北山山下老,殷勤一语佳哉:"借君竹杖与芒鞋[4]。"径须从此去,深入白云堆[5]。

〔1〕初居瓢泉之作。
〔2〕"偶向"两句:猿鹤惊讶主人归来。按,稼轩于淳熙八年(1181)春营建带湖居宅时,曾作《沁园春》词曰:"三径初成,鹤怨猿惊,稼轩未来。"本词与此遥为呼应。
〔3〕"主人"三句:猿鹤与稼轩对语。按,上述《沁园春》词又有句云:"甚云山自许,平生意气;衣冠人笑,抵死尘埃。"太尘埃:即"抵死尘埃",意谓何以沉沦官场如许之久。说向:向猿鹤说。
〔4〕"多谢"三句:感谢北山老人殷勤致意。北山:原指钟山,用孔

稚珪作《北山移文》事,见前《浣溪沙》(细听春山杜宇啼)注〔4〕。此借指停云堂所在之山。按,稼轩于绍熙三年(1192)春赴闽宪、别瓢泉时,曾作《浣溪沙》,下片云:"对郑子真岩石卧,趁陶元亮菊花期,而今堪颂《北山移》。"又,他再次罢归途中曾作《柳梢春》,也说:"好把《移文》,从今日日,读取千回。"以上均可与此词对读。

〔5〕"径须"两句:谓从此安心归居深山。径:径直,直向。白云堆:指深山隐居之处。

罢归田园,也幸也不幸。不幸者,群小当道,壮志难酬;幸者,全身归隐,免却烦恼,也是稼轩夙愿。此种情绪借人与鹤猿对话传出,风趣中见沉痛。猿鹤惊主人之归晚,问中自带埋怨神态。回顾昔日罢居带湖,应诏出山,半出无奈。今番不说被劾落职归来,而戏曰应猿鹤、山水之召而回,实喜中带悲之语,不可纯以戏语视之。下片写决心归隐之志。父老语甚亲切,深表迎归之意,然不言此山而说"北山",借故实寓意,则自愧自疚、自嘲自愤之心深深可见。这就无怪词人从此决意"深入白云堆"了。

贺新郎

邑中园亭,仆皆为赋此词。一日,独坐停云,水声山色,竞来相娱,意溪山欲援例者,遂作数语,庶几仿佛渊明思亲友之意云[1]。

甚矣吾衰矣。恨平生、交游零落,只今馀几[2]!白发空垂三千丈,一笑人间万事[3]。问何物、能令公喜[4]?我见青山多妩媚,料青山、见我应如是。情与貌,略相似[5]。　一尊搔首东窗里。想渊明、停云诗就,此时风味[6]。江左沉酣求名者,岂识浊醪妙理[7]。回首叫、云飞风起[8]。不恨古人吾不见,恨古人、不见吾狂耳[9]。知我者,二三子[10]。

〔1〕此罢居瓢泉之作。邑:指铅山县邑。仆:自我谦称。此词:指《贺新郎》词调。停云:停云堂。意:猜度,料想。援例:依照前例。指以词赋邑中园亭事。庶几:差不多。渊明思亲友:晋代陶潜有《停云》诗四首,自谓是"思亲友"之作。

〔2〕"甚矣"三句:谓己十分衰老,感叹生平交游所剩无几。甚矣吾衰矣:《论语·述而》记孔子语:"甚矣吾衰矣,久矣吾不复梦见周公。"

〔3〕"白发"两句:岁月蹉跎,白发徒长;今日万事,唯一笑了之。白发空垂三千丈:李白《秋浦歌》:"白发三千丈,缘愁似个长。"以夸张手法写愁之长。空,徒自,白白地。

〔4〕"问何物"句:设问,而今什么东西能博得你的喜爱。能令公喜:《世说新语·宠礼篇》称王恂、郗超并有奇才,为大司马桓温所赏识。荆州时语谓此二人"能令公喜,能令公怒"。辛词借用此语。

〔5〕妩媚:形容青山秀丽美好。按,此句借用唐太宗赞赏魏征语:"人言征举动疏慢,我但见其妩媚耳。"(《新唐书·魏征传》)应如是:应该也是如此。

〔6〕"一尊"三句:我现时对酒思友的情绪,想必正与当年陶潜写《停云》诗时相仿。一尊搔首东窗:化用陶潜的《停云》诗:"静寄东轩,春醪独抚。良朋悠悠,搔首延伫。"搔首,挠头,烦急貌。就:成。

〔7〕"江左"两句:当年江左的名士,以酣酒而求名利,哪里真知酒

中的妙理。江左沉酣求名者:指南朝的那些纵酒放浪的名士清流。江左,长江以东。晋室南渡,东晋及宋、齐、梁、陈相继建都金陵,占领江左一带,史称南朝。浊醪(láo 劳):浊酒。

〔8〕云飞风起:暗用汉高祖刘邦《大风歌》中的诗句:"大风起兮云飞扬,威加海内兮归故乡,安得猛士兮守四方。"

〔9〕"不恨"两句:袭用南朝张融语:"不恨我不见古人,恨古人不见我。"(《南史·张融传》)狂:指愤世嫉俗的狂态。

〔10〕"知我者"两句:真知我心者,二三子而已。二三子:借用孔子对其学生的称谓,指少数几个知心朋友。

如题序云,词为"停云"山水而赋,更仿渊明《停云》饮酒思友之意,颇类词中《停云》。但此词与其《声声慢·檃括渊明〈停云〉诗》那种纯粹拟古不同,而是别有含意,抒发自己现实情怀。劈首一声浩然长叹,用孔丘半面语,而老去不梦周公、其道难行之意自在其中。交游零落,点出思友题旨。"白发"应"甚衰","空"字伤有志难伸,"一笑"中自含悲凉。以下引青山为知音,曲笔传意,仍是殷切思友和政治上的孤寂之情。换头从饮酒着笔。"停云"对酒赋词,自况渊明风味,是又一种"情与貌,略相似"。此仰慕渊明亮风高节,谓其是真知酒之妙理者。继之抨击江左"清流","醉中亦求名",实是借古喻今。由今而念及国事身世,悲愤不禁,遂生"叫起风云"的狂态。无奈古人既无由见吾狂态,而今人知我者,也不过"二三子"而已。据同时人岳珂说,稼轩特好此阕,常自诵其警句"我见青山"及"不恨古人"数句,"每至此,则拊髀自笑。"(见岳著《桯史》)

六州歌头

属得疾,暴甚,医者莫晓其状。小愈,困卧无聊,戏作以自释[1]。

晨来问疾,有鹤止庭隅[2]。吾语汝[3]:"只三事,太愁余[4]:病难扶,手种青松树,碍梅坞,妨花径,才数尺,如人立,却须锄[5]。(其一)秋水堂前,曲沼明于镜,可烛眉须。被山头急雨,耕垄灌泥涂。谁使吾庐,映污渠[6]?(其二) 叹青山好,檐外竹,遮欲尽,有还无。删竹去,吾乍可,食无鱼;爱扶疏,又欲为山计。千百虑,累吾躯[7]。(其三)凡病此,吾过矣,子奚如[8]?"口不能言臆对[9]:"虽卢扁药石难除[10]。有要言妙道(事见《七发》),往问北山愚,庶有瘳乎[11]。"

〔1〕此罢居瓢泉之作。属(zhǔ 主):恰适,正当。暴甚:指病得厉害。小愈:病情稍见好转。自释:自我解愁排闷。

〔2〕"晨来"两句:清晨,有鹤飞来探病。止庭隅(yú 鱼):停歇在院落的一角。

〔3〕语:告诉。按,以下至"子奚如",为词人对鹤讲的话。

〔4〕余:我。

〔5〕"病难扶"七句:此第一事。言青松妨碍了去梅坞的花径。病难扶:病得难以扶持。梅坞(wù 勿):梅苑。花径:花间小路。却须锄:必须立即铲除。

〔6〕"秋水"七句:此第二事。言山水带泥,污染了堂前明澈如镜的水池。秋水堂:在稼轩瓢泉居处。曲沼(zhǎo 找):弯曲的水池。烛:照见。耕垄:指耕田。垄,田埂。吾庐:即指临水的秋水堂。污渠:污水池。

〔7〕"叹青山"十一句:此第三事。言竹林遮住青山,待伐竹,又不忍割爱。青山、竹林,两美不能兼得,愁心损人。有还无:言青山为竹林

遮掩,有等于无。乍可:宁可。食无鱼:冯谖弹铗作歌曰:"长铗归来乎,食无鱼。"扶疏:枝叶繁茂,疏密有致。为山计:为青山作想。累吾躯:累坏了我的身子。

〔8〕"凡病此"三句:向鹤请教治病之法。吾过矣:我错了。语出《礼记·檀弓》:"子夏投其杖而拜曰:'吾过矣,吾过矣,吾离群而索居,亦已久矣。'"子奚如:你(鹤)以为该怎么办?

〔9〕"口不"句:鹤口不能言,猜度它心里回答说。语出贾谊《鵩鸟赋》:"鵩乃叹息,举首奋翼,口不能言,请对以臆。"臆对:心里回答。臆,通"意"。按,以下为白鹤"臆对"的话。

〔10〕"虽卢扁"两句:纵然卢扁再生,无奈药物无效,难以治好你的病。卢扁:即古代名医扁鹊,因家居卢地,也称卢扁。

〔11〕"有要言"三句:治病全仗要言妙道,去请教北山愚公,也许病愈有望。要言妙道:中肯之言和精妙之理。语出西汉枚乘《七发》,吴客对楚太子说:你的病无须药物治疗,"可以要言妙道说而去也"。北山愚:"北山愚公"事,见《列子·汤问》。庶:大概、也许。瘳(chōu 抽):病愈。

词写隐居生活中的思想苦闷。三件事,琐碎微细,何堪言愁?更何以致病?虽欲求微言大义而不能,充其量说得尘居与隐居各有其忧。然而读鹤之臆对,却恍惚略见端倪。其一,言此病药石难除,唯"要言妙道"可去。这说明是心病,而心病还须心药医。其二,心药何处可求?"往问北山愚"。北山愚公有何仙丹妙药?按其移山一事的常理度之,则知其不可而为之,或精诚所至,天亦助之。果如是,则稼轩乃借鹤语而曲传其未忘国忧之意,婉陈其不甘寂寞之志。就写法说,此词假设主宾而问答,叠层铺叙而韵散结合。全篇由问疾、告疾、治疾三段组成。告疾一段,总起分述,并列三事,以致打破词上下片必须换意的定格。

沁园春

和吴子似县尉[1]

我见君来,顿觉吾庐,溪山美哉[2]。怅平生肝胆,都成楚越;只今胶漆,谁是陈雷[3]?搔首踟蹰,爱而不见,要得诗来渴望梅[4]。还知否:快清风入手,日看千回[5]。　　直须抖擞尘埃。人怪我柴门今始开[6]。向松间乍可,从他喝道;庭中且莫,踏破苍苔[7]。岂有文章,谩劳车马,待唤青刍白饭来[8]。君非我,任功名意气,莫恁徘徊[9]。

〔1〕作于庆元五年(1199)前后,时稼轩罢居铅山瓢泉。吴子似县尉:吴绍古,字子似,江西鄱阳人,时任铅山县尉。有史才,并善诗。与稼轩交往颇密,常相互唱和。

〔2〕"我见"三句:言友人到来,顿使茅屋生光,山水增辉。

〔3〕"怅平生"四句:感叹平生知己疏远,唯与吴子相与情深。肝胆楚越:肝、胆虽近,却如远隔楚、越。喻知交疏远。语出《庄子·德充符》:"自其异者视之,肝胆皆楚、越。自其同者视之,万物皆一也。"胶漆陈雷:据《后汉书·独行传》,陈重、雷义两人交谊甚厚,每当官府举荐时,他们都互相推让而不应命。乡里赞曰:"胶漆自谓坚,不如雷与陈。"胶漆,胶与漆一经黏合,便无从分开。喻友谊之坚牢。

〔4〕"搔首"三句:《诗经·邶风·静女》:"静女其姝,俟我于城隅;

爱而不见,搔首踟蹰。"原是说姑娘赴约时,故意隐而不见,逗得男方直挠头皮,徘徊不已。辛词借以形容想见友人时烦躁不安的心情。爱:"薆"的借字,隐蔽貌。踟蹰(chí chú 迟除):迟疑不决,徘徊不前貌。渴望梅:活用"望梅止渴"事(见《世说新语·假谲篇》),喻盼诗之心切。

〔5〕清风:喻诗篇。《诗经·大雅·烝民》:"吉甫作诵,穆(美)如清风。"

〔6〕"直须"两句:谓自己振起精神,欢迎吴子的到来。抖擞尘埃:抖落掉衣上的尘土。柴门今始开:化用杜甫《客至》诗意:"花径不曾缘客扫,蓬门(即柴门)今始为君开。"

〔7〕"向松间"四句:为欢迎做官的友人到来,不惜打破居处的谧静,但请不要踏破院落中的苍苔。乍可:宁可,只可。花间喝道:《义山杂纂》以为"杀风景事,一曰花间喝道"。喝道,指官府出行时,必随以鸣锣开道之声。踏破苍苔:宋滏水僧人宝麐(nún)诗:"只怪高声问不应,瞋(恼)余踏破苍苔色。"(引见苏轼《书麐公诗后》小序)

〔8〕"岂有"三句:自愧无才,徒劳友人来访,自己将殷勤待客。岂有文章,谩劳车马:化用杜甫《宾至》诗意:"岂有文章惊海内,谩劳车马驻江干(江边)。"谩劳,徒劳。青刍(chú 除)白饭:化用杜甫《入秦行》诗意:"为君沽酒满眼酤,与奴白饭马青刍。"青刍,喂马的青草。

〔9〕"君非我"三句:勉励友人当以功名自许,不可似我徘徊流连于山水之间。恁:如此,这般。

词写深挚的友情。稼轩老来隐居,交游零落,是以吴某情谊弥足珍贵。上片由爱人而爱及友人之诗,下片由始开柴门而从他花间喝道,到青刍白饭以待客,叠层铺叙,备言友情。然句句隶事,"无一字无来处",以学问为词,尤其"肝胆楚越"之类太觉生僻,读来不无艰涩之弊。由是反觉起结为好。起以茅庐山水的放光添彩,托出宾至主喜之情,亲切有致。稼轩平生"以气节自负,以功业自许"(范开《稼轩词》序),结处却冀友人莫效己之流连丘壑,当以立功建业自勉,情从肺腑中自然流出,读后令人惋惜,哀叹,悲愤不已。

鹧鸪天

寻菊花无有,戏作[1]。

掩鼻人间臭腐场,古来惟有酒偏香[2]。自从来住云烟畔,直到而今歌舞忙[3]。　　呼老伴,共秋光,黄花何处避重阳[4]?要知烂漫开时节,直待西风一夜霜[5]。

〔1〕作期同《沁园春·和吴子似县尉》。

〔2〕"掩鼻"两句:谓官场腐臭,令人掩鼻;美酒飘香,一醉忘忧。掩鼻:捂鼻。

〔3〕"自从"两句:言隐退田园后,忘却世事,唯以歌舞自娱。云烟畔:云烟缭绕之处,借指山水幽美的隐居之地。

〔4〕"呼老伴"三句:欲与老伴共赏重阳秋色,不想遍野菊花无觅。老伴:此指老妻。黄花:菊花。重阳:古人以阴历九月九日为重阳节,并有登高饮酒赏菊的风俗。

〔5〕"要知"两句:谓菊花要待西风严霜过后,始烂漫开放。

此词命意用笔颇见变化。上片直抒胸臆,言自己所以嗜酒歌舞,傲啸云烟,是由于官场腐臭,令人不堪忍受,终于掩鼻而去。下片曲笔传意,以寻菊起兴,引出结尾两句:"要知烂漫开时节,直待西风一夜霜。"盛赞菊花不畏严寒,凌霜怒放的风流标格。细细体会,颇有以花自喻之意。

水调歌头

赵昌父七月望日用东坡韵叙太白、东坡事见寄,过相褒借,且有秋水之约;八月十四日余卧病博山寺中,因用韵为谢,兼寄吴子似[1]。

我志在寥阔,畴昔梦登天[2]。摩挲素月,人世俯仰已千年[3]。有客骖鸾并凤,云遇青山、赤壁,相约上高寒[4]。酌酒援北斗,我亦虱其间[5]。　　少歌曰[6]:"神甚放,形则眠[7]。鸿鹄一再高举,天地睹方圆[8]。"欲重歌兮梦觉,推枕惘然独念:人事底亏全[9]?有美人可语,秋水隔婵娟[10]。

〔1〕作于罢居铅山时期。望日:阴历十五称望日。用东坡韵:指用苏轼著名的《水调歌头》中秋词的韵脚。叙太白、东坡事:未见赵昌父原词,其事不详。参阅本篇注〔4〕。过相褒借:对我赞扬过甚。秋水之约:约会于瓢泉秋水堂。吴子似:见前《沁园春·和吴子似县尉》注〔1〕。

〔2〕"我志"两句:言己向往神游太空,昨晚梦中登天。寥阔:即寥廓。此指宇宙太空。畴(chóu愁)昔:昨晚。畴,此作助词,无义。昔,通

"夕"。《楚辞·九章》:"昔余梦登天兮。"

〔3〕"摩挲"两句:揽月俯仰之间,人世已过千年。摩挲(suō梭):用手抚摸。素月:皎洁的明月。俛仰:即俯仰,抬头低头之间。俛,"俯"的异体字。

〔4〕"有客"三句:有客乘鸾跨凤,和李白、苏轼相约,共上月宫游赏。按,此当为题序"叙太白,东坡事"中的一部分。客:指赵昌父。骖(cān 餐):古代驾车时位于两旁的马。这句是说以鸾和凤为"骖"。云:说。青山、赤壁:代指李白和苏轼。李白死后葬于青山(在今安徽省当涂县);苏轼贬官黄州时,有赤壁之游,并有词(《念奴娇·赤壁怀古》)、赋(前后《赤壁赋》)名世。高寒:天上高寒之处,指月宫。苏轼《水调歌头》:"我欲乘风归去,惟恐琼楼玉宇,高处不胜寒。"

〔5〕"酌酒"两句:他们以北斗为勺,开怀畅饮,我也有幸厕身其间。酌酒援北斗:《楚辞·九歌》:"援北斗兮酌桂浆。"援,拿。虱其间:韩愈《泷吏篇》:"得无虱其间,不文亦不武。"虱,作动词,意谓无才而渺小,不配与他人为伍。

〔6〕少歌:小声吟唱。楚辞《九章·抽思》有"少歌"一词,王逸注:"小唫(吟)讴谣以乐志也。少,亦作小。"

〔7〕"神甚放"两句:形体虽眠,神魂却自由腾飞。

〔8〕"鸿鹄"两句:言神魂如鸿鹄不断腾飞向上,想看一看天地是方是圆。按,这几句本自贾谊《惜誓》:"黄鹄之一举兮,知山川之纡曲;再举兮睹天地之圆方。"鸿鹄(hú胡):大雁,天鹅。古人常合二为一,指能展翅高飞的大鸟。鹄,亦称黄鹄。

〔9〕"欲重歌"三句:梦觉深思:人事何以有亏有全?重歌:再唱。惘然:若有所失貌,疑惑不解貌。底:为什么。亏全:缺损与圆满。

〔10〕"有美人"两句:纵有知己可语,但有漫漫秋水相隔之憾。这两句用杜甫《寄韩谏议》诗意:"美人娟娟隔秋水。"美人:指知己朋友,即

指吴子似。婵娟:姿容美好。

词用东坡《水调歌头》中秋词韵,情韵亦略近之。词以志在寥阔而"梦登天"领起,以下直至"天地方圆",均属虚幻梦境、仙境。揽素月而超越尘世,跨鸾凤而遨游太空,飘飘乎欲仙。邀太白偕东坡直上高寒,援北斗而饮,敞胸怀而歌,人间何来此乐?形眠神驰,鸿鹄凌霄,一览天地方圆,则又无疑屈子上下求索之意。由此可见,词人承《离骚》馀韵,继太白、东坡遗风,着力于精神的追求,理想的探索。而这一切在污浊的现实中无法实现,唯有托诸梦幻,其悲可知。词人梦觉而惘然一问,正是此种矛盾心理的反映。此情此境,非知音不能相语。结二句应题,化用杜甫诗意,表示对友人殷切的思念,感情真挚而深沉。

鹧鸪天[1]

石壁虚云积渐高,溪声绕屋几周遭[2]。自从一雨花零落,却爱微风草动摇[3]。　　呼玉友,荐溪毛,殷勤野老苦相邀[4]。杖藜忽避行人去,认是翁来却过桥[5]。

〔1〕亦是闲居瓢泉之作。

〔2〕"石壁"两句:写白云笼山,溪水绕屋之景。石壁:陡峭的山崖。积:指浮云堆积。周遭:周围。刘禹锡《石头城》:"山围故国周遭在。"

〔3〕"自从"两句:花虽落去,犹爱风中芳草。

〔4〕"呼玉友"三句:言野老相邀作客。野老:农村父老。玉友:一种米制的白酒。《珊瑚钩诗话》:"以糯米药曲作白醪,号玉友。"荐:奉

献。溪毛:一种生于涧边溪畔的野菜。

〔5〕"杖藜"两句:谓野老过桥迎客。杖藜:扛着藜杖的老人。杖,扛着。藜,一种植物,茎高五六尺,其老韧者可作杖用。

此村居小唱,富有田舍风味,农家情趣。格调清新自然,流露出一种轻松愉悦之情。上片写景,是作客途中所见。白云溪水,无限清幽。以下由落花带出芳草,虽是暮春景象,却无一点伤春意绪。下片野老招宴,虽无珍馐佳肴,但野蔬薄酒足表农家淳朴好客之意。"殷勤"而继之以"苦",则被邀者自当难负盛情佳意了。结二句刻画野老心理情态尤妙:桥头迎客,因老眼昏花,屡屡误将行人作客。今回又将"忽避"开去,而细认之下,确乎辛翁,于是立即拄杖过桥,热诚相迎。寥寥十四字,言简意赅,一波三折,逼真传神而富谐趣。

贺新郎

题傅岩叟悠然阁[1]

路入门前柳。到君家、悠悠细说,渊明重九[2]。岁晚凄其无诸葛,惟有黄花入手。更风雨、东篱依旧[3]。陡顿南山高如许,是先生、拄杖归来后[4]。山不记,何年有[5]。　　是中不减康庐秀。倩西风为君唤起,翁能来否[6]?鸟倦飞还平林去,云自无心出岫。腾准备、新诗几首[7]。欲辨忘言当年意,慨遥遥、我去羲农久[8]。天下事,可无酒[9]。

〔1〕作于庆元六年(1200)前,稼轩罢居铅山瓢泉期间。傅岩叟:傅为栋,字岩叟,江西铅山人,曾为鄂州州学讲师。与稼轩来往甚密,彼此唱和颇多。悠然阁:傅岩叟庭宅中的一座亭阁。陶渊明《饮酒》诗:"采菊东篱下,悠然见南山。"岩叟以"悠然"名阁,表示对陶的衷心仰慕。

〔2〕"路入"三句:穿柳入门,共话渊明重九轶事。门前柳:陶渊明《五柳先生传》:"门前有五柳树,因以为号焉。"此借指傅家。渊明重九:据肖统《渊明传》,九月九日,渊明出外采菊,恰好王宏送酒到此。渊明即地而饮,大醉始归。重九,即指重阳节。

〔3〕"岁晚"三句:感叹渊明晚年虽以诸葛亮自况,却无诸葛亮的际遇。东篱风雨依旧,唯有采菊自娱。岁晚凄其无诸葛:黄庭坚《宿彭泽怀陶令》诗:"岁晚以字行,更始号元亮。凄其无诸葛,肮脏(刚直倔强貌)犹汉相。"意谓渊明晚年以"元亮"为号,颇有以诸葛自喻之意。但同为刚直不阿,诸葛犹得以官至汉蜀丞相,而渊明却生不逢时,凄其终身。凄其,凄凉萧索。其,语尾助词,无义。黄花:菊花。东篱:见本篇注〔1〕陶渊明《饮酒》诗。

〔4〕"陡顿"两句:谓渊明弃官归来,顿使南山变得高洁起来。陡顿:突然变化。宋时方言,同"斗顿"。南山:见本篇注〔1〕陶渊明《饮酒》诗。指庐山。

〔5〕"山不记"两句:不记何年始有此南山。意承上文,谓但知山以人(指陶渊明)名世。

〔6〕"是中"三句:谓悠然阁风光之秀不亚于庐山,请西风唤起陶潜来游,不知他能赏光否?是中:这中间,指悠然阁。康庐:即指江西庐山。陶潜隐居柴桑,正在庐山脚下。庐山,亦名匡山、匡庐。宋人因避宋太祖赵匡胤讳,改称康庐。倩:此同"请"。君:指悠然阁的主人傅岩叟。翁:

指陶潜。

〔7〕"鸟倦"三句:借陶诗自况,谓己倦于仕宦,乐于山水,唯有献上几首新诗。"鸟倦"两句:化用陶潜《归去来兮辞》:"云无心以出岫,鸟倦飞而知还。"岫(xiù 秀):山峰。賸(shèng 圣):同"剩",馀下。新诗几首:即新词几首。稼轩有《贺新郎》二首、《水调歌头》一首赋悠然阁,故有此语。

〔8〕"欲辨"两句:化用陶诗:"此中有真意,欲辨已忘言。"(《饮酒》诗第五首)"羲农去我久,举世少复真。"(《饮酒》诗第二十首)慨叹如今世风日下,无复上古时代的纯朴心地,很难像陶潜那样,深刻会心自然景物中的微妙真意。欲辨忘言:谓很难用语言表达,唯有靠身心去体会。羲农:伏羲氏和神农氏,上古时代传说中人。

〔9〕"天下事"两句:天下事不堪一提,唯有饮酒。陶潜《饮酒》(第二十首)诗:"若复不快饮,空负头上巾。但恨多谬误,君当恕醉人。"

悠然阁取名于陶诗,稼轩生平又极仰慕陶潜,所以词中句句不离陶事、陶语。不惟用来自然贴切,而且颂陶托意,隐然自身情怀。一起"门前柳"三字,便欣然道出此间有五柳先生遗风。"悠然细说",语意双关,切阁名无痕。以下皆"悠然细说"文字。渊明归来,青山增色;读稼轩"青山意气峥嵘,似为我归来妩媚生"(见前《沁园春》),知非偶合。下片以悠然阁风光与匡庐并举,故有倩西风唤陶翁共游之想。"鸟倦"数句似写悠然阁景色,实借陶诗抒怀。"欲辨"以下,陶耶?吾耶?更是浑然莫辨,而其感叹世风日下之意甚明。结韵"天下事"三字欲放还敛,旋以"可无酒"慨然作结,寓时局不堪收拾于言外。谓晋?抑或南宋?当在似与不似之间,全在知辛者心领神会。

浣溪沙

偕杜叔高、吴子似宿山寺戏作[1]

花向今朝粉面匀,柳因何事翠眉颦[2]?东风吹雨细于尘。

自笑好山如好色[3],只今怀树更怀人[4]。闲愁闲恨一番新。

〔1〕作于庆元六年(1200),时稼轩仍罢居铅山瓢泉。偕:同,和。杜叔高:稼轩友人。叔高曾于淳熙十六年(1189)一访辛于带湖,此二访辛于瓢泉。据稼轩《瀑布》诗自注,正是庆元六年。

〔2〕"花向"两句:以美人粉面、翠眉喻春花春柳之美。颦(pín 贫):皱眉。

〔3〕好山如好色:化用孔子语:"吾未见好德如好色者也。"(《论语·子罕篇》)并脱胎于苏轼《自径山回和吕察推》诗:"多君贵公子,爱山如爱色。"

〔4〕怀树怀人:朱熹注《诗经·召南·甘棠》云:"召伯循行南国,以布文王之政。或舍甘棠之下,其后人思其德,故爱其树而不忍伤也。"谓因怀人而爱树。辛词则说由怀树而怀人。

此春日小唱。春花展容,如佳人脂粉轻匀,欣然新妆;而新柳紧皱未伸,则恰似少女含愁颦眉;东风微拂中的丝丝春雨细如轻尘,飘洒半空。上片描绘自然春色,词清句丽,有情多姿,别有风韵。下片因景抒怀,以

"自笑"领起,应词序"戏作"二字。孔子云:"未见好德如好色者也。"词人偏偏"好山如好色",不好德而好山水。既然弃政归田,乐于山水,理当超世绝尘,无奈"怀树更怀人",不禁时念故人知音。这就无端平添出一番新愁新恨。命笔新巧,不落窠臼。"自笑"两句流水对兼句中对;下片三句又各以两字重叠,读来既流利清畅,又别具音韵之美。

浣溪沙[1]

父老争言雨水匀,眉头不似去年颦[2]。殷勤谢却甑中尘[3]。　　啼鸟有时能劝客,小桃无赖已撩人[4]。梨花也作白头新[5]。

〔1〕与上阕《浣溪沙》同韵,当作于同年,即庆元六年(1200)。

〔2〕"父老"两句:言今年风调雨顺,父老展眉解愁。

〔3〕"殷勤"句:言可以不再受饥挨饿。谢却:辞却。甑(zèng 赠)中尘:蒸食用的炊具里积满灰尘,意谓久久无米可做。《后汉书·独行传》载,范冉(字史云)住房简陋,有时甚至绝米断炊。乡里歌曰:"甑中生尘范史云。"辛词据此。

〔4〕无赖:顽皮可爱。撩:挑逗,撩拨。

〔5〕白头新:白色的新花。梨花色白,故以"白头"喻之。

关怀民生疾苦,于诗屡见,于词则罕。东坡首开其风,稼轩继之。好雨当春,收成有望。喜听父老争言,喜见父老解颦。"殷勤"句承"去年"而来,甑中生尘,足见往岁生活之艰辛。下片以情观景,则一花一鸟无不悦目赏心。小鸟宛转歌喉,似劝客开怀畅饮;小桃初展笑靥,娇丽可爱,撩人情思;一树梨花盛开,恰如满头白花,推出异样新妆。绘景纯用白描,以人拟物,生气勃勃,欢快跳动,足见词人由衷欣喜之情。

归朝欢

题赵晋臣敷文积翠岩[1]

我笑共工缘底怒,触断峨峨天一柱[2]。补天又笑女娲忙,却将此石投闲处[3]。野烟荒草路。先生拄杖来看汝[4]。倚苍苔,摩挲试问:千古几风雨[5]? 长被儿童敲火苦,时有牛羊磨角去[6]。霍然千丈翠岩屏,锵然一滴甘泉乳[7]。结亭三四五。会相暖热携歌舞[8]。细思量:古来寒士,不遇有时遇[9]。

〔1〕作期同上。赵晋臣敷文:赵不遇,字晋臣,江西铅山人。庆元六年(1200)罢职家居,与稼轩过从甚密,彼此多有唱和。赵曾为敷文阁学士,故称以"敷文"。积翠岩:当在上饶。"题"字有可能是"和"字之误。

〔2〕"我笑"两句:笑共工无端发怒,触断巍巍天柱。共工:古代传说中的部族首领。据《史记·三皇本纪》说:女娲氏末年,共工与祝融交战(《淮南子·天文训》则说与颛顼争帝),兵败,怒触不周山,以致天柱折倒,地维(系住大地的绳子)断裂。缘底:为什么。天一柱:即天柱,俗称擎天柱。

〔3〕"补天"两句:笑女娲补天奔忙,却将一块补天的五彩石投在闲

193

处。女娲(wā蛙)补天:传说共工怒触不周山,天崩地陷,女娲遂炼五色石以补天。此石:女娲补天之石,即指积翠岩。

〔4〕"野烟"两句:词人拄杖来到荒郊野外探视积翠岩。汝:你,指积翠岩。

〔5〕"倚苍苔"三句:问积翠岩千百年来,历经几多风雨侵蚀?倚苍苔:靠在长满苍苔的积翠岩上。摩挲:抚摸。

〔6〕"长被"两句:韩愈《石鼓歌》:"牧儿敲火牛砺角,谁复着手为摩挲。"辛词借用其意,谓牧童敲火(击石取火),牛羊磨角,积翠岩不胜骚扰之苦。

〔7〕"霍然"两句:忽然积翠岩以其千丈翠屏的雄姿出现在人们眼前,并有甘泉滴响其间。锵(qiāng枪)然:一般形容金属撞击声,此状甘泉滴水时清脆悦耳的响声。

〔8〕"结亭"两句:建几个小亭,待到春暖花开,此间自有歌舞盛会。携歌舞:指游赏者带来歌儿舞女。

〔9〕"细思量"三句:言古来寒士不遇者有时也能得到际遇。不遇:指怀才不遇。古人多有不遇之叹,如董仲舒作《士不遇赋》,司马迁有《悲士不遇赋》,陶潜也有《感士不遇赋》。赵晋臣名不遇,故词人有此语。

友人晋臣罢职家居,稼轩深有惋叹,遂借赋积翠岩而托意。因境遇相似,故间或有自我身世之感。此词托物寄意,既想象奇特,极富浪漫色彩,又植根现实,感情十分深厚。一起便奇思妙语,迭用两则神话传说,喻积翠岩为断折之天柱、补天之彩石。"投闲"二字,语意双关,而又用来自然贴切,无斧凿痕。拄杖探视于荒野,摩挲相询以风雨;虽具擎天之材,终无补天之用。情至厚,意至深。牧儿敲火,牛羊磨角,岂止冷落无闻而已,乃有不堪明言之痛楚。"霍然"以下,陡然振起,千丈翠屏大放异彩,终为时人所赏识。词以"细思量"三句结穴。"不遇有时遇",妙语双关,更一石三鸟:既概言古今怀才不遇之人事,又暗指友人赵不遇终有际遇之时,三则自叹今生未必"有时遇"。

鹊桥仙

席上和赵晋臣敷文[1]

少年风月,少年歌舞,老去方知堪羡[2]。叹折腰五斗赋《归来》,问走了、羊肠几遍[3]？　　高车驷马,金章紫绶,传语渠侬稳便[4]。问东湖、带得几多春,且看凌云笔健[5]。

[1] 作期同上。
[2] "少年"三句:言人老去方知羡慕少年之欢乐。
[3] "叹折腰"两句:今日归来,不堪回首仕途辛劳。"折腰"句:陶潜为彭泽令时曾叹曰:"我不能为五斗米折腰向乡里小人。"于是弃官归里,并作《归去来兮辞》。见《宋书·陶潜传》。羊肠:曲折小路,此喻仕途。
[4] "高车"三句:传语达官显宦,且容你等恣意为之。高车驷马,金章紫绶(shòu寿):乘坐四马高车,佩金印,挂紫带。此以车骑和服饰代指达官显宦。渠侬:他们,即指达官显宦。稳便:任意所为。
[5] "问东湖"两句:言友人此番归来,可以从容大显诗才。东湖:在豫章(今江西南昌市),赵晋臣由江西漕使任所罢归,故有此问。凌云笔健:才思高超,笔力刚健。此借用杜甫评北朝诗人庾信语:"庾信文章

老更成,凌云健笔意纵横。"(《戏为六绝》之一)

赵晋臣仕途失意,罢职归舍,稼轩作此词劝慰。但语多切肤之慨,又间涉讥讽,自非等闲应酬之作。上片用对照手法写来,语意极为沉痛。风月歌舞,少年乐事,何以老来始美?似是感叹老去兴衰,实则惋惜少壮之时勤于政事,而疏于风月。早知今日,何必当初,政治牢骚可于言外得之。次二句从回顾着笔,补足发端文意。羊肠,喻仕途坎坷艰辛,由此不难体会渊明作《归来》赋的心境。宜矣,归去来兮。换头三句,意谓功名富贵于我如浮云,况"金章紫绶"能有多久,何足美慕。此讥嘲显要,慰抚友人,一笔两意。结二句语秀笔健,疏宕有致,足令友人欣慰:人生自有知己。

生查子

简吴子似县尉[1]

高人千丈崖,太古储冰雪[2]。六月火云时,一见森毛发[3]。
俗人如盗泉,照影都昏浊[4]。高处挂吾瓢,不饮吾宁渴[5]。

〔1〕作期同上。简:书信。此作动词用。
〔2〕"高人"两句:言高人如千丈冰雪高崖。太古:远古。
〔3〕火云:火烧云,赤色的云,极言天时之炎热。李商隐《送崔珏往西州》:"一条雪浪吼巫峡,千里火云烧益州。"森毛发:毛发森然,此含凛

然见畏之意。

〔4〕"俗人"两句:言俗人如同盗泉,照影影也昏浊不明。盗泉:在今山东泗水县。县境有泉八十七处,汇成泗水。相传唯盗泉不流。

〔5〕"高处"两句:即便高处挂瓢,我也宁渴勿饮盗泉之水。高处挂瓢:据《逸士传》:"许由捧水饮。人遗一瓢,饮讫,挂木上,风吹有声。由以为烦,去之。"不饮宁渴:《尸子》:"孔子过于盗泉,渴矣而不饮,恶其名也。"

此以词代简,扬清激浊,主旨甚明。上下片清浊对举,对比鲜明;通篇比喻,生动具体。上片以千丈冰崖比拟高人,言其崇伟孤傲,亮节高风,虽六月火云之境,无改其清纯冰雪之姿,望之令人敬畏。此即颂吴子似诸君子。下片以盗泉喻俗人,泉水混浊,照影也觉昏而不明,望之顿生厌恶之心。虽挂瓢而不取,宁干渴而不饮。此所以近高士而远俗客,非吴子不交纳也。同时,这也隐含宁清贫而节操自守、终不同流合污之意。

夜游宫

苦俗客[1]

几个相知可喜[2],才厮见、说山说水[3]。颠倒烂熟只这是[4]。怎奈向[5],一回说,一回美。　　有个尖新底[6],说底话、非名即利。说得口干罪过你[7]。且不罪[8];俺略起,去洗耳[9]。

〔1〕作期同上。苦俗客:苦于俗客的骚扰。

〔2〕相知:犹言相好的。

〔3〕厮见:相见。

〔4〕只这是:只是这一些。指说来说去老一套。

〔5〕怎奈向:如何,怎么办,此宋人习用口语。向,语尾助词,起加强语气作用。

〔6〕尖新底:别致的,特殊的。底,犹今之"的"。

〔7〕罪过:难为,多谢。今江苏北部仍用此语。但词人于此作反语,有讽嘲意。

〔8〕不罪:不要责怪我。

〔9〕洗耳:今言"洗耳恭听",表示对说话人的恭敬。此处相反,表示厌闻其语。据《高士传》载,古代著名隐士许由洗耳于颍水之滨。其友巢父问其故。许由对曰:"尧欲召我为九州长,恶闻其声,是故洗耳。"

此犹前《千年调》(卮酒向人时)词,亦绝妙讽刺小品。或谓上片言高士,下片言俗客,当非。题为"苦俗客",说明专指"俗客"。细味起二句,微带揶揄口吻。"颠倒烂熟",贬词无疑。"怎奈向",无可奈何之意甚明。就俗客言,说一回,美一回,自觉津津有味。就听者言,滚瓜烂熟老一套。由此可知,上片当是讽嘲故作清高、附庸风雅的俗客。下片言某人滔滔不断,"非名即利",堪称俗中之最,尤不足与语,唯有离去洗耳。词为"俗客"画像,又紧扣一个"苦"字以抒高洁胸怀。通篇冷讽热嘲,语辞浅俗而俏皮,流畅而犀利。

雨中花慢

登新楼,有怀赵昌父、徐斯远、韩仲止、吴子似、杨民瞻[1]。

旧雨常来,今雨不来,佳人偃蹇谁留[2]?幸山中芋栗,今岁全收[3]。贫贱交情落落,古今吾道悠悠[4]。怪新来却见:文《反离骚》,诗《发秦州》[5]。　　功名只道,无之不乐;哪知有更堪忧[6]!怎奈向、儿曹抵死,唤不回头[7]!石卧山前认虎,蚁喧床下闻牛[8]。为谁西望,凭栏一饷,却下层楼[9]。

〔1〕作于庆元六年(1200)秋,稼轩正罢居瓢泉。赵昌父、吴子似:分别见前《满庭芳》(西崦斜阳)、《沁园春》(我见君来)注。徐斯远:名文卿,江西上饶人。《叶水心文集·徐斯远文集序》赞其淡功名,乐山水,"以文达志,为后生法。"韩仲止:名淲,韩元吉之子。长期隐居不仕,自号涧泉,有诗名,与赵昌父并称"信(信州)上二泉"(赵号"章泉")。杨民瞻:不详。

〔2〕"旧雨"三句:言己孤独思友,切盼友人来会。旧雨、新雨:杜甫《秋述》:"秋,杜子卧病长安旅次,多雨生鱼,青苔及榻,常时车马之客,旧,雨来;今,雨不来。"意谓旧时宾客遇雨亦来,而今遇雨不来。南宋诗人范成大《新正书怀》诗云:"人情旧雨非今雨,老境增年是减年。"后用旧雨喻故人,今雨喻新交。佳人:指词序中提到的诸友人。偃蹇(yǎn jiǎn 眼简):困顿貌,谓仕途失意。

〔3〕"幸山中"两句:庆幸今岁芋(头)栗(子)丰收,意谓生活清贫自理。杜甫《南邻》诗:"锦里先生乌角巾,园收芋栗未全贫。"

〔4〕"贫贱"两句:叹人情淡薄,古道渺茫难求。贫贱交情落落:《汉书·郑当世传》:"翟公为廷尉,宾客亦填门。及废职,门外可设雀罗。

后复为廷尉,客欲往,翟公大署其门(书大字于门)曰:'一死一生,乃知交情;一贫一富,乃知交态;一贵一贱,交情乃见。'"辛词本此。落落,此作淡薄、疏远讲。吾道悠悠:杜甫《发秦州》诗:"大哉乾坤内,吾道长悠悠。"吾道,指自己所追求的政治理想和道德标准。悠悠,渺远不可及貌。

〔5〕"怪新来"三句:惊讶自己近来竟写出《反离骚》、《发秦州》那样的作品。《反离骚》:汉代杨雄所作。《汉书·杨雄传》谓悼屈原之作。说杨雄以为君子得时则行,不得时则隐,何必自伤其身。"往往摭《离骚》文而反之",故名《反离骚》。《发秦州》:为杜甫离秦州入蜀途中所写,共二十四首,备述一路所见所感,在诗人创作道路中占重要地位。

〔6〕"功名"三句:言功名之事似乐而实忧。无之不乐:没有功名便不乐。

〔7〕"怎奈向"两句:言儿辈不解此事,总是唤不回头。《苕溪渔隐丛话》载雪窦禅师偈语:"三分光阴二分过,灵台(心灵)一点不揩磨。贪生逐日区区(自得貌)去,唤不回头争奈何。"怎奈向:意同"怎奈何",见上篇注〔5〕。抵死:总是,老是。

〔8〕"石卧"两句:谓儿辈对功名事难辨真假虚实。石卧山前认虎:指李广射猎,以石为虎事。见前《八声甘州》(故将军饮罢)注〔4〕。蚁喧床下闻牛:《世说新语·纰漏篇》:"殷仲堪父病虚悸,闻床下蚁动,谓是牛斗。"

〔9〕"为谁"三句:望友不至,怏怏下楼。一饷:即一晌,一会儿。

此登楼思友抒怀之作。起结明说思友,中间就生活境遇、诗词创作、功名忧乐诸事娓娓写来,既自我抒怀,也似与知友促膝谈心,两者交融,倍觉自然亲切。上片由芋栗全收点出生活清贫,从而发出"贫贱交情落落,古今吾道悠悠"的感叹。言外之意,唯题序诸君子方是贫贱不移、生死与共的知己。下片写儿曹抵死不解功名之事,实也衬托唯诸君子与己气味相投,灵犀相通。词中对诗词创作的体会,正与诗"穷而后工"的传统说法相契合;而对功名之事"忧多乐少"的理解,则是二十多年宦海生涯的深刻总结,涵括了无限辛酸与悲愤。"文《反离骚》"和"石卧山前"两联,属对工稳新巧,足见词人用典使事和驾驭语言的非凡功力。

鹧鸪天

有客慨然谈功名,因追念少年时事,戏作[1]。

壮岁旌旗拥万夫,锦襜突骑渡江初[2]。燕兵夜娖银胡䩮,汉箭朝飞金仆姑[3]。　　追往事,叹今吾,春风不染白髭须[4]。却将万字平戎策,换得东家种树书[5]。

〔1〕约作于庆元六年(1200),时稼轩罢居瓢泉。少年时事:指青年时期的一段抗金经历。稼轩生于北地,宋高宗绍兴三十一年(1161),金主亮大举南侵。时稼轩二十二岁,聚众起义,后归耿京,为掌书记。次年春,奉表归宋,于北返海州途中,闻叛将张安国杀耿投金。遂率轻骑五十馀夜袭金营,捉叛张而兼程南渡,献俘朝廷(以上见《宋史本传》)。时人洪迈《稼轩记》评说:"壮声英概,懦士为之兴起,圣天子一见三叹息。"按,本词上片正是回忆这一段英雄往事。

〔2〕"壮岁"两句:回忆当年率众起义、突骑渡江情景。壮岁:少壮之时。拥万夫:率领上万名抗金义士。锦襜(chān 搀):锦衣。襜,短上衣。突骑(jì 计):突击敌军的骑兵。渡江:指南渡归宋。

〔3〕"燕兵"两句:描叙夜闯金营,活捉叛将的战斗场面。上句言金

兵戒备森严,下句言义军奔袭和突围。燕兵:指金兵。燕,战国时燕国,据有今河北北部和辽宁西部一带,此泛指被金人占领的中原地区。娖(chuò 辍):谨慎貌,小心翼翼的样子。银胡䩮(lù 路):饰银的箭袋,多用皮革制成。既用以盛箭,兼用于夜测远处声响。唐人杜佑《通典·守拒法》:"令人枕空胡䩮卧,有人马行三十里外,东西南北皆响于胡䩮中。名曰'地听',则先防备。"宋人《武经备要前集》也有类似之说。汉箭:用"汉"字代表"宋",指稼轩率领的部队。金仆姑:箭名。据《左传·庄公十一年》载,鲁庄公曾用此箭射伤宋国大将南宫长万。按,或谓上片仅写首次南渡事。言稼轩一行奉表至扬州,正值金主亮被部下射杀。稼轩等乘兵乱之际,冲过敌阵而渡江南去。

〔4〕春风不染白髭须:言春风染绿万物,却不能染黑我的白须。欧阳修《圣无忧》词:"春风不染髭须。"髭(zī 姿)须:胡须。

〔5〕"却将"两句:谓空有壮志宏略,只落得种树田园。万字平戎策:指抗金复国的良策。按,稼轩南归后,曾先后上《美芹十论》和《九议》,力陈抗金战略,但都未得朝廷重视,故有此叹。东家:东邻家。种树书:研究栽培树木的书籍。《史记·秦始皇本纪》记始皇焚书"所不去者,医药、卜筮、种树之书"。此喻归隐。韩愈《送石洪》诗:"长把种树书,人云避世士。"

稼轩令词中以豪壮沉郁见称者,除《菩萨蛮》(郁孤台下清江水)、《破阵子》(醉里挑灯看剑)诸篇外,此篇也堪为代表。词以"有客慨然谈功名"起兴,上片纯属回忆"少年时事",为稼轩平生最雄壮、也最难忘的一幕,刻骨铭心,一触即发。是以挥笔写来,不唯形象生动,境界壮阔,而且豪情满怀,意气风发,令人振奋不已。下片起二句抚今追昔,作一承转,以下就"叹今"抒发现时感慨。"春风"句叹壮时不再,但笔走轻灵,了无衰飒之态。结二句以互不关涉二事对举,形象地概括出南渡后的壮心抱负和落寞处境,于诙谐幽默中见牢骚悲愤。总观全词,上片"追往事",下片"叹今吾",今昔对照,讥刺时政和不甘终老田园之意甚明。

卜算子

漫兴[1]

夜雨醉瓜庐,春水行秧马[2]。点检田间快活人,未有如翁者[3]。　扫秃兔毫锥,磨透铜台瓦[4]。谁伴杨雄作《解嘲》,乌有先生也[5]。

〔1〕作期同上。漫兴:随意挥洒,即兴之作。按,此为"漫兴三首"中的第一首。

〔2〕"夜雨"两句:谓己夜醉瓜棚,闲看农人春雨插秧。瓜庐:看瓜用的小草棚。秧马:一种简单的木制插秧农具。苏轼《秧马歌序》:"予昔游武昌,见农夫皆骑秧马。……日行千畦。"

〔3〕点检:计算。翁:作者自称。

〔4〕"扫秃"两句:毛笔写秃了,砚台磨穿了,极言辛勤的笔耕生涯。兔毫锥:兔毛做成的笔。铜台瓦:铜雀台瓦做成的砚台。曹操曾于邺城筑铜雀台,后来当地人掘瓦为砚,"贮水数日不渗"(见《文房四谱》)。

〔5〕"谁伴"两句:言无人伴杨雄作《解嘲》,极言寂寞孤独。杨雄:西汉著名赋家。晚年埋首研究哲学、语言文字学,因不附时贵作《太玄》而淡泊自守。有人嘲其著书无用,乃作《解嘲》以辩驳。《解嘲》用主客问答式,文中之"客"为虚拟人物。乌有先生:汉赋家司马相如《子虚赋》

中的人物,与"无有"谐音,亦虚拟人物。后世即以"子虚乌有"喻假设中或不存在的人或事。

此即兴之作。一起两句写实,春雨霏霏,夜醉瓜庐,闲看秧马行进于春水之中,一派悠闲自适之态。以下即由此起兴,"点检"两句直以"田间快活人"自命,备见自我欣慰之情。下片由闲适自在的农耕生涯联想到清苦辛劳的笔耕生涯,慨叹扬雄作《解嘲》,何等孤独寂寞。显然,借古喻今,不无自况之意。由此使人想到,上片所谓"田间快活人",亦无非自我"解嘲"而已,词人胸中自有一段难以排遣的郁闷之气。

卜算子[1]

千古李将军,夺得胡儿马[2]。李蔡为人在下中,却是封侯者[3]。　　芸草去陈根,笕竹添新瓦[4]。万一朝家举力田,舍我其谁也[5]。

[1] 作期同上。此"漫兴三首"之三。
[2] "千古"两句:言汉将李广英勇善战,功勋卓著。据《史记·李将军列传》,广与匈奴战,敌众我寡,重伤被俘。匈奴人置广于绳网上,行于两马之间。广佯死,突然跃起夺得胡儿骏马,南驰以整残部。李将军:即李广,参见前《八声甘州·夜读李广传》。
[3] "李蔡"两句:言李广虽功勋卓著,却终无封侯之赏。而李蔡人品不过下中,名声去李广甚远,却得以封侯赐邑,位至三公(事见《史记·李将军列传》)。

〔4〕芸草:锄草。芸,同"耘"。陈根:老根。笕(jiǎn简)竹添新瓦:剖开竹子,使成瓦状,以作引水之具。笕,引水的长竹管。此作动词用。

〔5〕"万一"两句:如朝廷诏令举荐"力田",则非我莫属。朝家:朝廷。力田:选拔人才的科目。汉代设"力田"(努力耕作)、"孝悌"(孝顺父母、友爱兄弟)两科。中选者受赏,并免除徭役。舍我其谁也:除了我,还能是谁呢?语出《孟子·公孙丑下》:"如欲平治天下,当今之世,舍我其谁也。"

此亦漫兴之作,但写法与上篇有异,且牢骚之气更显更盛。上片平叙故实,以李广和李蔡作鲜明对比。一身经百战,功绩卓著,而沉沦下位;一人品平庸,却有封侯之赏。词人虽语不褒贬,但影射比附,抨击朝廷不识人才、埋没人才之意甚明。下片起两句写实,赋其闲淡田园生涯,上片的述古正是由此起兴。以抗金复国、"平治天下"为己任的英才志士,却落得归耕山林,锄草浇园,岂非荒唐可笑。以下索性放笔直书:欲举力田,舍我其谁?语出《孟子》,反其意而用之,不惟愤懑之情溢于辞表,且是对当朝用人政策的嘲讽。

卜算子〔1〕

万里筴浮云,一喷空凡马〔2〕。叹息曹瞒老骥诗,伏枥如公者〔3〕。　　山鸟哢窥檐,野鼠饥翻瓦〔4〕。老我痴顽合住山,此地菟裘也〔5〕。

〔1〕作期同上。

〔2〕"万里"两句:言天马万里追云,一声长嘶,凡马为之一空。筊(niè聂)浮云:追踪浮云。语出《汉书·礼乐志·郊祀歌》:"太乙况,天马下。……筊浮云,晻上驰。"筊,同"蹑"。一喷空凡马:长嘶一声,超过所有的凡马。杜甫《丹青引》诗:"斯须九重真龙出,一洗万古凡马空。"一喷,一声嘶鸣。

〔3〕"叹息"两句:言老来应有曹操"老骥伏枥"之志。曹瞒:曹操,字孟德,小名阿瞒。老骥伏枥:曹操《龟虽寿》诗:"老骥伏枥,志在千里。烈士暮年,壮心不已。"骥,千里马。枥,马槽。公:指曹操。

〔4〕"山鸟"两句:形容归隐处的冷落萧条。哢(lòng弄):啼鸣。

〔5〕"老我"两句:我已老去,理当于此隐居终身。痴顽:呆痴固执。合:应当。菟(tú图)裘:指隐居之所。见前《水调歌头》(日月如磨蚁)注〔4〕。

此词起笔雄健,为天马画像,泛喻历史上的英雄人物。他们才力超群,壮志凌云。三、四句谓其即使人到暮年,也如"老骥伏枥,志在千里"。词人显然借曹诗自抒心志。但放眼现实处境,却是山鸟窥檐欲巢,野鼠翻瓦觅食,一片萧索。看来痴顽不化者,合当归隐于此。上片赋志,写理想,格调高昂;下片抒情,写现实,情绪低沉。两相对照,既不甘隐逸山林,却又无可奈何。曰"痴顽",自嘲语,亦自愤语,正见此老清贫自守、不俯首向人的刚倔个性。

粉蝶儿

和赵晋臣敷文赋落梅[1]

昨日春如,十三女儿学绣,一枝枝、不教花瘦[2]。甚无情,便下得,雨僝风僽[3]。向园林,铺作地衣红绉[4]。　　而今春似,轻薄荡子难久[5]。记前时、送春归后,把春波,都酿作,一江醇酎[6]。约清愁,杨柳岸边相候[7]。

〔1〕作期同上。赵晋臣:稼轩友人。

〔2〕"昨日"三句:言昨日春光浓郁,梅花灿烂怒放。学绣:初学绣花。

〔3〕"甚无情"三句:言老天怎忍心教风雨把梅花摧残。甚:真。下得:忍得。僝僽(chán zhòu 蝉宙):折磨。

〔4〕"向园林"两句:言落花满园,如红毯铺地。地衣:地毯。绉:绉纹。

〔5〕"而今"两句:春天不肯久驻人间,如荡子不以离别为念。

〔6〕"记前时"四句:去年送春,落花泛波,似把浩荡春水酿成一江醇酒。醇酎(zhòu 宙):浓酒。

〔7〕"约清愁"两句:约"清愁"岸边相见。

此词通篇用比,却无政治寄托,直是赋花惜春本意。婉约明丽,而质朴俚俗,堪称雅俗互济。一起三句赋昨日之春,以梅拟春:枝枝繁茂,朵朵肥硕,恰如少女学绣,足见春色浓郁无比。拟人与比喻并用,词人想象出人意表。以下则由风雨无情,写出落梅遍园,而以"地衣红绉"作喻,自然明快。上片通过梅开梅落,将咏花惜春题意写足。下片承上而写春归,又由春归难留而忆及日前送春情景。秦观《江城子》结拍云:"便做春江都是泪,流不尽,许多愁。"辛词则欲将片片落红酿成一江浓酒,以便岸边畅饮遣愁,设想奇丽,而自出新意。

喜迁莺

谢赵晋臣敷文赋芙蓉词见寿,用韵为谢[1]。

暑风凉月,爱亭亭无数,绿衣持节[2]。掩冉如羞,参差似妒,拥出芙蓉花发[3]。步衬潘娘堪恨,貌比六郎谁洁[4]?添白鹭,晚晴时公子,佳人并列[5]。　　休说,寠木末;当日灵均,恨与君王别。心阻媒劳,交疏怨极,恩不甚兮轻绝[6]。千古《离骚》文字,芳至今犹未歇[7]。都休问;但千杯快饮,露荷翻叶[8]。

〔1〕此亦闲居瓢泉之作,具体作年不详。芙蓉:一名芙蕖,即荷花。见寿:祝寿。

〔2〕"暑风"三句:言荷叶亭亭玉立,如绿衣使者持节鹄立。亭亭:挺拔娇好貌。宋人周敦颐《爱莲说》:"中通外直,不蔓不枝,香远益清,亭亭净植。"节:符节。古代使臣用以证明身份的信物。

〔3〕"掩冉"三句:描绘荷花盛开时姿态万千情状。掩冉如羞:言其

如少女含羞,闪隐于绿叶之间。掩冉,遮掩。参差(cēn cī 岑阴平疵)似妒:言其参差错落,似怀妒意而争美赛艳。参差,高下不齐貌。

〔4〕"步衬"两句:以人拟花,言其羞与潘妃为伍,远胜六郎高洁。步衬潘娘:《南史·齐东昏侯记》:"凿金为莲花,以帖地,令潘妃行其上,曰:'此步步生莲花也。'"貌比六郎:《新唐书·杨再思传》:"张昌宗以姿貌幸,再思每曰:'人言六郎似莲花,非也;正谓莲花似六郎耳。'其巧佞无耻类如此。"按,唐时张昌宗、张易之以姿容见幸于武后,贵震天下,众人竞相献媚,时人呼张易之为五郎,呼张昌宗为六郎。

〔5〕"添白鹭"三句:言白鹭飞来与芙蓉为侣,犹如公子佳人并肩比立。按,白鹭通体皆白,一生往来水上,象征纯洁无邪,超尘忘机。谢惠连《白鹭赋》:"表弗缁(黑色,意谓污浊)之素质,挺乐水之奇心。"又,白鹭风度翩翩,仪表俊逸。杜牧《晚晴赋》:"白鹭忽来,似风标之公子。"辛词取杜赋字面而兼含二义。

〔6〕"休说"七句:化用屈原《九歌·湘君》诗意:"采薜荔兮水中,搴芙蓉兮木末;心不同兮媒劳,恩不甚兮轻绝。"意谓入水去采陆上长的香草,缘木去摘水中开的芙蓉,哪会有收获。男女双方如果心念不一,只能让做媒的徒劳往返。即便勉强结合,由于爱情不深,也最容易决裂。屈原用此隐喻楚王亲佞远贤,失信于己。稼轩则借以隐寄身世之慨。搴(qiān 千):拔取。木末:树梢。灵均:屈原,字灵均。心阻媒劳:心有阻隔,徒劳媒使。交疏:交谊疏远。

〔7〕"千古"两句:赞美屈原的《离骚》光昭日月,流芳千古。

〔8〕"都休问"三句:一切作罢休问,但举杯畅饮。露荷翻叶:殷英童《咏采莲》诗:"藕丝牵作缕,莲叶捧成杯。"辛词以荷叶喻杯,叶上露珠喻酒,写倾杯豪饮。

此咏物抒情词。上片赋荷。一起点明节令,用"爱"字领起五句正面咏荷文字,重在写其红绿相间、千娇百媚的姿态美。"步衬"两句从反面衬托,写其品格之美。"白鹭"三句烘云托月,神来之笔。下片抒情,全然化用屈原诗意。同情屈原君臣异心的不幸遭遇和赍志以殁的悲惨结局,赞美屈原"出于淤泥而不染"的高洁品格,讴歌他精神不朽,流芳千古。这里显然有以屈原自况之意。结韵千杯豪饮,既巧扣咏荷题面,更将自身牢骚不平之气一吐而尽。此词极善用事。潘、张皆以貌美而得宠于君主,屈原则以质洁而见逐于楚王;两相对照,词人用心灼然。其间但着"堪恨"、"谁洁"、"休说"、"休问"数语贯缀,郁愤之情跃然纸上。

千年调

开山径得石壁,因名曰"苍壁"。事出望外,意天之所赐邪,喜而赋[1]。

左手把青霓,右手挟明月。吾使丰隆前导,叫开阊阖[2]。周游上下,径入寥天一[3]。览玄圃,万斛泉,千丈石[4]。钧天广乐,燕我瑶之席[5]。帝饮予觞甚乐,赐汝苍壁[6]。嶙峋突兀,正在一丘壑[7]。余马怀,仆夫悲,下恍惚[8]。

〔1〕此闲居瓢泉之作。意天之所赐邪:想来这块石壁是上天所赏赐。邪,同"耶"。

〔2〕"左手"四句:想象自己飞升天庭情景。青霓(ní尼):虹霓。吾使丰隆前导:我叫丰隆在前面引路。《离骚》:"吾令丰隆乘云兮。"丰隆,雷神。阊阖(chāng hé 昌河):天门。《离骚》:"吾令帝阍开关兮,倚阊阖

而望予。"

〔3〕"周游"两句:言游遍太空,直入天之最高处。周游上下:《离骚》:"及余饰之方壮兮,周流观乎上下。"寥天一:空虚浑然一体的高天。《庄子·大宗师》:"安排而去化,乃入于寥天一。"

〔4〕"览玄圃"三句:游览神山,观赏万斛泉水,千丈崖石。玄圃:即悬圃,神山,传说在昆仑山之上。《离骚》:"朝发轫于苍梧兮,夕余至乎县(同"悬")圃。"斛(hú 胡):古代量米容器,一斛为十斗。万斛,极言其多。

〔5〕"钧天"两句:言天帝奏乐设宴招待自己。钧天广乐:天上仙乐。见前《贺新郎》(细把君诗说)注〔3〕。燕:同"宴",宴饮。瑶:瑶池。传说中的仙池,为群仙宴饮之地,亦在昆仑山上。

〔6〕"帝饮"两句:言天帝请我喝酒,并赐我苍璧一块。饮予:叫我饮酒。饮(yìn 印),作使动用法。觞(shāng 商):酒杯,这里代指酒。

〔7〕"嶙峋"两句:言这块苍璧正在瓢泉山水之间。嶙峋(lín xún 林旬)突兀:形容苍璧重叠高耸。一丘壑:一丘一壑,即一山一水。此指词人隐居之处瓢泉。

〔8〕"余马怀"三句:言己神情恍惚由天上返回人间。《离骚》:"仆夫悲余马怀兮,蜷局顾而不行。"王逸注:"屈原设去世离俗,周天匝地,意不忘旧乡,忽望见楚国,仆御悲感,我马思归,蜷局诘屈而不肯行。此终志不去,以词自见,以义自明也。"余马怀:我的马因怀乡而不肯前行。仆夫悲:我的驾车人也因思家而悲伤。

据词序,知为开山径偶得石壁而作,就"天赐"二字造文。然兴与情会,一旦成歌词,便自有其独立的思想价值和审美意义,不受本意约束。天赐石壁之说,不过起兴而已。看其把霓挟月,丰隆前导,直达天庭;神游于昆仑玄圃,宴饮于西山瑶池,继之天帝赐苍璧,马怀仆悲,恍恍然而下,主要化用屈原《离骚》诗意,岂止仰慕,亦以自况。大则取其上下求索、追求理想本意,小则超尘脱世,排遣人间郁闷。因是游仙词,故神奇虚幻,最富浪漫色彩。但终不肯绝然仙去,表现出对人间故国无限眷恋之情。这也正是稼轩神似屈子处。

临江仙

苍壁初开,传闻过实,客有来观者,意其如积翠、清风、岩石、玲珑之胜。既见之,乃独为是突兀而止也,大笑而去。主人下一转语,为苍壁解嘲。[1]

莫笑吾家苍壁小,棱层势欲摩空[2]。相知唯有主人翁,有心雄泰华,无意巧玲珑[3]。　　天作高山谁得料,《解嘲》试倩杨雄[4]。君看当日仲尼穷,从人贤子贡,自欲学周公[5]。

[1] 此闲居瓢泉之作。词序大意:"苍壁"开辟之初,外界传闻言过其实,引来不少观赏者。他们意其当有积翠岩、清风峡、岩石山、玲珑山之绝胜风光。不想一见之下,仅一块高耸石壁而已,于是大笑而去。主人姑且戏作转语,为苍壁驳难解嘲。

[2] "莫笑"两句:谓苍壁虽小,但势欲摩天,气概非凡。棱层:山石高险貌。摩空:上摩青天。

[3] "相知"三句:谓知苍壁者唯我,它不求小巧玲珑之美,意与泰华争雄。泰、华:东岳泰山,西岳华山。玲珑:亦指词序中的玲珑山。

[4] "天作"两句:谓上天造就此壁谁能理解,唯有请杨雄来驳难解

嘲。杨雄:西汉著名赋家,曾作《解嘲》,参阅前《卜算子》(夜雨醉瓜庐)注〔5〕。

〔5〕"君看"三句:言孔子生时并不得意,但他依然坚持周公之道为实现自己的政治理想奔波一生。仲尼:孔子名丘,字仲尼。从人贤子贡:《论语》记载时人语:"子贡贤于仲尼。"认为子贡比孔子更贤明。从人:门生,徒弟。子贡,孔子的学生。复姓端木,名赐,字子贡。周公:西周初年著名政治家,是孔子儒家学派心目中的理想人物。

此词与上篇同为"苍壁"而赋。同是抒情明志,但两者述意角度不一,采取手法有异。互为补充,交相辉映,堪称姐妹篇。《千年调》由"天赐"苍壁起兴而神游天庭,纯是虚构幻想。此则因客笑苍壁而效杨雄驳难解嘲,针对现实而发。人怜小巧玲珑,我爱"嶙峋突兀"(见上篇);人笑苍壁平实无奇,我独赏其峥嵘摩空之势,独会其争雄泰华之意。通过对照,揭出词人不同流俗的审美观和不甘人后的奇志壮怀。下片再就古今人事加以评说。天赐苍壁,初不为人赏识;而孔丘生时也不为人知,以致有"子贡贤于仲尼"之说,但他终成千古一圣。由此可见,上下片归结到一点,即托物寄意,借石明志。

贺新郎

别茂嘉十二弟。鹈鴂杜鹃实两种,见《离骚补注》〔1〕。

绿树听鹈鴂。更那堪、鹧鸪声住,杜鹃声切〔2〕。啼到春归无寻处,苦恨芳菲都歇〔3〕。算未抵、人间离别〔4〕。马上琵琶关塞黑,更长门翠辇辞金阙[5]。看燕燕,送归妾[6]。将军百战身名裂。向河梁回头万里,故人长绝[7]。易水萧萧西风冷,满座衣冠似雪。正壮士、悲歌未彻[8]。啼鸟还知如许恨,料不啼、清泪长啼血[9]。谁共我,醉明月[10]?

〔1〕此闲居瓢泉之作。茂嘉:稼轩族弟,生平不详。据刘过《沁园春·送辛稼轩弟赴桂林官》词意,当是勉力抗金而重忠义节气的人。时调官桂林,稼轩有二词赋别(另一首,见下篇)。《离骚补注》:宋人洪兴祖著,谓"子规、鹈鴂二物也"。

〔2〕"绿树"三句:借鸟声托意,言临别不堪绿荫深处众鸟啼鸣悲切。鹈鴂(tí jué 题决)、杜鹃、鹧鸪:三种鸟,啼声皆悲,故言"更那堪",即不忍闻其悲声。

〔3〕"啼到"两句:鸟啼悲切,恨花尽春去。《离骚》:"恐鹈鴂之先鸣兮,使夫百草为之不芳。"按,《广韵》称鹈鴂"春分鸣则众芳生,秋分鸣则众芳歇"。

〔4〕"算未抵"句:言啼鸟伤春虽苦,总抵不上人间离别之苦。按,以下即叠用四件人间离别之事。

〔5〕"马上"两句:此人间离别第一事,言昭君出塞,别离汉家宫阙。王昭君名嫱,汉元帝后宫宫女,因和亲赐嫁匈奴王呼韩单于。马上琵琶:谓在琵琶声中远离故国。石崇《王明君辞序》:"昔公主嫁乌孙,令琵琶马上作乐,以慰其道路之思。其送明君,亦必尔也。"李商隐《王昭君》诗:"马上琵琶行万里,汉宫长有隔生春。"关塞黑:边关要塞一片昏暗。长门:汉武帝曾废陈皇后于长门宫,后泛指失意后妃所居之地。这里借言昭君辞汉。按,或谓此即用长门本事,与昭君无涉,即认为此词共用五事。翠辇(niǎn 碾):用翠羽装饰的宫车。金阙:宫殿。

〔6〕"看燕燕"两句:此人间离别第二事,言庄姜送归妾。燕燕:《诗

经·邶风》有《燕燕》诗:"燕燕于飞,差池其羽,之子于归,远送于野。"《毛传》以为此"卫庄姜送归妾也"。据《左传·隐公三年、四年》:卫庄公妻庄姜无子,以庄公妾戴妫之子完为子。完即位未久,就在一次政变中被杀,戴妫遂被遣返。庄姜远送于野,作《燕燕》诗以别。

〔7〕"将军"三句:此人间离别第三事,言李陵别苏武。李陵:汉武帝时抗击匈奴的名将,曾以五千之众对十万敌军,兵尽粮绝而北降匈奴,故辛词谓"将军百战身名裂"。苏武:亦西汉武帝时人。奉命出使匈奴,羁北不降,北海牧羊十九年持节不屈,终得返汉。苏武归汉,李陵饯别河梁。《文选》载李陵《与苏武》诗:"携手上河梁,游子暮何之。"又,《汉书·苏武传》载李陵送别语:"异域之人,一别长绝。"河梁:桥。故人:指苏武。长绝:永别。

〔8〕"易水"三句:此人间离别第四事,言荆轲离燕赴秦。据《史记·刺客列传》:战国末年,燕太子丹命荆轲出使秦国,相机刺杀秦王。临行之际,太子丹及众宾客皆白衣素服相送于易水之上。有高渐离者击筑起乐,荆轲和乐而歌:"风萧萧兮易水寒,壮士一去兮不复还。"歌声慷慨悲壮,送者无不为之动容(并见《战国策·燕策》)。易水:在今河北省易县。衣冠似雪:指送行者皆白衣素服。壮士:指荆轲。悲歌:指《易水歌》。未彻:尚未唱完,意谓声犹在耳。

〔9〕"啼鸟"两句:谓啼鸟如知人间别离之恨,当由啼泪进而啼血,益发悲哀。如许恨:即指上述种种人间别恨。

〔10〕"谁共我"两句:谓与族弟别后孤独无伴,唯与明月共醉。

此词叠用四事,前二事薄命女子,后二事失败英雄,但均属生离死别,且关涉家国命运,足见词人抒情已不囿于兄弟情谊,而有其更广泛的现实内容。此种现实内容虽未便一一实指、确指,但无疑暗寓家国兴亡之慨和个人身世之感(如周济《宋四家词选》就以为"前半阕北都旧恨,后半阕南渡新恨")。此词既文思跳荡又章法井然。词以啼鸟兴起,花尽春归托意,更以"算未抵"句枢纽承转,导入人间离别。但又不直赋眼前离别,而叠用历史故实曲意传情。"如许恨"总收上文,"啼鸟"遥承篇首,互为呼应。而"不啼清泪长啼血",则将词意推进一层。结韵才翻出送人本意,但也是旋到旋收,且情境兼胜,沉郁苍凉之至。或谓中间铺排离恨故事,一气贯注,过片并不换意,自是江淹《恨赋》笔法;或谓一路只泛写别恨,至结句始点出送别之意,盖源出唐诗"赋得体"。其实,总在似与不似之间,一旦用于词体,便卓然独立,自成创格。

永遇乐

戏赋辛字,送茂嘉十二弟赴调[1]。

烈日秋霜,忠肝义胆,千载家谱[2]。得姓何年,细参辛字,一笑君听取[3]:艰辛做就,悲辛滋味,总是辛酸辛苦[4]。更十分、向人辛辣,椒桂捣残堪吐[5]。　世间应有,芳甘浓美,不到吾家门户[6]。比着儿曹,累累却有,金印光垂组[7]。付君此事,从今直上,休忆对床风雨[8]。但赢得、靴纹绉面,记余戏语[9]。

〔1〕此闲居瓢泉之作。赴调:赴任调职,即指调官桂林事。
〔2〕"烈日"三句:谓辛家世代为人刚烈正直,对君国忠心耿耿。烈日秋霜:酷夏的炎阳,寒秋的严霜,喻性格刚烈正直。家谱:指辛氏家谱。
〔3〕"得姓"三句:不知辛氏得姓于何年,且听我详参"辛"字之义。

细参：细细参详，仔细品味。

〔4〕"艰辛"三句：言"辛"包含辛酸辛苦之意。

〔5〕"更十分"两句：言"辛"字本义为"辛辣"，人不堪其辛辣，如食椒桂欲吐。椒桂捣残：将胡椒、肉桂（均药用植物）捣碎。苏轼《再和曾布〈从驾〉》诗："最后数君莫厌，捣残椒桂有馀辛。"

〔6〕"世间"三句：谓世间纵有香甜甘美之物，但从不到我辛氏家门。芳甘浓美：此喻荣华富贵。

〔7〕"比着"三句：言比不上别家子弟世代高官厚禄。比着：此谓比不得。儿曹：儿辈子孙。累累：接连不断。垂：挂。组：丝绸织成的宽带，用以佩印或佩玉，此指佩挂金印。

〔8〕"付君"三句：望族弟此去戮力政事，青云直上，勿以兄弟情谊为念。此事：指调官桂林一事。对床风雨：唐代诗人韦应物《与元常全真二生》诗："宁知风雨夜，复此对床眠。"苏轼兄弟读此诗有感，曾相约早退，共为闲居之乐（见苏辙《逍遥堂》诗引）。辛词即用以言手足之情。

〔9〕"但赢"两句：言茂嘉日后饱经官场风霜，自将记取我今天的临别戏言。靴纹绉面：言面容衰皱如靴纹。据欧阳修《归田录》载，北宋田元均在三司使供职，权贵家子弟亲友多有求托。田元均虽内心厌恶而不从其请，但总是强作笑容把他们送走。因此曾对人说："作三司使数年，强笑多矣，直笑得面似靴皮。"

与上篇同为送弟之作，但手法迥然有异。上篇主要借古人古事抒情，本篇则"戏赋辛字"达意，身世之感益为明显。上阕从正面说。起笔八字总括辛氏忠烈家世，并以此贯穿全篇勉弟之意。"细参辛字"以下，就"辛"字内涵和外延巧为文章。辛苦复辛酸，稼轩南来身世如此，而"辛辣"者，正是为人品行的自我写照，难怪世俗群小视为"椒桂"，或避而远之,或畏而谗之。两度劾罢,便是明证。下阕从反面立意,谓"辛"字与"芳甘浓美"无缘,宁教人家儿曹累累金印,决不附权媚势,有辱辛氏清白刚烈门风。"付君"三句归到送别题旨,希茂嘉黾勉国事,勿以手足离别为怀。结拍犹自钩转"辛"字题面,意谓"辛苦、辛酸、辛辣"之说,虽曰"戏语",其中真谛,茂嘉日后自可亲身领略。

西江月

示儿曹,以家事付之[1]。

万事云烟忽过,百年蒲柳先衰[2]。而今何事最相宜?宜醉宜游宜睡[3]。　　早趁催科了纳,更量出入收支[4]。乃翁依旧管些儿:管竹管山管水[5]。

〔1〕此闲居瓢泉之作。儿曹:指自家儿辈。以家事付之:把家务事交代给他们。

〔2〕"万事"两句:言万事如云烟过眼,而自己也像入秋蒲柳渐见衰老。蒲柳:蒲与柳入秋落叶较早,以喻人之早衰。《世说新语·言语篇》:"顾悦与简文同年而发早白。简文曰:'卿何以先白?'对曰:'蒲柳之姿,望秋而落;松柏之质,经霜弥茂。'"

〔3〕"而今"两句:谓自己如今最宜醉酒、游赏、睡眠。

〔4〕"早趁"两句:向儿曹交代家事:及早催租纳税,妥善安排一家收入和支出。催科:催收租税。了纳:向官府交纳完毕。

〔5〕"乃翁"两句:谓自己依然只管竹林、青山、绿水。乃翁:你的父

亲,作者自谓。

乍读此词,往往容易着眼于它的上下两结,为其狂放不羁、清雅洒脱的风神所吸引。琐细家事,信笔写来,平易自然,尤其"三宜"、"三管",笔调轻松流畅,更富诙谐幽默情趣。但细细想来,起首两句也至关重要。往事如烟云过眼,自身似蒲柳先衰,其间思绪纷纭,一边参悟人生,看破红尘,一边却又自伤不遇,感慨万千,牢骚满腹。由此看来,"三宜"、"三管",不过聊以自我遣怀,为稼轩独具之抒情方式而已。

瑞鹧鸪[1]

期思溪上日千回,樟木桥边酒数杯[2]。人影不随流水去,醉颜重带少年来[3]。　　疏蝉响涩林逾静,冷蝶飞轻菊半开[4]。不是长卿终慢世,只缘多病又非才[5]。

[1] 此闲居瓢泉之作。

[2] "期思"两句:言其终日唯赏景饮酒自娱。

[3] "人影"两句:言溪水照影,人影却不随流水同去;酒醉脸红,恰似少年青春重来。

[4] "疏蝉"两句:蝉声稀疏,树林反显得格外幽静;野菊半开,恰有孤蝶轻轻飞来。此模拟化用王籍《若耶溪》诗意:"蝉噪林逾静,鸟鸣山更幽。"响涩(sè 瑟):响声嘶哑干涩。逾(yú 鱼):更加,格外。冷蝶:冷清之蝶,犹言孤蝶。

[5] "不是"两句:言非我有意傲世,只因生来多病又无才。长卿慢世:汉代司马相如,字长卿。慢世,即傲世,以傲慢的态度对待世事。《世

说新语》注引《高士传·司马相如赞》:"长卿慢世,越礼自放。犊鼻居市,不耻其状。托疾避官,蔑此卿相。"词人以司马相如自况。缘:因为。多病非才:据《唐诗纪事》,唐明皇见到孟浩然,命他诵其诗作。孟浩然诵其《岁暮归南山》诗中句云:"不才明主弃,多病故人疏。"明皇听后说:"卿不求朕,岂朕弃卿?"辛词借孟语自嘲。

《瑞鹧鸪》本律诗体,因唐人歌之,遂成词调。除字声小异外,其七言八句体式仍同七律。虽形式按词谱分上下片,实则依然四联结构。此词前三联作对仗,结联放散,且起承转合处全按律诗作法。首联总起,点出"游"、"醉",虽恬静淡泊,却是无聊落寞情怀。颈联承上抒情,"人影"句承"溪上千回","醉颜"句承"桥边数杯"。两句奇思遐想,而一"去"一"来",略寄人在事去,少年不再的人生感慨,情境兼胜。腹联转为写景,化用王籍诗意,出句取动中见静,对句取静中有动。尾联关合,揭明题旨。以司马相如、孟浩然自况,自伤自叹,亦自嘲自愤,尤其"多病又非才"一句,似怨责朝廷之意。

鹧鸪天

石门道中[1]

山上飞泉万斛珠,悬崖千丈落鼪鼯[2]。已通樵径行还碍,似有人声听却无[3]。　　闲略彴,远浮屠,溪南修竹有茅庐[4]。莫嫌杖屦频来往,此地偏宜着老夫[5]。

〔1〕此闲居瓢泉之作。石门:可能在铅山县女城山附近。一说在庐山西南。

〔2〕"山上"两句:言飞泉直下,如万斛珠玉倾泻;悬崖千丈,唯有鼪鼯能以上下。斛:度量容器,以十斗为一斛。鼪(shēng 声):即鼬(yòu 右),一名鼠狼,俗称黄鼠狼。鼯(wú 吴):鼠的一种,别名夷由,形似蝙蝠,以其前后肢间有飞膜,能在林中滑翔,俗称飞鼠。

〔3〕"已通"两句:言山路回旋莫测,似通还阻,人声也在有无之间。樵径:砍柴者走的小路,泛指山间小路。

〔4〕"闲略彴"三句:言小桥、佛寺历历在目,溪水南头的绿竹丛中更隐约有茅庐数间。略彴(zhuó 卓):小桥。浮屠:佛塔。修竹:长竹。

〔5〕"莫嫌"两句:自言绝爱此间山水风光,表示要频频来往。

此词结处点出绝爱大自然、寄情山水的题旨。前此纯乎绘景。起笔写山泉飞泻,喻以万斛珠玉,极言其晶莹光洁;写悬崖峭壁,则衬以鼪鼯起落,极言其险峻难攀。三、四句山间之幽深迷离,"似有人声听却无",别有洞天,非身历其境者不能味其妙趣。下片三句远眺之景,溪上静卧小桥,云间隐约浮屠,溪南绿竹葱茏,更有三两茅庐点缀。如此诗情画意,绝胜佳境,难怪词人流连忘返,杖屦频来。

浣溪沙

常山道中即事[1]

北陇田高踏水频[2],西溪禾早已尝新[3],隔墙沽酒煮纤鳞[4]。　　忽有微凉何处雨,更无留影霎时云。卖瓜人过竹边村。

〔1〕词作于宋宁宗嘉泰三年(1203)夏。时朝廷委外戚韩侂胄用事,欲图北伐,于是起用废居瓢泉八九年之久的辛弃疾为绍兴知府兼浙东安抚使。稼轩于是年六月到任。此词即作于赴任途中。常山:即今浙江常山县,以境内有常山而得名。常山绝顶有湖,亦称湖山。
〔2〕踏水频:忙于踏水灌田。
〔3〕尝新:指品尝新稻。
〔4〕纤鳞:细鳞,代指鱼。

此农村小景,一如闲居信州同类词作,清新淳朴,富有生活气息。上片耕耘与收获并举,足见早稻尝新、沽酒煮鱼之乐,实从频频车水辛勤劳作中来。"北陇"、"西溪"、"隔墙",一句一景,地点不同,风光自异。合而观之,则一幅生机盎然的浙西农村图卷。下片七言对起,写雨晴不定奇妙之景:蓦地雨丝拂面,清凉宜人,转眼却又云影飘散,红日蓝天。"卖瓜人过竹边村",一结悠然,依旧田园恬静本色。

汉宫春

会稽蓬莱阁怀古[1]

秦望山头,看乱云急雨,倒立江湖[2]。不知云者为雨,雨者云乎[3]。长空万里,被西风、变灭须臾[4]。回首听、月明天籁,人间万窍号呼[5]。　　谁向若耶溪上,倩美人西去,麋鹿姑苏[6]。至今故国人望,一舸归欤[7]。岁云暮矣,问何不、鼓瑟吹竽[8]？君不见、王亭谢馆,冷烟寒树啼乌[9]。

〔1〕作于嘉泰三年(1203)秋,时稼轩在绍兴知府兼浙东安抚使任上。会稽:即今浙江绍兴。蓬莱阁:在会稽卧龙山下,是著名的游览胜地。

〔2〕"秦望"三句:谓秦望山头乱云翻滚,急雨倾泻,直有江湖倒立之势。秦望山:在会稽东南四十里处,为众峰之杰。因秦始皇曾登此山以望东海,遂有此名。

〔3〕"不知"两句:语出《庄子·天运篇》:"云者为雨乎？雨者为云乎？"谓茫茫一片,云雨莫辨。

〔4〕"长空"两句:谓西风扫尽浓云,但见万里长空似洗。变灭须臾:顷刻间变化无常,指雨过天晴。赵鼎《望海潮》词:"须臾变灭,天容水色,琼田万里无瑕。"

〔5〕"回首"两句:谓月色皎洁,自然界大气流荡,引起人间大地千孔万穴呼啸共鸣。《庄子·齐物论》:"汝闻人籁而未闻地籁,汝闻地籁而未闻天籁夫。……夫大块噫气,其名为风,是唯天作,作则万窍怒号。"天籁:自然界的响声,此指风声。

〔6〕"谁向"三句:用越国范蠡巧使美人计灭吴事。合以下两句共参见前《摸鱼儿》(望飞来半空)注〔9〕。若耶溪:位于会稽南,相传为当年西施浣纱之处,亦称浣纱溪。美人西去:指遣西施西去吴国。麋鹿姑苏:谓吴国灭亡。昔日姑苏台已成麋鹿栖游之地。《史记·淮南王安传》载伍被之言:"臣闻子胥谏吴王,吴王不用,乃曰:'臣今见麋鹿游姑苏台也。'臣今亦见宫中生荆棘、露沾衣也。"姑苏,姑苏台,在今江苏苏州城外姑苏山上。当年吴王得西施后,筑姑苏台,与西施宴

游其上。

〔7〕"至今"两句:谓至今越人犹盼范蠡和西施乘船归来。故国:即指会稽。春秋时,越国建都于此。舸(gě 葛上声):大船。欤(yú 鱼):表疑问的语助词。

〔8〕"岁云"两句:谓时将岁暮,人问何不奏乐欢娱。岁云暮:一年将尽。云,助词无义。鼓瑟吹竽:奏乐。《诗经·小雅·鹿鸣》:"我有嘉宾,鼓瑟吹笙。"瑟、竽(即大笙),分别为古代的弦乐器和管乐器。

〔9〕"君不见"两句:谓昔日风流一时的王、谢亭馆,而今却是一片荒凉凄冷景象。王亭谢馆:王、谢两家为东晋时代的豪门大族,他们的子弟大多住在会稽。大书法家王羲之与当时名流四十馀人曾盛会于山阴之兰亭,修禊之礼,并作《兰亭序》。大政治家谢安曾隐居会稽之东山。此处的"王亭谢馆",泛指王、谢子弟在会稽的游乐场所。

上景下情,景为我用,景情合一。此词无论绘景怀古,都不无象征寄托。上片写景,时而云飞雨急,翻江倒海;时而风卷残云,晴空万里;时而月明天籁,万窍怒号;气象万千,笔力雄健跳荡,境界开阔奇壮。老词人多年蛰居田园的郁闷之气,为之一扫而空,抗金复国大业之完成,正有赖于时局的彻底刷新。下片因地怀古,借古喻今之意甚明。春秋吴越之争,一以不忘国耻、卧薪尝胆而兴,一以沉湎酒色、不纳忠言而亡,此前车之辙,后车之鉴。依稀王亭谢馆,唯见"冷烟寒树啼乌",结处就眼前景象点染,昔日豪华,而今衰歇,亦足发人深思。

附：姜夔和韵词（见《白石道人歌曲》）

汉宫春

次韵稼轩蓬莱阁

一顾倾吴，苎萝人不见，烟杳重湖。当时事如对弈，此亦天乎。大夫仙去，笑人间、千古须臾。有倦客、扁舟夜泛，犹疑水鸟相呼。　　秦山对楼自绿，怕越王故垒，时下樵苏。只今倚栏一笑，然则非欤？小丛解唱，倩松风、为我吹竽。更坐待、千岩月落，城头眇眇啼乌。

汉宫春

会稽秋风亭观雨[1]

亭上秋风，记去年袅袅，曾到吾庐[2]。山河举目虽异，风景非殊[3]。功成者去，觉团扇、便与人疏[4]。吹不断、斜阳依旧，茫茫禹迹都无[5]。　　千古茂陵词在，甚风流章句，解拟相如[6]。只今木落江冷，眇眇愁余[7]。故人书报："莫因循、忘却莼鲈[8]。"谁念我、新凉灯火，一编《太史公书》[9]。

〔1〕作于绍兴任上。秋风亭：在绍兴境内。据张镃《汉宫春》和韵词序，知亭为稼轩创建，并以此词寄友人张镃。按，题曰"观雨"，但词紧扣秋风着笔，并不关涉秋雨，而上篇题曰"怀古"，却从秋雨切入，因疑两

者混淆。

〔2〕去年:稼轩今年出山任绍兴知府,去年仍在家闲居,故有此语。袅袅:形容微风吹拂貌。《楚辞·九歌·湘夫人》:"袅袅兮秋风。"

〔3〕"山河"两句:谓会稽与瓢泉山河虽异,但秋景却无二致。此暗用东晋南渡士大夫新亭对泣事,以喻南宋偏安江左。参见前《水龙吟》(渡江天马南来)注〔3〕。

〔4〕"功成"两句:秋来夏去,功成自退,犹如一到秋天,人便自然与夏扇疏远。功成者去:《战国策·秦策》记蔡泽对应侯语:"四时之序,成功者去。"意谓春、夏、秋、冬,一年四季按序运行,每一季节在完成各自的使命后,便自动离去。辛词即用此意。人疏团扇:《汉书·外戚传》载班婕妤《怨歌行》:"新裂齐纨素,皎洁如霜雪。裁为合欢扇,团团似明月。出入君怀袖,动摇微风发。常恐秋节至,凉风夺炎热。弃捐箧笥中,恩情中道绝。"班诗借喻男方喜新厌旧,爱不专一。本词则借寓身世之感。团扇:圆形的扇子。

〔5〕"吹不断"两句:秋风微拂,夕阳依旧,但大禹的遗迹已茫茫难觅。禹迹:大禹的遗迹。禹,传说中的夏后氏部落长,创建夏王朝,曾以治水有方而名扬天下。相传他曾到越地苗山,并将苗山易名会稽。又说他死在会稽。北宋太祖乾德年间,于会稽山上立禹庙,设专户岁供祭扫。

〔6〕"千古"三句:谓汉武帝的词章文采斐然,足与司马相如的名赋比美。茂陵词:指汉武帝的《秋风辞》。辞云:"秋风起兮白云飞,草木黄落兮雁南归。……"茂陵,汉武帝的陵墓,在今陕西西安。这里指武帝本人。甚:真。风流:文采美,韵味浓。解拟:能比拟。相如:汉代大辞赋家司马相如。

〔7〕"只今"两句:言如今又值叶落江冷的清秋时节,但古人不见,使我愁苦不堪。眇(miǎo秒)眇愁余:《楚辞·九歌·湘夫人》:"帝子降

兮北渚,目眇眇兮愁予,袅袅兮秋风,洞庭波兮木叶下。"眇眇,远望貌。愁余,使我愁苦。

〔8〕"故人"两句:故人来信,言秋风已起,劝我早归以领略家乡风味。书报:来信说。因循:拖延、延误。莼(chún纯)鲈:用张翰见秋风起因思吴中莼菜、鲈鱼,而弃官南归事。参见前《木兰花慢》(老来情味减)注〔5〕。此指返瓢泉归隐。

〔9〕《太史公书》:指司马迁的《史记》。司马迁曾任太史令,故称太史公。

上篇登蓬莱阁词,因景怀古,此篇登秋风亭词,因亭名起兴抒情。全词紧扣"秋风"二字落笔,浮想联翩而自抒怀抱。"亭上秋风",起笔擒题。以下层层铺叙,笔笔联想。先由亭上秋风而瓢泉秋风,略寄思乡之情。"山河"两句一笔二意,语意双关,由思乡而念及中原故土。"功成者去"和秋来团扇人疏之喻,岂止个人身世之感,主战贤臣名将之命运莫不如是。秋风不断,禹迹难觅;《秋风辞》在,茂陵眇眇,则缅怀古时英主,盛赞昔日一统江山,国运昌盛,感叹今日偏安江左,国势日蹙,一如"木落江冷",秋意萧瑟。故人书报,秋风莼鲈,遥应篇首"亭上秋风""曾到吾庐"。然而,"休说鲈鱼堪脍,尽西风,季鹰归未?"(见前《水龙吟·登建康赏心亭》)词的结处,情志极其沉郁深厚,秋夜研读《史记》,鉴历代兴亡而忧虑国事,说明词人"烈士暮年,壮心不已"。

附:张镃和韵词(见《南湖词》)

汉宫春

稼轩帅浙东,作秋风亭成,以长短句寄余,欲和久之。偶霜晴,小楼登眺,因次来韵,代书奉酬。

城畔芙蓉,爱吹晴映水,光照园庐。清霜乍凋岸柳,风景偏殊。登楼念远,望越山青补林疏。人正在、秋风亭上,高情远解知无。　　江南久无豪气,看规恢意概,当代谁如。乾坤尽归妙用,何处非余。骑鲸浪海,更那须、采菊思鲈。应会得、文章事业,从来不在诗书。

瑞鹧鸪[1]

胶胶扰扰几时休?一出山来不自由[2]。秋水观中山月夜,停云堂下菊花秋[3]。　　随缘道理应须会,过分功名莫强求[4]。先[去声]自一身愁不了,那堪愁上更添愁[5]。

〔1〕作于浙东帅任上。

〔2〕"胶胶"两句:谓官场生活不似山中自由,繁杂之事没完没了。胶(jiǎo狡)胶扰扰:原意为动乱不安貌,此谓纷乱繁杂。

〔3〕"秋水"两句:回忆山中月夜赏菊的悠闲生活。秋水、停云:都是稼轩瓢泉住宅中的堂屋名。

〔4〕"随缘"两句:应深切领会随缘而适之理,不可存不切实际的非分之想。随缘:佛家语,意谓人之处世,当随客观机缘变化而变化。

〔5〕"先自"两句:本已不胜其愁,更那堪旧愁上又添新愁。

此思归之作。说明词人虽三度出仕,志在进取,但心中犹念念不忘退居归隐之乐。首联开宗明义,直言仕宦不如隐退自由。次联叙事写景,承上而忆山居生活之悠然清闲。三联议论明志,为全词主干。应诏出山,随缘而动,过分功名,切莫强求,貌似自我排遣,意在归山,实则隐谓事业难就,何必自寻烦恼。这才引出结联的抒怀,既然壮志难酬,人已不堪其愁,又何必强自为之,从而使自己愁上添愁?结论是:与其如此,不如归去。

永遇乐

京口北固亭怀古〔1〕

千古江山,英雄无觅,孙仲谋处〔2〕。舞榭歌台,风流总被,雨打风吹去〔3〕。斜阳草树,寻常巷陌,人道寄奴曾住〔4〕。想当年:金戈铁马,气吞万里如虎〔5〕。　元嘉草草,封狼居胥,赢得仓皇北顾〔6〕。四十三年,望中犹记,烽火扬州路〔7〕。可堪回首,佛狸祠下,一片神鸦社鼓〔8〕。凭谁问:廉颇老矣,尚能饭否〔9〕。

〔1〕作于开禧元年(1205),时在镇江知府任上。按,嘉泰四年

(1204)正月,稼轩在会稽奉诏晋京,随即改调镇江知府。稼轩于三月到任后,立即投入紧张的备战工作。京口:即今江苏镇江。北固亭:在镇江城北北固山上。北固山下临长江,回岭绝壁,形势险固。晋蔡谟筑楼山上,名北固楼,亦称北固亭。

〔2〕"千古"三句:谓千古江山依旧,但英雄如孙仲谋辈已无处寻觅。孙仲谋:三国时吴国国主孙权,字仲谋。他承父兄基业,曾建都于京口,后迁都建康,仍以京口为重镇,称霸江东,北拒曹操,为一代风流人物。

〔3〕"舞榭"三句:谓昔日种种歌舞豪华和英雄业绩,俱被历史的风雨吹洗一尽。舞榭歌台:即歌舞楼台。榭(xiè 谢),建在高台上的敞屋。风流:指孙权创业时的雄风壮采。

〔4〕"斜阳"三句:人谓斜阳照处,这平凡而荒凉之地,当年刘裕曾经住过。寻常巷陌:普通的小街小巷。寄奴:南朝宋武帝刘裕小字寄奴。刘裕先祖随晋室南渡,世居京口。刘裕即于京口起事,率兵北伐,一度收复中原大片国土,又削平内战,取晋而称帝,成就一代霸业。

〔5〕"想当年"三句:言刘裕当年两度挥戈,北伐南燕、后秦时,有气吞万里之势。

〔6〕"元嘉"三句:言刘义隆草率北伐,意侥幸一战成功,结果大败而回。按,稼轩一生既积极主战,更强调积极备战。这里借古喻今,警告主战权臣韩侂胄。但韩未纳辛言,仓促出兵,导致开禧二年(1206)的北伐败绩和开禧三年(1207)的宋金和议。元嘉:宋文帝刘义隆(武帝刘裕之子)的年号。时北方已由拓跋氏统一,建立北魏王朝。元嘉二十七年(450),文帝命王玄谟北伐。由于准备不足,又冒险贪功,败归。草草:草率从事。封狼居胥:汉将霍去病追击匈奴,至狼居胥(在今内蒙古自治区西北部)封山而还。封,筑台祭天。按,此即指宋文帝北伐事。《宋书·王玄谟传》载文帝谓殷景仁语:"闻玄谟陈说(指陈说北伐之策),使

人有封狼居胥意。"赢得:只落得。仓皇北顾:宋文帝北伐失败后,北魏太武帝拓跋焘乘胜追至长江边,扬言欲渡江。宋文帝登楼北望,深悔不已(见《南史·宋文帝纪》)。再者,据《宋书·索虏传》,早在元嘉八年(431),宋文帝因滑台失守,就写过"北顾涕交流"的诗句。

〔7〕四十三年:稼轩于绍兴三十二年(1162)奉表南渡,至开禧元年(1205)京口任上,正是四十三年。烽火扬州路:自绍兴三十一年(1161)金主完颜亮大举南侵以来,扬州一带烽火不断。路,宋时行政区域以"路"划分,扬州属淮南东路,并是这一路的首府。

〔8〕"可堪"三句:四十三年来的往事不堪回首,今天对岸佛狸祠下,竟然响起一片祭祀的鼓声。意谓人们苟安太平,抗金意志衰退。佛狸祠:北魏太武帝拓跋焘小字佛狸。元嘉二十七年,他追击宋军至长江北岸瓜步山(今江苏六合县东南),并建行宫,后即于此建佛狸祠。神鸦社鼓:祭神时鼓声震天,乌鸦闻声而来争食祭食。

〔9〕"凭谁问"三句:以廉颇自况,谓老去雄心犹在,却得不到朝廷的重视。廉颇老矣,尚能饭否:廉颇,赵国名将,晚年遭人谗害而出奔魏国。后赵王欲起用廉颇,先遣使者询其健壮与否。廉颇当面一饭斗米肉十斤,并披甲上马,以示尚能作战。但使臣受贿而谎报赵王说:"与臣坐顷之,三遗矢(大便三次)矣。"赵王遂罢(见《史记·廉颇蔺相如列传》)。

此词起笔极似东坡《大江东去》,但两词风貌不一。东坡以贬居之身自叹身世,自遣郁闷,缅怀公瑾风流,而终归穴于"人生如梦"。慷慨其外,超旷其中。辛词作于开禧北伐前夕、出守京口之时,借古喻今,近乎"词论",激昂慷慨,临战请缨,确乎英雄之词。人或责以通篇用事。但详参全词:其一,纯乎本地风光人物,用来贴切,一无生拉硬拽、杂凑成篇之弊。其二,或激勉人心,或引为鉴戒,都针对时局而发,内涵深刻,富有现实意义。其三,用事虽多,却不见散乱堆垛之态,全凭词人一股爱国激情融会贯穿。其四,善于将故实融化于具体生动的描述之中,且手法多变,所以读来不觉枯燥单调。如怀孙权,从"舞榭歌台"无觅处立意,而念寄奴,则从"寻常巷陌"有迹处落笔;"元嘉草草",明用事,"佛狸祠下",暗用事;"烽火扬州",插入法,而以廉颇自况作结,最为警动。

南乡子

登京口北固亭有怀[1]

何处望神州?满眼风光北固楼[2]。千古兴亡多少事?悠悠,不尽长江滚滚流[3]。　　年少万兜鍪,坐断东南战未休[4]。天下英雄谁敌手?曹刘。生子当如孙仲谋[5]。

[1] 此为出守京口时所写。
[2] "何处"两句:纵目环视,楼头山水风光无限,但中原故国何在?按,此两句倒装句法。神州:指沦陷的北方。
[3] "千古"三句:感叹古今兴亡无尽无休,犹如眼前江水滚滚东流。悠悠:迢迢不断貌。不尽长江滚滚流:杜甫《登高》:"无边落木萧萧下,不尽长江滚滚来。"
[4] "年少"两句:赞美孙权少年英雄独霸江东,称雄一时。按,孙权十九岁即继承父兄基业,故言"年少"。兜鍪(dōu móu 哒谋):头盔,代指兵士。万兜鍪,犹言千军万马。坐断:占据。
[5] "天下"三句:谓当时能与孙权匹敌称雄者,唯曹操和刘备。英

雄曹刘:《三国志·蜀先主传》载,曹操曾与刘备论天下英雄,说,"今天下英雄惟使君(指刘备)与操耳,本初(指袁绍)之徒不足数也。"后《三国演义》中"青梅煮酒论英雄"一节即据此。生子当如孙仲谋:《三国志·孙权传》注引《吴历》云:曹操尝与孙权对垒,"见舟船、器仗、军伍整肃,喟然叹曰:'生子当如孙仲谋,刘景升儿子(指刘琮)若豚犬(猪狗)耳。'"孙仲谋:孙权,字仲谋。

与上篇作于同时同地,同为怀古,同一情怀。但体制不一,手法各异。前者慢词,以叠层铺叙、广用故实、纵横议论见长;后者令词,以简洁明快、自作问答、巧用古语取胜。词作突起平接倒装句法。中原何在?劈首一问,沉郁悲怆而又振聋发聩。"千古兴亡"之问,意承神州不见而来,答以长江不尽东流,内涵深远。下片就地怀古,首二句平叙之笔,赞孙权雄踞江东而争霸天下,喻今勉世。"天下"句以问振起,继之活用史实,以曹、刘陪衬孙权。此词上下两结,一借杜诗以眼前景结,一用操语以议论作收,俱水到渠成,浑然天成,直如己出。尤其下片结拍三句化用袭用曹操语意,一气而下,对答如流,倍见功力。

生查子

题京口郡治尘表亭[1]

悠悠万世功,矻矻当年苦[2]。鱼自入深渊,人自居平土[3]。

红日又西沉,白浪长东去。不是望金山[4],我自思量禹。

〔1〕作于嘉泰四年春至开禧元年夏(1204—1205)镇江知府任上。郡治:郡府的官署所在地。京口为镇江府郡的行政中心。尘表亭:亭名,馀不详。

〔2〕"悠悠"两句:言夏禹当年辛勤治水,建立了万世不朽的功业。悠悠:久远,悠久。矻(kū枯)矻当年苦:据《史记·夏本纪》,禹父鲧因治水无功被诛,禹承父业,"劳身焦思,居外十三年,过家门不敢入。"终于驯服洪水。矻矻,辛勤劳苦貌。

〔3〕"鱼自"两句:言鱼和人各得其所,盛赞夏禹治水功业卓著。《孟子·滕文公下》载:"禹掘地而注之海,驱蛇龙而放之菹(zū 租,沼泽)。"又云:"险阻既远,鸟兽之害人者消,然后人得平土而居之。"深渊:深水。平土:平地。

〔4〕金山:在镇江西北的长江中。据《舆地纪胜·镇江府景物》:"旧名浮玉,唐李琦镇润州,表名金山。因裴头陀开山得金,故名。"上有金山古刹,至今犹为镇江游览胜景。

此颂夏禹之作,语意极明快。上阕追忆夏禹治水不朽之万世功业,概括而不失形象。下阕转赋眼前景色,红日白浪,交相辉映,阔大壮丽,亦隐含日月升沉、岁月如流、古人不见、功绩千古之意。结两句因景思人,应上阕起处作收。此词前六句全用偶句,似五律作法,起结两联总摄题意,中间两联承转展衍。但上阕怀古,下阕写今,又具有词的结构特色。

玉楼春

乙丑京口奉祠西归,将至仙人矶[1]。

江头一带斜阳树,总是六朝人住处[2]。悠悠兴废不关心,唯有沙洲双白鹭[3]。　　仙人矶下多风雨,好卸征帆留不住[4]。直须抖擞尽尘埃,却趁新凉秋水去[5]。

[1] 作于开禧元年(1205)秋。按,是年三月,朝廷以稼轩荐人不当,降两职。六月,旋改知隆兴府。但人未动身,又遭弹劾。遂撤回新命,授以"提举冲祐观"的空衔,"理作自陈"。名曰自由处置,实是罢官遣返(以上均见《宋会要·黜降官》)。自此,稼轩三度罢仕归隐。以后朝廷虽屡有诏命升迁,直至兵部侍郎、枢密都承旨,但稼轩都力辞未出,直到开禧三年(1207)九月,六十八岁的稼轩终于赍志以殁。乙丑:即开禧元年(1205)。奉祠西归:即指提举冲祐观而西返铅山瓢泉。仙人矶:地点不详,据词意,当在京口、建康一带的长江水边。

[2] "江头"两句:谓江头一带斜阳照处,六朝兴衰陈迹历历在目。六朝:吴、东晋、宋、齐、梁、陈,相继建都于建康(今江苏南京),史称南朝六朝。

[3] "悠悠"两句:言对历代兴废不再关心,所关心者唯沙洲白鹭而已。意谓此去归隐,无须过问政事。按,稼轩罢居带湖时,最爱与白鹭相亲,曾作《水调歌头·盟鸥》,故有此语。

[4] "仙人矶"两句:言仙人矶下宜卸帆稍住,奈儿多风雨,征棹难驻。

〔5〕"直须"两句:言正应抖尽满身尘埃,趁新凉天气和一江秋水及早返乡。

此"奉祠西归"途中所作。写其不以三度罢仕为念、恬淡达观的心怀。上片赋舟中所见江岸景色。一起带出六朝古迹,似欲怀古。但三、四句突然宕开,景与情会,借白鹭明志。将"悠悠兴废"之事一概抛诸脑后,唯以白鹭为亲,因知我心者唯此君。下片言一心及早归去,却意多转折,语带双关。人未至仙人矶,已然想见"矶下多风雨",欲泊不能。既为下文铺垫蓄势,又自含深意。"风雨"喻政治风波,既"风雨"逼人,壮志难伸,索性及早归去。"直须"句表现词人不屑一顾、磊落旷达之胸襟。"秋水"双关,既指眼前江水,也兼指瓢泉家园中的"秋水堂"。

瑞鹧鸪

乙丑奉祠归,舟次余干赋〔1〕。

江头日日打头风,憔悴归来邴曼容〔2〕。郑贾正应求死鼠,叶公岂是真好龙〔3〕。　　孰居无事陪犀首,未办求封遇万松〔4〕。却笑千年曹孟德,梦中相对也龙钟〔5〕。

〔1〕此亦"奉祠西归"途中作。舟次:舟船停泊。余干:县名。据《读史方舆纪要》,县址在饶州南百二十里。

〔2〕"江头"两句:言乘船西归,天天逆风而行,憔悴归来犹如古人邴曼容。打头风:顶头风。憔悴:脸色不好,精神不振。邴(bǐng 丙)曼

容:西汉人。《汉书·两龚传》说他"养志自修",为官所取俸禄不肯超过六百石,一旦超过,便自动免去。稼轩以邴自况。

〔3〕"郑贾"两句:以郑贾求鼠和叶公好龙二事,讽喻南宋执政者但求抗金之名,不务抗金之实。郑贾求鼠:郑贾为寓言中人物。《战国策·秦策》:郑人称未经雕琢的玉为"璞",周人称未经晒干的鼠为"朴"。周人怀朴过郑贾处。郑贾本想买璞,但见是朴,遂罢。叶公:也是寓言中人物。刘向《新序·杂事》:叶公子高爱龙,满屋雕画皆龙。天龙闻而下之。叶公一见真龙,吓得五色无主,神飞魄散。寓言作者说:"是叶公非好龙也,好其似龙非龙也。"

〔4〕"孰居"两句:言今后无事唯饮,且以青松为友。孰居无事陪犀首:据《史记》的《犀首传》和《陈轸传》:犀首,复姓公孙,名衍,魏人。陈轸见犀首曰:"公何好饮也?"犀首答曰:"无事也。"孰:谁。未办求封遇万松:没有取得封侯之赏,却先接纳万松为友。遇,相逢,接待。按,两句对仗,此句也应用事,但未详所出。

〔5〕"却笑"两句:如梦中相遇曹操,也只有相对言老了。曹孟德,曹操,字孟德。龙钟:年老力衰貌。

稼轩为词,好用事,喜议论,此又一例。此词取事生僻,略有晦涩不畅之弊。起联破题,直言"奉祠西归"。"日日打头风",兼喻仕途坎坷;曼容自况,取其"养志自修"之意。次联用事,一正一反,讽刺时政。叶公好龙,入木三分。以稼轩四世抗金宿将,犹临战而放废,便是最好明证。三联想见今后山水诗酒的田园生涯,语意不免生涩。结联意韵兼胜。以"年老身退"联想到"老骥伏枥,志在千里;烈士暮年,壮心不已"的曹孟德,壮心相似,年老相似,但一何气势,一何落魄。"却笑""梦中相对也龙钟",未免唐突古人。但就词人而言,不过自我遣恨解嘲而已,读者正可窥见其心中愤懑之慨。

未编年部分

鹧鸪天

代人赋[1]

扑面征尘去路遥,香篝渐觉水沉销[2]。山无重数周遭碧,花不知名分外娇[3]。　　人历历,马萧萧。旌旗又过小红桥[4]。愁边剩有相思句,摇断吟鞭碧玉梢[5]。

〔1〕代人赋:代人所作。按,一本题作"东阳道中"。东阳即今浙江东阳县。考稼轩早年宦踪,似无缘至此。词系征人思家之作,本事亦不可考,不似稼轩自我抒情之作。权置此。以下诸作均系年莫考者。

〔2〕"扑面"两句:一写闺房,一写征途,倒装句法,言黎明拂晓时分,征人离家上路。征尘:征途上扬起的尘土。香篝(gōu 钩):一种燃香料的笼子。水沉:即沉香,一种名贵的香料。

〔3〕"山无"两句:青山四围,无名花娇。周遭:周围。唐刘禹锡《石头城》诗:"山围故国周遭在,潮打孤城寂寞回。"

〔4〕"人历历"三句:描绘部队行军情状。历历:分明貌。崔颢《黄鹤楼》:"晴川历历汉阳树,芳草萋萋鹦鹉洲。"萧萧:马鸣声。杜甫《兵车行》:"车辚辚,马萧萧。"

〔5〕"愁边"两句:不住摇鞭吟诗赋愁,以致摇脱了鞭上的碧玉梢头。

征人思家之作,清丽隽永。起句点题,次句为下片相思伏笔。水沉香销,征尘路遥,不无感伤。但三、四句转出美好境界:重峦叠嶂,青翠环绕,山花烂漫,娇艳吐芳;人行其间,愁思一扫而空。换头写山间行军:人影历历,马声萧萧,旌旗指处,人马"又过小红桥"。无名征旅为清秀幽深的山水平添出一种勃勃生气。结拍回应篇首,点出怀人主旨。触景生情,吟哦相思,本不为奇,奇在"摇断吟鞭碧玉梢",抓住一个生动细节,以夸张手法活画出一个情浓意痴的马背相思者的形象。

满江红

点火樱桃,照一架、荼䕷如雪[1]。春正好、见龙孙穿破,紫苔苍壁[2]。乳燕引雏飞力弱,流莺唤友娇声怯[3]。问春归、不肯带愁归,肠千结[4]。　　层楼望,春山叠。家何在?烟波隔[5]。把古今遗恨,向他谁说[6]?蝴蝶不传千里梦,子规叫断三更月[7]。听声声、枕上劝人归,归难得[8]。

〔1〕"点火"两句:似火樱桃,如雪荼䕷,映辉斗艳。荼䕷(tú mí 图迷):亦称酴醿,以色似酴醿酒而名。落叶小灌木,春末夏初开白花。一架:荼䕷枝细长而攀缘,立架以扶,故称一架。

〔2〕"春正好"两句:言春色正浓,喜见春笋破土而出。龙孙:竹笋的别名。紫苔苍壁:长满青紫色苔藓的土阶。

〔3〕"乳燕"两句:描摹燕飞莺歌情景。乳燕引雏:母燕引着雏燕试飞。流莺唤友:黄莺呼叫伴侣。

〔4〕"问春"两句:春带愁来,不带愁去,令人伤怀。赵德庄《鹊桥

仙》词:"春愁元自逐春来,却不肯随春归去。"稼轩《祝英台近》词:"是他春带愁来,春归何处? 却不解带将愁去。"肠千结:以千结形容愁肠难解。

〔5〕"层楼"四句:登楼望家国,有层山叠水相隔。

〔6〕"把古今"两句:谓古今家国之恨,向谁倾诉。

〔7〕"蝴蝶"两句:乡梦难成,唯闻子规啼月。此反用唐人崔涂《春夕》诗意:"蝴蝶梦中家万里,杜鹃枝上月三更。"蝴蝶梦:庄子梦见自己化为蝴蝶(《庄子·齐物论》)。后人遂以蝴蝶称梦。子规:亦名杜鹃,传说为蜀君望帝所化,啼时泣血,啼声作"不如归去",故亦称思归鸟、催归鸟,下文即由此而来。按,崔诗指杜鹃花,辛词指杜鹃鸟。

〔8〕"听声声"两句:杜鹃声声劝归,人却难以归去。

词由暮春景象而发思乡之念。思中原乡土,即思北方故国,故有别于一般思乡怀人、欲归故园之作。上片以描摹春景为主。樱桃荼蘼,如火似雪;雨后春笋,破土而出;雏燕展翅,黄莺呼侣。"春正好",好在一片蓬勃生机。然而,春将去,人正愁,愁在春带愁来,却不带将愁去,把愁留在人间,留在词人心里。下片由春愁而乡愁,是家国千里之愁,无人可诉之愁,乡梦难成之愁。结拍承子规啼月,抒有家难归之愁。词人层层推进,多面烘托,把思乡之愁表现得既炽烈缠绵,又含蓄深沉。

祝英台近

晚春[1]

宝钗分,桃叶渡,烟柳暗南浦[2]。怕上层楼,十日九风雨。

断肠片片飞红,都无人管;更谁劝、流莺声住^[3]。　　鬓边觑。试把花卜归期,才簪又重数^[4]。罗帐灯昏,哽咽梦中语:是他春带愁来,春归何处? 却不解、带将愁去^[5]。

〔1〕离情别绪,伤春悲秋,本宋词习见题材。时风所趋,常是即席命篇,或率意挥洒,既无从考其本事,也未必别有寄托。此词即代女子立言,写常见的晚春闺怨。

〔2〕"宝钗"三句:忆当年烟柳水滨、分钗留别情景。宝钗分:古代女子有分钗赠别的风俗。杜牧《送人》诗:"明镜半边钗一股,此生何处不相逢。"据王明清《玉照新志》,南宋犹盛此风。钗,女子头饰。桃叶渡:南京秦淮河与青溪合流处。《古乐府》注:"王献之爱妾名桃叶,尝渡此,献之作歌送之曰:'桃叶复桃叶,渡江不用楫。但渡无所苦,我自迎接汝。'"后以桃叶渡泛指与恋人分别处。南浦:江淹《别赋》:"送君南浦,伤如之何?"后即以南浦泛指送别处所。

〔3〕"怕上"五句:言不忍登高望远,盖怕见飞红啼莺、风雨送春之景。

〔4〕"鬓边"三句:谓思妇以数花瓣占卜行人归期。鬓边觑(qù去):斜视鬓边所插之花。簪:此作动词,犹"插"。重数:再数一回,极言盼归心切。

〔5〕"罗帐"五句:写思妇梦中相思。"春带愁来"三句:是思妇梦语。见上篇《满江红》注〔4〕。

此晚春闺怨词。词以忆昔开篇,以下折回现实伤春。"怕上层楼"者,"十日九风雨",怕见风雨送春,怕见片片飞红,怕听声声啼莺。说"无人管",说"更谁劝",是怨春匆匆归去的痴情语。春归人不归,下片极写盼归之情。"花卜归期",典型生活细节。鬓边觑花,继以数瓣卜归,更才簪又数,婉曲深细,活脱逼真,神态心理,呼之欲出。"哽咽梦语",亦传神之笔,不怨春去人不归,却怨春带将愁来,不带愁去,无理而妙。明人沈谦《填词杂说》云:"稼轩词以激扬奋厉为工,至'宝钗分,桃叶渡'一曲,昵狎温柔,魂销意尽,才人伎俩,真不可测。"但古今不少词评家以为此词有所寄托,谓上片喻国事日非,下片喻恢复无期。疑非。

祝英台近[1]

绿杨堤,青草渡,花片水流去。百舌声中,唤起海棠睡[2]。断肠几点愁红,啼痕犹在,多应怨、夜来风雨[3]。　别情苦。马蹄踏遍长亭,归期又成误[4]。帘卷青楼,回首在何处[5]?画梁燕子双双,能言能语,不解说、相思一句[6]。

〔1〕本词恰似上篇《祝英台近》的姐妹篇。一代青楼女子立言,思客外游子;一代客外游子立言,念青楼旧侣。两词构思也极相仿,由此推知,前词必无寄托。

〔2〕百舌:鸟名,即反舌鸟,因其鸣声反复如百舌之鸟,故有此称。该鸟立春后鸣啭,夏至后无声。海棠睡:为"睡海棠"的倒文,言其夜睡晨开。

〔3〕"断肠"三句:言夜来风雨摧花,飞红万点,如啼血泣泪。

〔4〕"别情"三句:谓客游四方,屡误归期。

〔5〕"帘卷"两句:意即回首青楼何处?青楼:妓女所居。

〔6〕"画梁"三句:谓双燕歌喉婉转,却不解传语相思。

上片写"流水落花春去也"。起笔点明时值清晨,人在堤岸渡口,暗寓思归之意。"断肠"三句则由眼前飞红而倒叙夜来风雨,从"断肠"、"愁红"、"啼痕"、"应怨"等字面,透出伤春之情,情景交融。下片思归怀人。"别情苦",亮出题旨,以下逐层渲染之。游踪不定,又误归期,一层;回首青楼,渺茫不见,二层;怨及双燕,不解相思,三层。与上曲《祝英台近》并读,正是"闺中风暖,陌上草薰"(江淹《别赋》)两地相思之意。

鹧鸪天

困不成眠奈夜何,情知归未转愁多[1]。暗将往事思量遍,谁把多情恼乱他[2]。　　些底事[3],误人哪。不成真个不思家[4]。娇痴却妒香香睡,唤起醒松说梦些[5]。

〔1〕困不成眠:虽然困乏,但愁不能眠。奈夜何:怎生打发这一黑夜。归未:"未归"的倒文。

〔2〕谁把多情恼乱他:是哪个女子多情,把他的心思扰乱。

〔3〕些底:这些。

〔4〕不成:犹"难道"。

〔5〕"娇痴"两句:唤醒香香说梦消夜。香香,当为侍女名。醒松:同"惺忪",苏醒。些:语气助词,无义。

闺中少妇夜思良人。纯用口语白描,清新流畅,颇具民歌风味。前七句写其"困不成眠"的内心活动,将信将疑,疑而又信,声口宛然,神情毕肖。结两句尤妙:自己难眠,却妒侍女酣梦;更有甚者,竟唤醒香香,为己说梦,以便分享梦中愉悦,共度今宵。真个任性娇痴之态,历历如见。

青玉案

元夕[1]

东风夜放花千树。更吹落,星如雨[2]。宝马雕车香满路[3]。凤箫声动,玉壶光转,一夜鱼龙舞[4]。　　蛾儿雪柳黄金缕,笑语盈盈暗香去[5]。众里寻他千百度,蓦然回首,那人却在,灯火阑珊处[6]。

〔1〕按稼轩弟子范开《稼轩词》的编次,此词当作于淳熙十四年(1187)前、闲居带湖期间。然词的内容却极似临安元夕风光。所以有人将词的作期提到乾道后或淳熙初,以切合稼轩在京城的踪迹。以其作期难定,权置于此。元夕:阴历正月十五的晚上,称元夕、元宵。因有上灯的习俗,也称灯节。

〔2〕"东风"三句:描绘元夕焰火之灿烂。宋人《武林旧事》载临安元夕时说:"宫漏既深,始宣放焰火百馀架,于是乐声四起,烛影纵横,而驾始还矣。大率效宣和(北宋徽宗年号)盛际,愈加精妙。"此言焰火乍放如东风吹开千树火花,落时又如东风吹洒满天星雨。按,一说"花树""星雨",指树上彩灯和空中的灯球。

〔3〕宝马雕车:富贵之家的华丽车马。香:兼指车上涂料的香气和车中女子的脂粉香气。

〔4〕"凤箫"三句:描绘元夕乐声四起,鱼龙飞舞,彻夜狂欢的场景。

凤箫:箫声若凤鸣,以凤箫美称之。相传春秋时萧史善吹箫,秦穆公以女弄玉妻之,并为之筑凤台。萧史吹箫引来凤鸟,遂与弄玉升天仙去(《列仙传》)。此处泛指音乐。玉壶:喻月,言月冰清玉洁。按,一说指白玉制成的灯。光转:指月光移转。鱼龙:鱼龙舞原是汉代"百戏"的一种(参见《汉书·西域传赞》),这里当指扎成鱼龙(鸟、兽)形状的灯。舞:作动词用。

〔5〕"蛾儿"两句:描绘观灯女子的盛装情态。《宣和遗事》载北宋汴京元夕,"京师民有似雪浪,尽头上带着玉梅、雪柳、闹蛾儿,直到鳌山下看灯。"《武林旧事》记南宋临安元夕亦云:"妇人皆戴珠翠、闹蛾、玉梅、雪柳……而衣多尚白,盖月下所宜也。"蛾儿、雪柳:都是宋代妇女元宵所戴的头饰,谓其丽装出游。李清照《永遇乐》词:"记得偏重三五:铺翠冠儿,撚金雪柳,簇带争济楚。"撚金雪柳即雪柳黄金缕,是一种以金为饰的雪柳。盈盈:仪态娇美。暗香:女子身上发出的幽香。按,有人以为这两句写作者偶遇的一位姑娘,即下文的"那人"。

〔6〕众里:人群中。千百度:千百次。蓦(mò 墨)然回首:突然回头。阑珊:灯火零落稀少。按,梁启超称这三句"自怜幽独,伤心人别有怀抱"(《艺衡馆词选》)。王国维则以此为"古今之成大事业、大学问者必经过三种境界"中的"第三种境界"(《人间词话》)。意为经过漫长的孜孜以求,终于有所发现,获得事业和学问的成功。

焰火绚烂,如夜放花树,星雨流空;宝马香车,川流街市,香气四溢;彩灯万千,凤箫声动,鱼龙飞舞。天、地、空三者融汇一气,灯月交辉,光流香溢,喧嚣动荡而如癫似狂、似痴如醉,一幅上元之夜的承平欢腾景象,竟被词人浓缩于区区三十三字中,是何等的艺术功力!下片由景而人,"蛾儿"两句,一群群观灯女子盛妆丽饰、笑语幽香,从人前飘然而过。然则,无论上片场景、下片起处人事,就全词构思而言,无非为结韵映衬铺垫。"众里"以下,这才全力一搏,翻出主旨。万寻千觅,千呼万唤,倩影无踪,蓦然回首,竟得之于无意一瞥之中。但仍不正面绘形,而"那人"自甘冷落的孤高幽独情怀,却于"灯火阑珊处"深深自见。梁氏的比兴之说,即就稼轩其人其事的政治含义而言;王氏的境界说,则就其"涵盖万有"(翁方纲《神韵论》中语)的引申意义上说。实则此词也表现了词人不同流俗的美学观。

贺新郎

赋琵琶

凤尾龙香拨[1]。自开元、《霓裳》曲罢,几番风月[2]?最苦浔阳江头客,画舸亭亭待发[3]。记出塞、黄云堆雪。马上离愁三万里,望昭阳宫殿孤鸿没[4]。弦解语,恨难说[5]。

辽阳驿使音尘绝[6]。琐窗寒、轻拢慢撚,泪珠盈睫[7]。推手含情还却手,一抹《梁州》哀彻[8]。千古事、云飞烟灭。贺老定场无消息,想沉香亭北繁华歇[9]。弹到此,为呜咽[10]。

〔1〕"凤尾"句:琴槽似凤尾,琴拨以龙香柏木削就。极言此琵琶之精致名贵。郑嵎《津阳门》诗:"玉奴琵琶龙香拨。"诗人自注云:"(杨)贵妃妙弹琵琶,其乐器闻于人间者,有逻逤檀为槽,龙香柏为拨者。"苏轼《听琵琶》诗:"数弦已品龙香拨,半面犹遮凤尾槽。"拨:拨弦之具。

〔2〕"自开元"两句:言自开元年间《霓裳》一曲以来,这琵琶经历了

几多岁月磨蚀。开元:唐玄宗李隆基的年号(713—741)。《霓裳》:即《霓裳羽衣曲》,为唐代宫廷中著名琵琶乐曲,起于玄宗开元年间,盛于天宝年间。按,说"《霓裳》曲罢",暗用白居易《长恨歌》诗意:"渔阳鼙鼓动地来,惊破《霓裳羽衣曲》。"谓安禄山叛乱,惊破了唐玄宗的艳梦。这里暗含兴亡之感。风月:风晨月夕,指岁月。

〔3〕"最苦"两句:言浔阳江边,送客舟头,一曲琵琶最动谪人离愁。白居易《琵琶行》序说他贬江州司马时,送客江边,夜闻舟中琵琶声,慨然命笔作《琵琶行》。诗中有"浔阳江头夜送客"、"忽闻水上琵琶声,主人忘归客不发"诸句。辛词本此。浔(xún 旬)阳江:江名,指长江在今江西九江市北的一段。客:指白居易。画舸:泛指华丽的船。亭亭:形容画舸高挺秀丽。

〔4〕"记出塞"三句:用汉昭君出塞和亲事,见前《贺新郎》(绿树听鹈䴗)注〔5〕。这三句具体描绘其马上琵琶、回望汉家宫阙情景。黄云堆雪:黄沙蔽天,白雪遍地。极言塞外之苦寒。欧阳修《明妃曲》:"不识黄云出塞路,岂知此声能断肠。"即是此意。昭阳:汉都长安未央宫中的一座殿名,这里泛指汉宫,以见昭君塞外思汉之意。

〔5〕"弦解语"两句:言琵琶弦丝虽能传语,却诉不尽弹奏者心中的怨恨。

〔6〕"辽阳"句:言遥望辽阳方向,亲人音讯全无。辽阳驿使:辽阳(今辽宁省辽阳县)驿道中的信使。按,此句似用事,但出处不详。

〔7〕"琐窗寒"两句:言寒窗下,思妇含泪独弹琵琶。琐窗:雕刻花饰的窗,代指女子卧室。拢、撚(niǎn 同捻):以手指叩弦、揉弦,奏琵琶的两种指法。白居易《琵琶行》:"轻拢慢撚抹复挑,初为《霓裳》后《六么》。"

〔8〕"推手"两句:言思妇饱含深情,一曲《梁州》哀痛欲绝。推手、却手:琵琶指法。手指前弹曰"推手",后拨曰"却手"。欧阳修《明妃

曲》:"推手为琵却为琶,胡人共听亦咨嗟。"抹:也是琵琶指法,言顺手下抹。《梁州》:唐教坊曲调名,亦名《凉州》。元稹《连昌宫词》:"逡巡大徧《梁州》彻,色色《龟兹》轰陆续。"

〔9〕"千古"三句:千古往事如云飞烟灭,琵琶名师消息全无,想来沉香亭北百花争艳、歌舞繁喧的景象已经消歇。贺老:指开元、天宝间善弹琵琶的艺人贺怀智。定场:谓奏乐者技艺高超,使场中人都无声倾听,俗称能压住场子。元稹《连昌宫词》:"夜半月高弦索鸣,贺老琵琶定场屋。"苏轼《虞美人》词:"定场贺老今何在?几度新声改。"

〔10〕"弹到此"两句:谓琵琶弹出千古哀怨之声,令人黯然泣泪。按,"为呜咽",也可解作琵琶发为呜咽之声。

此词赋琵琶而累用故实。陈廷焯谓其"运典虽多,却一片感慨,故不嫌堆垛。心中有泪,故笔下无一字不呜咽"(《白雨斋词话》)。但感慨者何?泪洒那边?不易捉摸。梁启超则谓"殆如一团野草",又说"唯其大气足以包举之,故不粗率"(《艺衡馆词选》)。"大气包举",依然含糊之词。现代论者则多谓借唐喻宋,忧国之感,兴衰之慨。今观其词,以《霓裳》曲罢起,以"沉香"芳歇收,似不无此意。但也只能就此而止,逐一比附,反将弄巧成拙。或谓此词与稼轩《贺新郎·送茂嘉十二弟》(见前)"同一机杼"。然也不然。然者,罗列故实相仿;不然者,《贺新郎》词脉清晰可理,此词章法似较紊乱,融贯不力。

满江红

暮春

家住江南,又过了、清明寒食[1]。花径里、一番风雨,一番狼藉。红粉暗随流水去,园林渐觉清阴密[2]。算年年、落尽刺桐花,寒无力[3]。　　庭院静,空相忆;无说处,闲愁极[4]。怕流莺乳燕,得知消息[5]。尺素如今何处也,彩云依旧无踪迹[6]。漫教人、羞去上层楼,平芜碧[7]。

[1] 清明、寒食:古代农历中的两个节气。清明在阳历四月五日或六日,寒食则在清明的前一天。

[2] "花径"四句:写暮春景象。言风雨送春,红花落尽,绿叶茂盛。狼藉:形容落花飘零散乱。欧阳修《采桑子》:"狼藉残红,飞絮濛濛。"红粉:指落花。清阴:指绿叶成荫。

[3] "算年年"两句:言刺桐落尽,春寒无力,天将转暖。刺桐花:一名海桐,早春开花。叶与梧桐相似而枝干带刺,故有此名。寒无力:言春寒渐渐减退。

[4] "庭院"四句:庭院一片寂静,空自怀远;心间相思深情,无人倾诉。

[5] "怕流莺"两句:既欲诉无人,更怕莺燕窥破心事。

[6] "尺素"两句:谓天涯海角,行人踪迹不定,欲写书信,不知寄向何处。尺素:尺把长的绢帛,指书信。《古诗》:"客从远方来,遗我双鲤

鱼。呼童烹鲤鱼,中有尺素书。"彩云:行云,喻所思之人行踪不定。

〔7〕"漫教"两句:言田野一片荒芜,怕上层楼,纵目怀远。欧阳修《踏莎行》:"平芜尽处是春山,行人更在春山外。"辛词意近之。漫:空。平芜:平坦的草地。

此闺中念远词。上片写暮春景象,春去人不归,有岁月如流、年华虚度之慨。一起点明时、地,以一"又"字传情。以下六句一气贯注:风雨狼藉,红粉绿阴,实写之笔。"年年"遥应"又"字,说明年复一年,景色如许,闲愁如许。下片即景抒情,写其孤寂惶惑、矛盾苦闷的心理状态。"相忆"却言"空","愁极"而"无说处",更恐莺燕窥破内心隐秘。欲寄尺素,行人游踪无凭;羞上层楼,怕见平芜,却又情不自禁,频频登高远眺。缠绵悱恻,细腻宛转,直迫秦观。或谓此词用比兴象征手法,寄托政治上的失意怨情:春意衰败喻时局,盼行人音讯,即盼北伐消息,怕莺燕,则忧谗畏讥,等等。用心虽好,疑失之穿凿,附以参考。

满江红

敲碎离愁,纱窗外、风摇翠竹[1]。人去后、吹箫声断,倚楼人独[2]。满眼不堪三月暮,举头已觉千山绿[3]。但试把、一纸寄来书,从头读[4]。　　相思字,空盈幅;相思意,何时足[5]。滴罗襟点点,泪珠盈掬[6]。芳草不迷行客路,垂杨只碍离人目[7]。最苦是、立尽月黄昏,栏干曲[8]。

〔1〕"敲碎"两句:言风摇翠竹,似敲碎满怀离愁,搅得人心烦躁

不宁。

〔2〕"人去"两句:言那人去后,箫声不复再闻,人惟独自倚楼。吹箫声断:暗用萧史弄玉事。萧史,春秋时人,善吹箫,作凤鸣。秦穆公以女弄玉妻之。后萧史吹箫引凤,两人皆升天仙去(见《列仙传》)。此指意中人离去。

〔3〕"满眼"两句:言人正不堪暮春,举眼但见千山浓绿,已是初夏季节。

〔4〕"但试"两句:打开对方来信,再细细从头品读。

〔5〕"相思"四句:言徒然满纸相思,难慰自身相思深情。

〔6〕"滴罗襟"两句:满把泪珠滴湿了衣襟。盈掬:满捧,满把,极言泪水之多。

〔7〕"芳草"两句:祈遍野芳草不迷他行客归路,恨缕缕垂柳遮住我望人视线。

〔8〕"最苦"两句:言最苦伫立栏干曲处,直立到黄昏时分,明月初升。

又一首闺中念远词,但写法与上篇不同。上篇因景抒情,此篇以情带景,熔情、景、事于一炉。一起点出"离愁",借风摇翠竹写出纷乱骚动的心境。"敲碎"一词奇警别致。"满眼"一联是倚楼所见所感,用流水对呈现时序的更迭和思绪的流动。人既不堪满眼碧色之苦,唯重读来信以慰相思,"试把",用笔极细。换头直承上文一个"读"字,四个四言短句连珠而下,纵然满篇相思字,难慰心间无限相思意。"芳草"联承上"满眼"两句而来,依然以情带景,以景唤情,盼极怨极之语。结处遥应"倚楼人独",但时已黄昏月上,"立尽"二字老辣,足见其伫立之久,和如痴似呆之神情。

满江红[1]

倦客新丰,貂裘敝、征尘满目。弹短铗、青蛇三尺,浩歌谁续[2]?不念英雄江左老,用之可以尊中国[3]。叹诗书、万卷致君人,翻沉陆[4]。　　休感慨,浇醽醁;人易老,欢难足[5]。有玉人怜我,为簪黄菊[6]。且置请缨封万户,竟须卖剑酬黄犊[7]。甚当年、寂寞贾长沙,伤时哭[8]。

〔1〕当罢官家居时作。不少论者以为此词纯是自我抒怀。但细品词作行文口气,似为某仕途失意友人而赋。当然,也是借他人酒杯,浇自己胸中块垒。正因两人遭遇相近,这才一触即发,兴会淋漓,悲愤无限。

〔2〕"倦客"四句:迭用三事,写友人怀才不遇情景。倦客新丰:据《新唐书·马周传》,马周失意潦倒时,曾客居新丰(今陕西临潼县东)旅舍,悠然独酌,众人异之。后因代人呈事,得太宗赏识,任监察御史。倦客:即指马周。貂裘敝:衣服破烂不堪。此暗用苏秦游说秦王不果事,见前《水调歌头》(落日塞尘起)注〔7〕。弹短铗:用冯谖弹铗事,见前《满江红》(汉水东流)注〔6〕。青蛇三尺:指宝剑。青蛇喻剑之寒光,三尺言其长度。浩歌:高歌。

〔3〕"不念"两句:指责朝廷不惜人才,不晓用才强国之理。江左老:老死江南。江左,江东,此泛指江南地区。尊中国:尊,使动用法,意谓使中国国强位尊。

〔4〕"叹诗书"两句:读书万卷,志在报国,不想竟以隐退告终。诗书万卷致君人:化用杜甫《奉赠韦左丞》诗意:"读书破万卷,下笔如有

神。……致君尧舜上,再使风俗淳。"苏轼《沁园春》意同此:"有笔头千字,胸中万卷,致君尧舜,此事何难。"致君人,辅佐君王。翻:反而。沉陆:即陆沉,指隐居。《庄子·阳则篇》:"方且与世违,而心不屑与之俱,是陆沉者也。"注云:"人中隐者,譬无水而没也。"

〔5〕"休感慨"四句:休再感慨,但放怀畅饮;须知人生易老,欢娱苦短。醽醁(línglù 灵路):美酒名。

〔6〕"有玉人"两句:何况有佳人怜惜,为我鬓边簪菊。苏轼《千秋岁》词:"美人怜我老,玉手簪黄菊。"玉人:指歌舞女子。簪:挽住发髻的簪子,此作动词,犹言"插"。

〔7〕"且置"两句:且罢请战立功、封侯万户之想,直须卖剑买牛,解甲归田。请缨:据《汉书·终军传》:帝令终军出使南越,劝说南越王来汉朝见。终军"自请受长缨,必羁南越王而致之阙下"。后世遂以"请缨"为主动请求杀敌立功。缨,绳索。卖剑酹黄犊:用汉代龚遂劝农事,见前《水调歌头》(寒食不小住)注〔5〕。此指解甲归田。酹,同"酬"字。犊(dú 独),小牛。

〔8〕"甚当年"两句:惊讶当年贾谊何以不甘寂寞而伤时痛哭。甚:本意为"怎"、"何"。词中作领字常作"正"、"真"讲。此处当取本意,作冷嘲语。或谓此作"正"讲,词人自况贾谊,似与上文语气不贯。贾长沙:即贾谊,西汉初年的政治家和文学家。曾被贬为长沙王太傅,人称贾长沙。《汉书·贾谊传》称其屡上书陈政,说"臣窃惟事势,可为痛哭者一,可为流涕者二,可为长太息者六"。

此忧时愤世之作,借友人之事,抒自己之怀。上片正面取意,为友人鸣不平。首四句写出友人怀才不遇、落寞愤慨情状。"不念"两句跳出个人身世,事关家国命运。结处钩转,赋埋没人才、英雄报国无路之痛。起笔叠用三事,而以人物形象融贯一气。歇拍浓缩前人诗文,言简意赅而无斧凿痕。下片从侧面立意,烘托题旨,慰友亦自慰。前六句故作旷达狂放语,实是悲中觅欢,聊以相慰。后四句冷嘲热讽语,化实为虚,托古喻今,变激荡汹涌为冷静淡漠,与上片直赋悲愤交相为用,从而完美地表现了题旨。

满江红

山居即事[1]

几个轻鸥,来点破、一泓澄绿[2]。更何处、一双鸂鶒,故来争浴[3]。细读《离骚》还痛饮,饱看修竹何妨肉[4]。有飞泉、日日供明珠,五千斛[5]。　　春雨满,秧新谷;闲日永,眠黄犊[6]。看云连麦陇,雪堆蚕簇[7]。若要足时今足矣;以为未足何时足[8]?被野老、相扶入东园,枇杷熟[9]。

〔1〕词写山居生活,显然罢官家居之作,但不知作于带湖还是瓢泉。

〔2〕泓(hóng 弘):水深貌。一泓,犹言一潭深水。澄绿:澄清碧绿。

〔3〕"更何处"两句:言一对鸂鶒争相逐水戏嬉。杜甫《春水》诗:"已添无数鸟,争浴故相喧。"鸂鶒(xī chì 西赤):水鸟名,形略大于鸳鸯,色紫,成双而游,故亦称紫鸳鸯。

〔4〕"细读"两句:边读《离骚》边饮酒,赏竹又何碍于食肉。细读《离骚》还痛饮:《世说新语·任诞篇》:"王孝伯言:名士不必须奇才,但

使常得无事,痛饮酒,熟读《离骚》,便可称名士。"饱看修竹何妨肉:苏轼《绿筠轩》诗:"可使食无肉,不可居无竹;无肉令人瘦,无竹使人俗。"辛词则谓赏竹和食肉两不相碍。

〔5〕"有飞泉"两句:更有山泉飞泻,似日日捧出千斛明珠。斛:前屡见。

〔6〕"春雨满"四句:言秧苗喜逢春雨,牛犊闲眠昼永。日永:白天漫长。

〔7〕"看云连"两句:言田野片片麦熟如黄云连天,蚕房簇簇新茧似白雪堆山。

〔8〕"若要"两句:谓如果知足,眼前的一切足以使人满足;如果不知足,则究竟何时方得满足。按,这两句自我劝解应该知足。作者在《鹧鸪天》一词中也说:"君自不归归甚易,今犹未足足何时。"

〔9〕"被野老"两句:言老农热情相邀到枇杷园中去尝新。

此赋山居生活之乐。上片写乐在自然景色幽美绝胜。飞鸥点水,破静为动,大有"风乍起,吹皱一池春水"的情趣。而鸂鶒争浴,则于喧嚣欢乐中,益见清幽之境。此外,更有修竹掩映,飞泉泻玉。词人置身其间,耳闻目接,心感神受,把盏痛饮而细读《离骚》,俨然翩翩"名士"风度矣。但细味用事,则又隐约自笑自嘲之意。下片写乐在农村风光、乡土人情。起六句渲染出一派风调雨顺、农桑丰收的美好景象,结二句信手写出农村父老真挚淳朴情谊。"若要"两句既是下片中心,也是全词题旨所在。景美、人美、生活美,人该知足,知足常乐。然品咏再三,又觉其间似有弦外之音:词人并不满足于此,自当另有所求。

木兰花慢

中秋饮酒将旦,客谓前人诗词有赋待月,无送月者,因用《天问》体赋[1]。

可怜今夕月,向何处、去悠悠[2]?是别有人间,那边才见,光影东头[3]?是天外,空汗漫,但长风浩浩送中秋[4]?飞镜无根谁系[5]?姮娥不嫁谁留[6]? 谓经海底问无由,恍惚使人愁[7]。怕万里长鲸,纵横触破,玉殿琼楼[8]。虾蟆故堪浴水,问云何玉兔解沉浮[9]?若道都齐无恙,云何渐渐如钩[10]?

〔1〕将旦:天色将晓。《天问》:楚辞篇名,屈原所作。作者向天提出种种奇问,作品由一百七十多个问题组成,或自然,或社会,涉及面极广,表现出作者勇于探索的精神。及唐,更有柳宗元作《天对》,对《天问》之问逐一作答。辛词仿《天问》体,在词中一气提出九问。

〔2〕"可怜"两句:一问。天色将晓,月亮悠悠西行,将行向何处?可怜:可爱。言中秋之月团圆皎洁,惹人生爱。

〔3〕"是别有"三句:二问。难道西天极处别有人间,月从这边冉冉西落,又从那边人间缓缓东升?光影:指月亮。

〔4〕"是天外"三句:三问。太空浩渺,月亮运行是否凭借浩荡秋风?空汗漫:空虚莫测,广大无际。

〔5〕"飞镜"句:四问。月亮如飞镜无根,是谁用绳索将它悬系

太空?

〔6〕"姮娥"句:五问。月中嫦娥千秋不嫁,又是谁殷勤将她留下?姮(héng恒)娥:即月里嫦娥。据神话传说,她偷食丈夫后羿的仙药,乘风奔月,从此永居月宫。

〔7〕"谓经"两句:六问。听说月亮西经海底而重返于人间东方,究竟是真是假。问无由:无从查询。恍惚:谓此说迷离恍惚,不可捉摸。

〔8〕"怕万里"三句:七问。谓上说如真,则月亮行经海底时,月中的玉殿琼楼怎不为恣意纵横的万里长鲸冲破撞坏?玉殿琼楼:神话传说谓月中自有"琼楼玉宇烂然"(《拾遗记》),故俗称"月宫"。

〔9〕"虾蟆"两句:八问。倘言月中虾蟆自会游水,则玉兔何以能在水中自由沉浮?按,神话传说谓月宫中有金蟾戏水,白兔捣药。故堪:固然能够。

〔10〕"若道"两句:九问。如说月亮一切安然无恙,则何以一轮圆月渐渐变作一弯银钩?按,此指月亮的盈亏圆缺变化。无恙(yàng样):完好无损。

此词在咏月诗词中卓有创新:一,前此仅有待月诗、咏月诗,而无送月诗,此题材之创新。二,引《天问》体入词,此词体之创新。三,虽承屈原求索精神,但《天问》中问月仅四句:"夜光何德,死则又育?厥利维何,而顾菟在腹?"(月有何德能,竟能死而复生?那绰约的黑影,莫非有玉兔在腹?)辛词不仅有九问之多,且暗合天体学说。近人王国维首发其义,说此词起首五句,"词人想象,直悟月轮绕地之理,与科学家密合,可谓神悟"(《人间词话》)。此科学内容上之创新。四,《天问》虽然博大精深,但缺乏文学气息。此词以"送月"立意,紧扣月体运行,善想象,富描绘,丰美瑰丽,把对天宇的探索和神话传说熔为一炉,而又自出新境。此也前所未有者,故弥足珍贵。

水龙吟[1]

老来曾识渊明,梦中一见参差是[2]。觉来幽恨,停觞不御,欲歌还止[3]。白发西风,折腰五斗,不应堪此[4]。问北窗高卧,东篱自醉,应别有,归来意[5]。　　须信此翁未死,到如今凛然生气[6]。吾侪心事,古今长在,高山流水[7]。富贵他年,直饶未免,也应无味[8]。甚东山何事,当时也道,为苍生起[9]。

[1] 作年不详,玩词意,当为晚年退居瓢泉时作。

[2]"老来"两句:谓老来对陶潜始有深切认识,乃至梦中依稀相见。渊明:西晋大诗人陶潜,字渊明。参差(cēn cī 岑阴平疵):仿佛。

[3] 觞(shāng 商):酒杯。御:用,进,此引申为饮。

[4]"白发"三句:谓陶潜不堪忍受"折腰"之耻,宁肯白发萧萧对西风,辞官归隐。折腰五斗:陶潜曾说:"我不能为五斗米折腰向乡里小人。"遂解印去职(见《宋书·陶潜传》)。

[5]"问北窗"四句:谓陶潜辞官归隐,非一味醉心于飘逸静穆,自当别有深意。北窗高卧:见前《念奴娇》(近来何处)注[9]。东篱自醉:言对酒赏菊。陶潜《饮酒》诗:"采菊东篱下。"

[6]"须信"两句:言陶潜精神不死,至今犹觉其凛然有生气。《世说新语·品藻篇》谓庾道季曾说:"廉颇、蔺相如虽千载上死人,凛凛恒如有生气。"凛然:严肃貌,令人敬畏貌。

[7]"吾侪"三句:言与陶潜心心相通,虽远隔今古,却是异代知音。

吾侪(chái 柴):吾辈,我们。高山流水:喻知音,参见前《满庭芳》(倾国无媒)注〔4〕。

〔8〕"富贵"三句:言即便他年为官富贵,也应无味之极。富贵未免:用谢安语。参见前《水调歌头》(白日射金阙)注〔5〕。直饶:即使,纵然。

〔9〕"甚东山"三句:言谢安当年何以东山再起?那时士大夫也曾说他是为苍生而再仕。据《世说新语·排调篇》,谢安隐居东山,朝廷屡诏不出,人们常言:"安石不能出,将如苍生何?"甚:是。东山:指谢安。何事:为什么。苍生:黎民百姓。

稼轩词中咏陶者极多,而以此首评价最高,体验最深切。起笔"老来曾识"四字,饱经人生沧桑之言,非此不足以言渊明,非此不足以领略陶诗真谛。梦见梦觉,极写思慕景仰之情。耻为五斗折腰,挂冠归里,正是陶潜高风亮节所在。虽夏卧北窗,秋醉东篱,亦非"浑身静穆",此中应别有深意。这正是稼轩与陶翁形神默契处。过变两句言陶翁虽死犹生,不为"田园诗人"这一定评左右,卓然创见,正不妨引为异代知音。以下引谢安东山再起事,意不在抑谢扬陶,而在抒怀明志:与其同流合污,宁肯节操自守,田园终身;即便日后出山再仕,终不图个人荣华富贵,但求南北一统大业的实现。

汉宫春

立春日

春已归来,看美人头上,袅袅春幡[1]。无端风雨,未肯收尽馀寒[2]。年时燕子,料今宵、梦到西园[3]。浑未办、黄柑荐酒;更传青韭堆盘[4]。　　却笑东风从此,便薰梅染柳,更没些闲。闲时又来镜里,转变朱颜[5]。清愁不断,问何人、会解连环[6]。生怕见、花开花落,朝来塞雁先还[7]。

〔1〕"春已"三句:谓从美人鬓发上的袅袅春幡,看到春已归来。春幡(fān帆):古时风俗,每逢立春,剪彩绸为花、蝶、燕等状,插于妇女之鬓,或缀于花枝之下,曰春幡,也名幡胜、彩胜。稼轩《蝶恋花·立春》词起句云:"谁向椒盘簪彩胜。"此风宋时尤盛。

〔2〕"无端"两句:言虽已春归,但仍时有风雨送寒,似冬日馀寒犹在。无端:平白无故地。

〔3〕"年时"两句:燕子尚未北归,料今夜当梦回西园。年时燕子:指去年南来之燕。西园:汉都长安西郊有上林苑,北宋都城汴京西门外有琼林苑,都称西园,专供皇帝打猎和游赏。此指后者,以表现作者的故国之思。

〔4〕"浑未办"两句:言己愁绪满怀,无心置办应节之物。浑:全然。黄柑荐酒:黄柑酿制的腊酒。立春日用以互献致贺。更传:更谈不上相

互传送。青韭堆盘：《四时宝鉴》谓"立春日,唐人作春饼生菜,号春盘"。又一说,称五辛盘。《本草纲目·菜部》："五辛菜,乃元旦、立春,以葱、蒜、韭、蓼蒿、芥辛嫩之菜和食之,取迎新之意,号五辛盘。"故苏轼《立春日小集戏李端叔》诗云："辛盘得青韭,腊酒是黄柑。"辛词本此,但反用其意。

〔5〕"却笑"五句：言"东风"自立春日起,忙于装饰人间花柳,闲来又到镜里,偷换人的青春容颜。薰梅染柳：吹得梅花飘香、柳丝泛绿。镜里转变朱颜：谓年华消逝,镜里容颜渐老。

〔6〕"清愁"两句：言清愁绵绵如连环不断,无人可解。解连环：据《战国策·齐策》,秦昭王遣使齐国,送上玉连环一串,请齐人解环。群臣莫解。齐后以椎击破之,曰：环解矣。辛词用此喻忧愁难解。

〔7〕"生怕见"两句：言怕见花开花落,转眼春逝,而朝来塞雁却已先我还北。生怕：最怕,只怕。塞雁：去年由塞北飞来的大雁。

此立春词,当与其《蝶恋花·元日立春》词并读。两词用笔命意相仿,皆以立春起兴而托意国愁,而此词于哀怨中带讽嘲,内蕴尤觉充盈深沉。起三句点题起兴,次二句反挑馀寒未尽,"无端风雨"正喻时局未稳,一似李清照《永遇乐》"次第岂无风雨"笔法。燕梦西园,故国之思。黄柑青韭,节令风俗,但云"浑未办"、"更传",足见词人忧心忡忡,了无意绪。过变换意,以"却笑"带起五句,"东风"虚笔寓意,看似"薰梅染柳",妆扮春色,实是文恬武嬉,尽享晏安之乐。致使爱国志士镜里徒叹年华消逝,复国壮志难酬。"清愁"承上"无端风雨"而来。结尾两句回应"立春"题目,进一步抒写"清愁"。"花开花落",想见时序变换之速,"塞雁先还"与上文燕梦西园映衬,雁还人不还,无限乡国之哀。

一剪梅

中秋无月

忆对中秋丹桂丛。花在杯中,月在杯中[1]。今宵楼上一尊同。云湿纱窗,雨湿纱窗[2]。　　浑欲乘风问化工。路也难通,信也难通[3]。满堂唯有烛花红。杯且从容,歌且从容[4]。

〔1〕"忆对"三句:回忆昔日中秋持酒对花赏月情景。丹桂:桂花的一种。据《本草纲目·木部》,花开白色者为银桂,黄色者为金桂,红色者为丹桂。

〔2〕"今宵"三句:谓今宵无月,唯云雨湿窗。

〔3〕"浑欲"三句:意欲乘风登天一问,奈何天路不通,投书无门。浑欲:直欲。化工:自然的创造力,这里可理解为"天公"。

〔4〕"满堂"三句:画堂不见月光,唯有红烛照耀,姑且从容举杯听曲。

词写中秋无月之憾,并无深意寄托,但在表现手法上自有可取之处。《一剪梅》又名《腊梅香》、《玉簟秋》,共七体。辛词所用之体规定上下片于二三、五六句处作叠韵,并首字相异,从而造成一种特殊的音韵美。词人借此绘景抒情,运用自如。昔日花影在杯中摇曳,月波在杯中荡漾。

今宵酒杯依旧,但花影月波两逝,唯见浓云笼窗,唯闻秋雨敲窗。有月无月,两种境界分别托出两种意绪,形成鲜明对比。下片直抒胸臆,意似流水而下,以两个"也"字和两个"且"字融会贯通。既是路、信难通,唯有歌、酒从容,聊以自遣愁怀。通篇明白如话,却非一览无余。写"无月",用云雨、红烛烘托,正是用笔含蓄蕴藉处。

鹧鸪天

代人赋[1]

陌上柔桑破嫩芽,东邻蚕种已生些[2]。平冈细草鸣黄犊,斜日寒林点暮鸦[3]。　　山远近,路横斜,青旗沽酒有人家[4]。城中桃李愁风雨,春在溪头荠菜花[5]。

〔1〕名为代人赋词,实是自我抒怀。
〔2〕"陌上"两句:田埂上桑树冒出嫩芽,东邻家幼蚕开始孵化。柔桑:细柔的柔枝。生些:指蚕种已有小部分孵化成幼蚕。
〔3〕"平冈"两句:平冈上嫩草鲜美,牛犊撒欢鸣叫;斜阳下疏林犹寒,归鸦飞来栖巢。暮鸦:黄昏中的归鸦。
〔4〕"山远近"三句:山有远近,路见横斜,青旗飘处自有卖酒人家。青旗:即酒招,也称青帘,是卖酒的标志。
〔5〕荠菜:一种野菜。

词写田野初春之景,清新疏淡,既富乡土气息,更着蓬勃生机,尤以结韵著称。有人以为结韵是对抗战力量的歌颂,对苟安求和思想的讽刺。此说未免失之直露,且有主观臆测之嫌。就本意言,鄙薄桃李而绝爱荠菜花,乃是词人脱俗不凡的美学情趣的反映。城中桃李色艳香浓,天天灿烂,似把春光占尽,但它们愁风畏雨,转眼即逝。荠菜花虽朴实无华,貌不惊人,却遍野怒放,无限生机,更不畏风雨,顽强茁壮。有朴素之美,充满活力之美,可见春不在城中桃李,而在田间溪头的荠菜花。进而就寓意说,则厌弃官场,爱好田园。官场名利虽如桃李荣华一时,但终究风雨无准,难以久远。怎及清淡田园,青山绿水,田边溪头,春意常在。

鹧鸪天

戏题村舍

鸡鸭成群晚未收,桑麻长过屋山头[1]。有何不可吾方羡,要底都无饱便休[2]。　　新柳树,旧沙洲,去年溪打那边流[3]。自言此地生儿女,不嫁余家即聘周[4]。

〔1〕屋山:屋脊。

〔2〕"有何"两句:谓归农作稼有何不可,我正羡慕温饱便休、清心寡欲的农家生活。方:正。要底都无饱便休:一饱就罢,别无他求。北宋太医孙昉号"四休居士"。黄庭坚向他询问"四休"之意。孙昉答曰:"粗羹淡饭饱即休;补破遮寒暖即休;三平二满(平稳过得去)过即休;不贪

不妒老即休。"黄庭坚叹赏曰:"此安乐法也。"(黄庭坚《四休居士诗序》)底,什么。

〔3〕"新柳"三句:言新柳旧洲,溪水改道,自然环境稍见变迁。

〔4〕"自言"两句:村人自言世代繁衍,周、余两家联姻依旧。意谓乡俗民风绝少变化。

农家生活一瞥。讴歌向往农家,正从厌恶鄙弃官场而来,应从明暗对照中领略词人心意。阅尽官场尔虞我诈、争名夺利丑态,方能深切体会农家古朴恬淡、清心寡欲乐趣。写农家和平宁静,乡俗民风极少变迁,正反衬官场风波险恶,瞬息沉浮。难怪词人脱口而出:"有何不可吾方美。"

鹧鸪天

读渊明诗不能去手,戏作小词以送之〔1〕。

晚岁躬耕不怨贫,只鸡斗酒聚比邻〔2〕。都无晋宋之间事,自是羲皇以上人〔3〕。　　千载后,百篇存,更无一字不清真〔4〕。若教王谢诸郎在,未抵柴桑陌上尘〔5〕。

〔1〕去手:离手。

〔2〕"晚岁"两句:谓陶潜晚年躬耕田园,安于清贫,以薄肴淡酒邀会乡邻,彼此融合无间。按,陶潜有《西田获早稻》诗备述农耕之乐,结句云:"但愿长如此,躬耕非所叹。"陶潜又有《归田园居》诗:"漉我新熟

酒,只鸡招近局(近邻)。"躬耕:亲自耕种。斗:盛酒的容器。

〔3〕"都无"两句:言陶潜鄙薄晋宋年间的社会现实,向往和平淳朴的上古生活。晋宋之间事:指东晋末年、刘宋初年,即陶潜生活的年代。这是一个南北分裂、战乱不断、篡弑频起的年代,极端动荡混乱,凶残黑暗。陶潜因作《桃花源记》,幻想出一个超现实的理想社会。桃源中人竟"不知有汉,无论(更不用说)魏晋。"辛词化用其意。羲皇以上人:指上古以远的人。参见前《念奴娇》(近来何处)注〔9〕。

〔4〕"千载后"三句:言陶诗以其"清真"而流传千秋。清真:指陶诗独具的一种风格:清新纯真。苏轼《和陶渊明饮酒诗》:"渊明独清真。"

〔5〕"若教"两句:言陶潜归隐田园,高风亮节,即便是柴桑的尘土也远较王、谢诸郎高洁。王、谢诸郎:王、谢两家的子弟。王、谢是东晋的两大望族,其子弟以潇洒儒雅见称。柴桑:在今江西省九江市西南。陶潜是柴桑人,晚年归耕也在柴桑。

此亦是颂陶之作,既颂其诗品,更颂其人品。论诗拈出"清真"二字,颇有见地。"清"者,言其诗风清新淡远;"真"者,言其诗情纯朴真挚。词人以为此即陶诗千载流芳之真谛所在。读稼轩农村词,正可察见"清真"二字所给予的深刻影响。论人则推崇其不耻躬耕,安贫乐道,清操自守。稼轩两度退隐田园二十馀载,正由此汲取精神力量。诗如其人,诗品之高洁,必源于人品之高洁,词作正体现出此种文学批评原则。

鹧鸪天

不寐[1]

老病那堪岁月侵,霎时光景值千金[2]。一生不负溪山债,百药难治书史淫[3]。　　随巧拙,任浮沉,人无同处面如心[4]。不妨旧事从头记,要写行藏入笑林[5]。

〔1〕不寐:未眠,或欲眠不成。

〔2〕"老病"两句:言人到老病之时,尤觉光景之珍贵。霎时光景值千金:极言时间之珍贵。光景,景同"影",本指日月之光辉,后即指时光、光阴。

〔3〕"一生"两句:谓一生唯好二事:游山玩水,读书研史。不负溪山债:不欠山水的债,意谓遍游名山胜水。书史淫:嗜书入迷。《晋书·皇甫谧传》:"谧耽玩典籍,忘寝与食,人谓之书淫。"

〔4〕"随巧拙"三句:言俗人随机应变,逐波沉浮,心地难测。面如心:《左传·襄公十三年》记子产的话:"人心之不同,如其面焉。"

〔5〕"不妨"两句:如为他们写生平行状,大可归入《笑林》一类。行藏:本意为出仕和退隐,后亦泛指生平行事。《笑林》:专写笑话的书。后汉、唐、宋三代都有《笑林》,皆佚,现仅存后汉邯郸淳所撰《笑林》三卷中的一卷。

词写不寐之思。上片自我抒怀明志。老病惜时,但禀性难移,绝不随波逐流,俯仰随人;归隐生涯,唯寄情山水、潜心史书而已。"一生不负溪山债"句,生动明快,涉笔成趣,是天生好言语。下片由己及人,忽念庸人世态。巧于心计,看风使舵,正是风派人物典型特征。如果从头一一记来,大可写成一部当代《笑林》,语带诙谐嘲谑,却又笔锋犀利,入木三分。

鹧鸪天

欲上高楼去避愁,愁还随我上高楼。经行几处江山改,多少亲朋尽白头[1]。　　归休去,去归休,不成人总要封侯[2]？浮云出处元无定,得似浮云也自由[3]。

〔1〕"经行"两句:所经之处江山易貌,亲朋尽已白头。

〔2〕归休:致仕归去。去:助词无义,犹现代汉语中的"啊"。不成:反诘词,犹"难道"。

〔3〕"浮云"两句:谓浮云原本行踪无定,如真似浮云,倒也大可自由逍遥。出处无定:出没无定,犹言浮云行踪不定。元:同"原"。

细玩词意,当是中年宦游之作。一起两句极言愁之难避,直如形影相随。三、四句倒叙生愁之由。"经行处",正见宦游生涯,而江山易貌,亲朋白头,则言时光流速,隐寓壮志难酬之愤。盖稼轩志在恢复,但身非其任,况宦踪不定,何由舒其怀抱。过变连呼"归休",意在否定世俗眼中的功名富贵。结处一物二喻,语意佳妙。上句以浮云喻己宦踪不定,本无可奈何聊以自遣,下句忽就势翻进:真似浮云,岂不逍遥自在,仍是辞官归隐之意。

玉楼春

三三两两谁家女,听取鸣禽枝上语[1]。提壶沽酒已多时,婆饼焦时须早去[2]。　　醉中忘却来时路,借问行人家住处[3]。只寻古庙那边行,更过溪南乌桕树[4]。

〔1〕鸣禽枝上语:言鸟鸣犹如人语。
〔2〕"提壶"两句:即写鸟鸣巧如人言:"提壶出门打酒多时,家中婆母烙饼已经焦煳,还不及早回去。"提壶:鸟名,因啼声如"提壶"而得名。梅尧臣《禽言》诗:"提壶卢,沽酒去。"婆饼焦:亦是鸟名,因其啼声如"婆饼焦"而得名。梅尧臣《禽言》诗:"婆饼焦,儿不食。"
〔3〕"醉中"两句:言醉中迷忘归路,却向行人询问自家居处。
〔4〕"只寻"两句:是行人回答之语,殷勤指点词人归家之路。乌桕(jiù旧):一种树木。

农村小唱,清新活泼,诙谐幽默,足见词人心情之轻松愉悦。上下两幅图景,相映成趣。上片是游女听禽图,三、四句骤栝鸟声而赋以人意,实是对游女的打趣,警其勿贪玩而忘归去。但因情景贴切,而饶有风趣。下片更是妙趣横生。图中一人醉忘归路,但见行人殷勤指点去处。指路者语气越认真,问路者醉态越惟妙惟肖。明明自我打趣,写来却似取笑别个醉人。会心会神,令人解颐。

鹊桥仙

赠鹭鸶[1]

溪边白鹭,来吾告汝:"溪里鱼儿堪数[2]。主人怜汝汝怜鱼,要物我欣然一处[3]。　白沙远浦,青泥别渚,剩有虾跳鳅舞[4]。听君飞去饱时来,看头上风吹一缕[5]。"

〔1〕鹭鸶:水鸟的一种,即白鹭。颈细长,嘴长而尖,头顶后部有一缕白色的长羽毛,以食水中鱼虾为生。

〔2〕堪数:不堪一数,言溪里鱼儿已寥寥无几。

〔3〕"主人"两句:请白鹭勿食吾鱼,应和主人欣然相处。主人:作者自称。汝:指鹭。物我:物与我,即白鹭和它的主人。

〔4〕"白沙"三句:言远处沙际青渚,尽有虾鳅舞动。浦:水滨。渚:水上小洲。剩有:尽有。鳅(qiū 秋):泥鳅,一种圆柱形的黑色鱼。

〔5〕"听君"两句:言那里的虾鳅任你饱餐,我当看你乘风归来。听君:任君。一缕:即指白鹭头顶部的白色羽毛。

拟人手法,通篇与白鹭对话,流露出一种美好的生活情趣。要白鹭体察主人心意,勿食溪中之鱼,意在维护居处山水和谐清幽之美,而"物我欣然一处",正是词人归隐生活中的理想境界。下片由眼前溪边而远浦别渚,由溪中之鱼而沙洲之虾鳅,任白鹭饱餐。一怜一恨,两相对照,颇似杜甫"新松恨不高千尺,恶竹应须斩万竿"(《将赴成都草堂途中有作先寄严郑公》)。人谓杜诗"兼寓扶善疾恶"(杨伦《杜诗镜铨》旁注),辛词似杜,意或近之。

鹊桥仙

送粉卿行[1]

轿儿排了,担儿装了,杜宇一声催起[2]。从今一步一回头,怎睚得一千馀里[3]。　旧时行处,旧时歌处,空有燕泥香坠[4]。莫嫌白发不思量,也须有思量去里[5]。

〔1〕粉卿:当为稼轩女侍之名。按,稼轩于庆元二年(1196)前后曾作《水调歌头》一词,词序云:"时以病止酒,且遣去歌者。"此后陆续写有送女侍归去和思念已去女侍的词。此其一。

〔2〕杜宇:即杜鹃鸟,又名子规、催归。啼声哀切,引人思归。

〔3〕睚(yá牙):望。

〔4〕空有燕泥香坠:谓燕去楼空,言粉卿之去。燕泥:燕子筑巢之泥。香,言泥中带有残花的香气。隋·薛道衡《昔昔盐》诗:"暗牖悬蛛网,空梁落燕泥。"

〔5〕也须有思量去里:须、去、里,皆方言口语,意即:也自有思量处哩!

此词纯用方言口语写成,如通俗歌词,但内容仍是封建文人别情艳词。起写别时场景,不正面写人,全用烘托法。先以叠句铺排轿儿担儿准备就绪,次闻杜宇一声,已然轿起人行。三句唤出粉卿"一步一回头"的形象,想见其不忍离去情状,结句劝慰中带惋叹,谓人远千里,徒然回望。下片写别后惆怅和思念。依然叠句双起,言徘徊于昔日粉卿歌舞之处,但见燕去楼空,一片萧索,不胜伤怀。结二句直笔抒情,强调人虽白发,犹自多情。

西江月

遣兴[1]

醉里且贪欢笑,要愁哪得功夫[2]。近来始觉古人书,信着全无是处[3]。　　昨夜松边醉倒,问松"我醉何如"[4]?只疑松动要来扶,以手推松曰"去![5]"

〔1〕遣兴:遣发意兴之作。此类作品常寓感时伤世之意,此词即为读书有感而作。

〔2〕"醉里"两句:谓以酒浇愁,以醉忘忧。

〔3〕"近来"两句:谓近来方悟不能全信古书。两句意出《孟子·尽心》:"尽信书,则不如无书。"孟子以为《尚书·武成》一篇纪事不可尽信。辛词借用,含意曲折。并非妄自菲薄古人,意在言今人全不按圣贤之言行事,是对现实不满的激愤语。觉:领悟。

〔4〕何如:怎样?

〔5〕"只疑"两句:暗用汉代龚胜之事。汉哀帝时,丞相王嘉被诬有"迷国罔上"之罪。龚胜以为举罪犹轻。夏侯常拟劝龚胜,"胜以手推常

曰:'去!'"辛词用龚语入词,或谓暗指当朝主和派汤思退诽谤夸大张浚符离败绩一事,并与上片结处呼应,以证不能全信古书。按,稼轩确为张浚鸣过不平,但此处似无此深曲寓意,仅借龚语以写醉态而已。

全词围绕一个"醉"字着笔,借醉写愁抒愤。"欢笑"唯在"醉里",说明醒时满怀皆愁,只有求醉以忘忧。以下貌似酒后狂言,实是针砭现实的激愤语。既然古道不行,读书何用,不如醉里寻欢。下片追忆昨夜"欢笑"一幕,写其醉后狂态,最是风趣可人。问松已见醉态,醉眼幻觉"松动",竟疑松欲来扶,断然推之曰"去"! 神情惟肖,妙笔解颐。然仔细品味,不亦词人独立不阿倔强个性之自我写照?此词巧化经史成语,用散文句法入词,既含意深刻,诙谐有致,更浑如己出,不独不见呆滞生涩之弊,反增流畅豪宕之势。

南歌子

山中夜坐

世事从头减,秋怀彻底清[1]。夜深犹送枕边声,试问清溪底事,未能平[2]? 月到愁边白,鸡先远处鸣[3]。是中无有利和名,因甚山前未晓,有人行[4]?

〔1〕"世事"两句:言忘却世事,胸无尘埃,如溪水一般清澈。从头减:言彻底消失。

〔2〕"夜深"三句:枕边传来溪水声响,试问清溪何以不平常鸣。底

事:为什么。

〔3〕"月到"两句:言月色苍白,斜照愁人,远处响起第一声鸡鸣。

〔4〕"是中"三句:言山村本无名利之争,何以天色未晓,山前已有人行? 是中:这其中,指山村生活。

山中夜坐静思,对社会人生有所求索。上片就溪水起兴,万籁俱静、秋怀澄澈之际,词人忽惊于枕边幽咽跌宕的溪流之声,疑而作问:"清溪底事未能平?"韩愈《送孟东野序》:"大凡物不得其平则鸣。"然则,此山间溪水为谁而鸣不平?下片就月白鸡鸣起兴,又是深深一问:山民但求温饱,不争名利,何以有人如此辛苦早行?至此,上下片两诘一意贯穿,词旨豁然开朗,意谓僻壤穷乡也非人间乐园,山村生活自有汗水辛勤、泪水辛酸。对比之下,城中官场诸公,尸位素餐,豪奢淫靡,人间何其不公如此。此类主题于诗中屡见,于词则少。

唐河传

效花间体〔1〕

春水,千里,孤舟浪起,梦携西子〔2〕。觉来村巷夕阳斜。几家,短墙红杏花〔3〕。　　晚云做造些儿雨,折花去,岸上谁家女。太狂颠〔4〕。那边,柳绵,被风吹上天〔5〕。

〔1〕花间体:流行于晚唐五代的一种词体,也称花间词派,因后蜀赵崇祚编《花间集》而得名。花间体内容不外风月艳情,风格大率浓艳

绮丽。它反映了文人词的初期风貌,是婉约词的第一座高峰,对宋词有深远影响。稼轩词虽以豪放著称,却也广采婉约之长,此又一例。

〔2〕"春水"四句:言春水泛舟,梦中会艳。西子:即越国美女西施,此借指意中人。

〔3〕"觉来"三句:醒来但见夕照村巷,红杏出墙。叶绍翁《游园不值》:"春色满园关不住,一枝红杏出墙来。"觉来:醒来。短墙:矮小的墙。

〔4〕"晚云"四句:晚来小雨初过,岸边少女折花而去。些儿雨:一点点小雨。狂颠:此作活泼欢快讲。

〔5〕柳绵:柳絮。

人论"花间",向推温、韦为宗。实则韦庄词风疏淡清丽,绝不同于温庭筠的华美秾艳。稼轩此词与其泛言效"花间",不如说是效韦庄。"孤舟"泛浪而梦"西子",醒来喜见杏花出墙照眼,是桃花人面交相辉映手法。下片少女撷芳,人花合一。结处柳花轻扬,正见春色无限,而又回应上片春梦之迷离飘忽。通篇写春游之乐,四幅画面依次叠出,梦境与现实融会一片。词人虽柔情脉脉,用笔却极轻灵洒脱,疏宕有致,绝无浓滞不化之弊。

武陵春

走去走来三百里,五日以为期。六日归时已是疑,应是望多时。　　鞭个马儿归去也,心急马行迟。不免相烦喜鹊儿,先报那人知。

白话诗,通俗词,无论内容形式,全然民歌风味。说明词人不仅博采前代词人之长,亦能从民歌中汲取营养。此词将行人急盼归家的神态心理,写得活灵活现,置敦煌民间词中直可乱真。上片悬想家中不见行人归来而疑猜焦虑的心理,和翘首盼望的神情,语从《诗经·小雅·采绿》"五日为期,六日不詹(至)"化出,而自见新意。下片写行人策马疾归,奈何"心急马行迟",非马慢也,乃人心急不可待也。结处转出鹊先报捷,更是设想奇妙而情物相切。盖不独鹊翅远较马蹄迅速,且此鸟一生专为人报喜也。唐民间词《鹊踏枝》拟鹊语云:"比拟好心来送喜,谁知锁我在金笼里,欲他征夫早归来,腾身却放我向青云里。"辛词抑或由此得到启示。

水调歌头

和马叔度游月波楼[1]

客子久不到,好景为君留[2]。西楼着意吟赏,何必问更筹[3]。唤起一天明月,照我满怀冰雪,浩荡百川流[4]。鲸饮未吞海,剑气已横秋[5]。　　野光浮,天宇迥,物华幽[6]。中州遗恨,不知今夜几人愁[7]。谁念英雄老矣,不道功名蕞尔,决策尚悠悠[8]。此事费分说,来日且扶头[9]。

〔1〕马叔度:稼轩友人,生平不详。月波楼:宋时有两个月波楼,一在黄州(今湖北黄冈),一在嘉禾(今浙江嘉兴)。不知词人所游何处。

〔2〕客子、君:皆指友人马叔度。

〔3〕"西楼"两句:谓一心吟赏风月,休管时间早晚。西楼:指月波楼。着意:有意,专心。吟赏:吟诗赏景。更筹:古时夜间计时工具,即更签。此指时间。

〔4〕"唤起"三句:言明月皎皎,照见我辈冰雪般纯洁的肝胆,和百川奔涌似的浩荡胸怀。南宋初年爱国词人张孝祥《念奴娇》词:"应念岭海经年,孤光自照,肝胆皆冰雪。"

〔5〕"鲸饮"两句:言豪饮尚未尽兴,剑气已横贯秋空。鲸饮吞海:如长鲸吞海似地狂饮。杜甫《饮中八仙歌》:"饮如长鲸吸百川。"剑气:指剑光,古人谓宝剑能于深夜发出光芒,直冲云霄。参见前《水龙吟》(举头西北浮云)注〔3〕。此喻志在建国立业的豪迈之气。

〔6〕"野光"三句:大地月光动浮,天空高远,景物清幽。天宇:天空。迥(jiǒng窘):高远。物华:泛指美好景物。

〔7〕"中州"两句:谓中原沦陷,今夜正不知有多少爱国志士吞愁饮恨。中州:指当时沦陷的中原地区。

〔8〕"谁念"三句:朝廷北伐遥遥无期,谁念志士年岁渐老,而复国功业犹迟迟未就。不道:不料。蕞(zuì最)尔:微小貌。决策:指北伐大计。

〔9〕"此事"两句:谓此事一时难以说清,唯有继续饮酒消愁。扶头:即扶头酒,一种最易醉人的酒。扶头,形容醉后状态,谓头须人扶。贺铸《南乡子》词:"易醉扶头酒,难逢敌手棋。"赵长卿《鹧鸪天》词:"睡觉扶头听晓钟。"

词写秋夜登楼赏月有感。情无景不生,词人重在抒情,以景起兴和映衬。起四句平叙点题:好景为人而留,人为好景而醉,此西楼吟赏待月情景。以下不言明月自上,却说"唤起"一轮秋月,正见词人狂放飘逸风采。唤起明月皎皎,旨在映衬自家磊落心地和满怀豪情。"鲸饮"两句

277

以夸张手法写出英雄豪气逼人,壮志凌云,为下片抒愤伏笔。换头景起,宕开一笔,突出月夜秋色清幽高远,从而引向对北方故国的思念。"中州"两句翻出一篇主旨,思绪由壮而悲。继之,虽自我悲叹,词锋却直迫朝廷决策者。结拍归到来日扶头,与上片"鲸饮"遥相呼应。然经过一番转折跌宕,情境已有天渊之别。豪壮与悲愤正形成鲜明对照。

霜天晓角

赤壁[1]

雪堂迁客,不得文章力[2]。赋写曹刘兴废,千古事,泯陈迹[3]。　　望中矶岸赤,直下江涛白[4]。半夜一声长啸,悲天地,为予窄[5]。

〔1〕赤壁:赤壁有二,均在湖北境内。一在今嘉鱼县东北江滨,有赤矶山,为当年孙、刘联军大破曹兵之地。一在今黄冈县,临江有赤鼻矶。当年苏轼贬黄州曾游赤壁,因地名相同起兴,写下著名的怀古词赋。辛词所指,当是苏轼笔下的黄州赤壁。按,稼轩曾二官湖北,并于江西、湖北两处调任频繁。所以,此词可能写于淳熙四年至六年(1177—1179)间。

〔2〕"雪堂"两句:言苏轼未借文章之力而青云直上,反因诗文致祸贬谪黄州。按,苏轼以"乌台诗案"(指其写诗攻击新法)贬黄州团练副使。雪堂:苏轼筑室于黄州东坡,取名"雪堂"。

〔3〕"赋写"三句:言苏轼当年在此写下感叹曹、刘兴亡的诗篇,而

今千古历史遗迹已无踪影。按,苏轼有《念奴娇·赤壁怀古》词和《前赤壁赋》感叹三国兴亡。曹、刘:指曹操和刘备。泯(mǐn 敏):消灭。

〔4〕"望中"两句:一眼望去,但见岸石皆赤,赤鼻矶直插白浪翻滚的江心。

〔5〕"半夜"三句:半夜一声长啸,天地为之生悲、变窄。

此亦赤壁怀古词。因赤壁而怀苏轼,因苏轼遭贬而叹人生不平,因苏轼怀古词赋而生千古兴亡之感。观其通篇直是隐檃栝苏轼词赋语意,概而言之,则江山依旧,英雄俱逝;人生瞬息,功业渺茫。此苏、辛之同。苏轼善以"人生如梦"、"物与我皆无尽"自遣,故虽感愤,而总见绝世超尘、翩然欲仙之风韵。相比之下,稼轩更多执着现实,耿耿国忧,无所逃于天地之间。故其结处有长啸泣歌之举、天狭地窄难纳满腔愤懑之悲。东坡词清雄超旷,稼轩词沉郁悲壮。此正苏、辛之异。

附录

词评辑要

世言稼轩居士辛公之词似东坡,非有意于学坡也,自其发于所蓄者言之,则不能不坡若也。

公一世之豪,以气节自负,以功业自许,方将敛藏其用以事清旷,果何意于歌辞哉,直陶写之具耳。故其词之为体,如张乐洞庭之野,无首无尾,不主故常;又如春云浮空,卷舒起灭,随所变态,无非可观。无他,意不在于作词,而其气之所充,蓄之所发,词自不能不尔也。其间固有清而丽、婉而妩媚,此又坡词之所无,而公词之所独也。

(范开《稼轩词序》)

公所作大声鞺鞳,小声铿鍧,横绝六合,扫空万古,自有苍生以来所无。其秾纤绵密者,亦不在小晏秦郎之下。

(刘克庄《辛稼轩集序》)

近时作词者只说周美成、姜尧章等,而以稼轩词为豪迈,非词家本色。潘紫岩牥云:"东坡为词诗,稼轩为词论。"此说固当。盖曲者曲也,固当以委曲为体;然徒狃于风情婉娈,则亦不足以启人意。回视稼轩所作,岂非万古一清风也哉!

(陈模《论稼轩词》)

词至东坡,倾荡磊落,如诗如文,如天地奇观,岂与群儿雌声学语较工拙;然犹未至用经用史,牵雅颂入郑卫也。自辛稼轩前,用一语如此者必且掩口。及稼轩横竖烂熳,乃如禅宗棒喝,头头皆是;又如悲笳万鼓,平生不平事并厄酒,但觉宾主酣畅,谈不暇顾。词至此亦足矣。

（刘辰翁《辛稼轩词序》）

唐诗三变愈下,宋词则不然。欧、苏、秦、黄,足当高、岑、王、李;南渡以后,矫矫陡健,即不得称中宋、晚宋也。惟辛稼轩自度梁肉,不胜前哲,特出奇险为珍羞供,与刘后村辈,俱曹洞旁出,学者正可钦佩,不必反唇并捧心也。

（俞彦《爰园诗话》）

词家争斗秾纤,而稼轩率多抚时感事之作,磊落英多,绝不作妮子态;宋人以东坡为词诗,稼轩为词论,善评也。

（毛晋《稼轩词跋》）

稼轩驱使《庄》、《骚》、经、史,无一点斧凿痕,笔力甚峭。

（楼敬思语。《词林纪事》引）

稼轩词,中调、小令亦间作妩媚语,观其得意处,真有压倒古人之意。

（邹祗谟《远志斋词衷》）

稼轩词,胸有万卷,笔无点尘,激昂排宕,不可一世。今人未有稼轩一字,辄纷纷为异同之论。宋玉罪人,可胜三叹。

（彭孙遹《金粟词话》）

其词慷慨纵横,有不可一世之慨,于倚声家为变调;而异军特起,能于剪红刻翠之外,屹然别立一宗,迄今不废。观其才气俊迈,虽似乎奋笔而成,然岳珂《桯史》记弃疾自诵《贺新郎》、《永遇乐》二词,使座客指摘其失。珂谓《贺新郎》词首尾二腔语句相似,《永遇乐》词用事太多。弃疾乃自改其语,日数十易,累月犹未竟,其刻意如此云云,则未始不由苦思得矣。

(《四库全书总目提要·稼轩词提要》)

辛稼轩别开天地,横绝古今,《论》、《孟》、《诗小序》、左氏《春秋》、《南华》、《离骚》、《史》、《汉》、《世说》、选学、李、杜诗,拉杂运用,弥见其笔力之峭。

(吴衡照《莲子居词话》)

稼轩不平之鸣,随处辄发,有英雄语,无学问语,故往往锋颖太露;然其才情富艳,思力果锐,南北两朝,实无其匹,无怪流传之广且久也。

世以苏辛并称,苏之自在处,辛偶能到;辛之当行处,苏必不能到。二公之词,不可同日而语也。

后人以粗豪学稼轩,非徒无其才,并无其情。稼轩固是才大,然情至处,后人万不能及。

北宋词,多就景叙情,故珠圆玉润,四照玲珑。至稼轩、白石一变而为即事叙景,使深者反浅,曲者反直。吾十年来服膺白石,而以稼轩为外道。由今思之,可谓瞽人扪籥也。稼轩勃郁,故情深;白石放旷,故情浅;稼轩纵横,故才大;白石局促,故才小。

(周济《介存斋论词杂著》)

稼轩敛雄心,抗高调,变温婉,成悲凉。

苏辛并称。东坡天趣独到处,殆成绝诣,而苦不经意,完璧甚少。稼轩则沉着痛快,有辙可循,南宋诸公,无不传其衣钵,固未可同年而语也。

稼轩由北开南,梦窗由南追北,是词家转境。

白石脱胎稼轩,变雄健为清刚,变驰骤为疏宕。盖二公皆极热中,故气味吻合。辛宽姜窄:宽,故容芟,窄,故斗硬。

(周济《宋四家词选序论》)

苏、辛皆至情至性人,故其词潇洒卓荦,悉出于温柔敦厚。世或以粗犷托苏、辛,固宜有视苏、辛为别调者矣。

张玉田盛称白石,而不甚许稼轩,耳食者遂于两家有轩轾意。不知稼轩之体,白石尝效之矣。集中如《永遇乐》、《汉宫春》诸阕,均次稼轩韵,其吐属气味,皆若秘响相通,何后人过分门户耶?

稼轩词龙腾虎掷,任古书中理语、瘦语,一经运用,便得风流,天姿是何复异!

白石,才子之词;稼轩,豪杰之词。才子豪杰,各从其类爱之,强论得失,皆偏辞也。

(刘熙载《艺概》)

稼轩仙才,亦霸才也。

(江顺诒《词学集成》)

稼轩负高世之才,不可羁勒,能于唐宋诸大家外,别树一帜。自兹以降,词家遂有门户主奴之见。而才气横轶者,群乐其豪纵而效之,乃至里俗浮嚣之子,亦靡不推波助澜,自托辛、刘,以屏蔽其陋。则非稼轩之咎,而不善学者之咎也。

(冯煦《宋六十一家词选例言》)

学稼轩,要于豪迈中见精致。近人学稼轩,只学得莽字、粗字,无怪阑入打油恶道。试取辛词读之,岂一味叫嚣者所能望其顶踵?

稼轩是极有性情人。学稼轩者,胸中须先具一段真气、奇气,否则虽纸上奔腾,其中俄空焉,亦萧萧索索,如牖下风耳。

晏、秦之妙丽,源于李太白、温飞卿;姜、史之清真,源于张志和、白香山。唯苏、辛在词中籓篱独辟矣。读苏、辛词,知词中有人,词中有品,不敢自为菲薄。然辛以毕生精力注之,比苏尤为横出矣。吴子律云:"辛之于苏,犹诗中山谷之视东坡也。东坡之大,殆不可以学而至。"此论或不尽然。苏风格自高,而性情颇歉;辛却缠绵悱恻,且辛之造语俊于苏。若仅以大论也,则室之大不如堂,而以堂为室,可乎?

(谢章铤《赌棋山庄词话》)

苏辛并称,然两人绝不相似。魄力之大,苏不如辛;气体之高,辛不逮苏远矣。

辛稼轩,词中之龙也,气魄极雄大,意境却极沉郁。不善学之,流入叫嚣一派。论者遂集矢于稼轩,稼轩不受也。

稼轩词仿佛魏武诗,自是有大本领,大作用人语。

东坡心地光明磊落,忠爱根于性生,故词极超旷,而意极和平。稼轩有吞吐八荒之概,而机会不来,正则可以为郭李、为岳韩,变则即桓温之流亚,故词极豪雄,而意极悲郁。苏辛两家,各自不同,后人无东坡胸襟,又无稼轩气概,漫为规枙,适形粗鄙耳。

东坡词全是王道,稼轩则兼有霸气,然犹不悖于王也。

白石,仙品也;东坡,神品也,亦仙品也;梦窗,逸品也;玉田,隽品也;稼轩,豪品也;然皆不离于正,故于温、韦、周、秦、梅溪、碧山同一大雅,而无傲而不理之消。后人徒恃聪明,不穷正始,终非至诣。

东坡一派,无人能继。稼轩同时则有张、陆、刘、蒋辈,后起则有遗山、迦陵、板桥、心余辈。然愈学稼轩,去稼轩愈远。稼轩自有真耳,不得其本,徒逐其末,以狂呼叫嚣为稼轩,亦诬稼轩甚矣。

东坡、稼轩,同而不同者也;白石、碧山,不同而同者也。

(陈廷焯《白雨斋词话》)

东坡、稼轩,其秀在骨,其厚在神。

(况周颐《香海棠馆词话》)

南宋词人,白石有格而无情,剑南有气而乏韵,其堪与北宋人颉颃者,唯一幼安耳。近人祖南宋而祧北宋,以南宋之词可学,北宋之词不可学也。学南宋者,不祖白石,则祖梦窗,以白石、梦窗可学,幼安不可学也。学幼安者,率祖其粗犷滑稽,以其粗犷滑稽处可学,佳处不可学也。幼安之佳处,在有性情,有境界;即以气象论,亦有傍素波干青云之概。宁后世龌龊小生所可拟耶?

东坡之词旷,稼轩之词豪。无二人之胸襟而学其词,犹东施之效捧心也。

(王国维《人间词话》)

稼轩之词,才思横溢,悲壮苍凉(如《永遇乐》诸词),例之古诗,远法太冲,近师太白,此纵横家之词也。

(刘师培《论文杂记》)

行年事略

宋高宗绍兴十年
金熙宗天眷三年 庚申（1140）

五月十一日，稼轩生于山东历城。

父文郁早卒，自幼随祖父辛赞。

辛赞因累于族众，未随宋室南渡，后仕于金。先后为谯县、开封等地守令。

次年十一月，宋金"绍兴和议"成，宋向金称臣。十二月，岳飞遇害。

稼轩少受业于亳州（今安徽亳县）刘瞻（字喦老，号樱宁居士），与党怀英同学。

宋绍兴二十三年
金海陵王贞元元年 癸酉（1153）

稼轩十四岁。

金主完颜亮迁都燕京。

稼轩领乡举。次年遂有首次燕山之行。

宋绍兴二十七年
金正隆二年 丁丑（1157）

稼轩十八岁。

礼部赴试，始有二次燕山之行。稼轩自谓"大父臣赞尝令臣两随计吏抵燕山，谛观形势。谋未及遂，大父臣赞下世"（《美芹十论》）。辛赞的去世，当在稼轩十八岁至二十一岁间。

宋绍兴三十一年
金世宗大定元年 辛巳（1161）

稼轩二十二岁。

夏,金主完颜亮迁京开封。九月,大举南侵。

稼轩聚众二千,归义军耿京部,为掌书记,劝说耿京归宋,以图大计。

僧人义端窃印叛逃,稼轩追杀之。

十月,金辽阳留守完颜雍发动政变,自立为帝,改元大定。

十一月,采石矶一役,完颜亮死于内部兵乱,金军败撤。

宋绍兴三十二年
金大定二年 壬午（1162）

稼轩二十三岁。

正月,领命奉表南归。高宗召见,授右承务郎。

闰二月,叛将张安国杀耿降金。稼轩约王世隆等率五十骑生擒张安国,献俘建康。

改任江阴（今江苏江阴县）签判,由是宦居南方。

夏,孝宗赵昚继位,起用主战名将张浚,准备北伐。

宋孝宗隆兴元年癸未（1163）

稼轩二十四岁,在江阴签判任上。

夏,张浚兵败符离,罢枢密使。

七月,汤思退为相,主和议。

隆兴二年甲申（1164）

稼轩二十五岁,江阴签判任满去职。

宋金"隆兴和议"成,宋向金称侄。

后此三年,稼轩漫游吴楚,事历不详。或谓次年进《美芹十论》。

孝宗乾道四年戊子（1168）

稼轩二十九岁,任建康(今江苏南京)通判。

与史正志(致道)、叶衡(梦锡)结识。时史知建康兼行宫留守,叶为淮西军马钱粮总领,治所在建康。

乾道六年庚寅(1170)

稼轩三十一岁。

召对延和殿,论及南北形势、攻守之计。

迁司农寺主簿,向执政虞允文上《九议》,力陈恢复要略。

是年又有《阻江为险须借两淮疏》《议练民兵守淮疏》。

乾道八年壬辰(1172)

稼轩三十三岁。

春,出知滁州(今安徽滁县)。宽征薄赋,招流散,教民兵,议屯田。未几,荒陋之气,一洗而空。

建"奠枕楼"。秋,友人周孚(信道)来会,作《奠枕楼记》。

孝宗淳熙元年甲午(1174)

稼轩三十五岁。

春,辟为江东安抚使参议官。时叶衡知建康兼江东安抚使,稼轩再官建康,当出自叶的引荐。

叶衡召赴临安,六月任参知政事,十一月迁右丞相兼枢密使。

淳熙二年乙未(1175)

稼轩三十六岁。

春夏之交,叶衡荐以慷慨有大略,调临安任仓部郎官。登对,上《论行用会子疏》。六月,改任江西提点刑狱,节制诸军,"督捕"茶商军。

九月,叶衡罢相。

闰九月,稼轩平茶商军,加秘阁修撰。

淳熙三年丙申(1176)

稼轩三十七岁。

秋冬之际,由江西提点刑狱改调京西转运判官,任所在湖北襄阳。

淳熙四年丁酉(1177)

稼轩三十八岁。

春,由京西转运判官差知江陵府(今湖北江陵县),兼湖北安抚使。严治盗之法,奸盗屏迹。

冬,改知隆兴府(今江西南昌),兼江西安抚使。

淳熙五年戊戌(1178)

稼轩三十九岁。

正月,陈亮(同甫)至临安,三上书力请废和抗战,未果而归。

暮春,召赴临安,任大理寺少卿。与陈亮结识,互引知己。

夏秋之交,出为湖北转运副使。

淳熙六年己亥(1179)

稼轩四十岁。

春三月,由湖北转运副使改湖南转运副使,上《论盗贼札子》。

秋,改知潭州(今湖南长沙),兼湖南安抚使。

淳熙七年庚子(1180)

稼轩四十一岁。

在湖南安抚使任上,兴修水利,赈济饥民,整顿乡社。更创置湖南飞虎军,为江上诸军之冠。

冬,加右文殿修撰,差知隆兴府兼江西安抚使。

淳熙八年辛丑(1181)

稼轩四十二岁。

江西安抚使任上,举办荒政,卓有成效。及秋,朝廷嘉奖,转奉议郎。

十一月,改除两浙西路提点刑狱公事。台臣王蔺劾其帅湖南时,

289

"用钱如泥沙,杀人如草芥",落职罢新任。

是年,信州(今江西上饶)带湖新居落成。以"稼"名轩,自号稼轩居士。

淳熙九年壬寅(1182)

稼轩四十三岁,罢居上饶带湖宅第。

是年范开(廓之)始来受学。

淳熙十五年戊申(1188)

稼轩四十九岁,仍家居上饶。

正月,门人范开编刊《稼轩词甲集》成。

邸报讹传稼轩以病挂冠,因赋《沁园春》词,以明视听。

友人陈亮来访(朱熹爽约未至),同游鹅湖,共酌瓢泉,议时论政,长歌相答。留十日,乃去。

光宗绍熙二年辛亥(1191)

稼轩五十二岁,仍家居上饶。

冬有诏命,起为福建提点刑狱。

绍熙三年壬子(1192)

稼轩五十三岁。

春,离家赴闽任。

九月,福建安抚使林枅卒,稼轩兼摄帅事。厉于吏治,并上《论经界钞盐札子》。

冬,应诏赴临安。

绍熙四年癸丑(1193)

稼轩五十四岁。

赴临安途中,访朱熹(晦庵)于建阳,晤陈亮于浙东。

抵京,光宗召对,奏论加强荆襄上流之军防。迁太府少卿。

秋,加集英殿修撰,知福州兼福建安抚使。

是年,陈亮举进士,光宗亲擢第一。

绍熙五年甲寅(1194)

稼轩五十五岁。

福建安抚使任上,置"备安库",积五十万贯。更拟秋后建万人军旅,保境安民。

六月,赵汝愚等拥立赵扩(是为宁宗),尊光宗赵惇为上皇。

七月,谏官黄艾劾稼轩"残酷贪饕,奸赃狼藉",遂罢帅任,主管建宁府武夷山冲祐观。九月,又降充秘阁修撰。

再至铅山期思卜筑,作《沁园春》词。

八月,以赵汝愚为右丞相。十一月,特迁外戚韩侂胄为枢密都承旨。

是年陈亮卒。

宁宗庆元元年乙卯(1195)

稼轩五十六岁。二度罢居上饶。

二月,赵汝愚罢相,出知福州。十一月贬永州。

十月,稼轩又遭劾,免去秘阁修撰。

是年铅山期思新居落成。

庆元二年丙辰(1196)

稼轩五十七岁。带湖雪楼被焚;举家徙居铅山瓢泉。

赵汝愚卒于衡州。韩侂胄加开封府仪同三司,兴"伪学党禁"(亦称"庆元党禁")。网括赵汝愚、朱熹等五十九人为"逆党",以朱熹为"伪学之魁"。

九月,稼轩以言者论其"赃污恣横,唯嗜杀戮,累遭白简,恬不少悛",罢宫观。至此,稼轩所有名衔,尽削一空。

庆元四年戊午(1198)

稼轩五十九岁,家居铅山瓢泉。

朝命复集英殿修撰,再主管武夷山冲祐观。稼轩有《鹧鸪天》词,题曰"戊午拜复职奉祠之命"。

吴绍古(子似)任铅山尉,与稼轩酬唱颇富。

宁宗嘉泰二年壬戌(1202)

稼轩六十三岁。仍家居铅山。

二月,弛"伪学党禁"。

十二月,韩侂胄由太傅而进太师,封平原王。起用士大夫之好言恢复者,谋北伐。

嘉泰三年癸亥(1203)

稼轩六十四岁。

起知绍兴府兼浙东安抚使,六月到任,疏奏州县害农六事。创建"秋风亭"。

招刘过(改之)来会。与八十高龄老诗人陆游结识,引为忘年交。

十二月,召赴行在。陆游有诗《送辛幼安殿撰造朝》赠行。

嘉泰四年甲子(1204)

稼轩六十五岁。

正月,宁宗召见。力主战,言金国必乱必亡。加宝谟阁待制,提举佑神观,奉朝请。

三月,差知镇江府。积极备战,遣谍侦察敌情,复拟招沿江土丁,建万人军旅。

五月,朝廷追封岳飞为鄂王。

是年,稼轩跋高宗《亲征草书》,抒高宗、孝宗二世不振之慨。

宁宗开禧元年(1205)

稼轩六十六岁,在镇江守任。

三月,以荐人不当,降两官使用。

六月,改知隆兴府。七月初,未至新任,臣僚劾其"好色贪财,淫刑聚敛"。遂罢职,与宫观。秋,返铅山家居。

七月,韩侂胄进平章军国事,立班丞相上。

开禧二年丙寅(1206)

稼轩六十七岁,家居铅山。

春,朝命差知绍兴府,兼两浙东路安抚使,辞免。

四月,追论秦桧主和误国罪,削爵改谥。

五月,韩侂胄请伐金诏下,然多败绩。

十二月,进稼轩龙图阁待制,知江陵府,并诏令赴京奏事。

开禧三年丁卯(1207)

稼轩六十八岁。

京师奏对,任命兵部侍郎,力请辞免,遂罢。

继之叙复朝请大夫、朝议大夫。

归居铅山,八月染疾。

九月,除枢密院都承旨,令速赴行在奏事。未受命,上奏乞致仕。

九月十日卒,特赠四官,葬铅山县南十五里阳原山中。

十一月,史弥远杀韩侂胄,并于十二月知枢密院事。

宁宗嘉定元年戊辰(1208)

稼轩卒后一年。

三月,复秦桧王爵赐谥。给事中倪思劾稼轩迎合开边,请追削爵秩,夺从官卹典。

九月,宋金"开禧和议"成。

恭帝德祐元年乙亥(1275)

稼轩卒后六十八年。

史馆校勘谢枋得请于朝,追赠少师,谥忠敏。